Manfred Rebhandl

# TÖPFERN AUF KRETA



GEGRÜNDET
1999

Manfred Rebhandl

# TÖPFERN AUF KRETA

Czernin Verlag, Wien

Gedruckt mit Unterstützung der Kulturabteilung
des Landes Oberösterreich und der Stadt Wien,
MA7/Literaturförderung

Rebhandl, Manfred: Töpfern auf Kreta/
Manfred Rebhandl
Wien: Czernin Verlag 2015
ISBN: 978-3-7076-0543-3


Lektorat: Eva Steffen
Umschlaggestaltung: Bernd Püribauer
Satz: Burghard List
Druck: Druckerei Theiss GmbH, A-9431 St. Stefan
ISBN Print: 978-3-7076-0543-3
ISBN E-Book: 978-3-7076-0544-0

Ich wachte aus einer Art Koma auf, als ich ferne Harmonika-Klänge hörte und fröhliches Singen, das wiederum ganz nahe war. Dazu Lachen, das sich wie der vielstimmige Schrei von Hyänen anhörte. Ich kroch aus einem finsteren Bau, in dem es schön warm und feucht war, und schaute mich um. Ich sah Zahnlücken zwischen schwarzen Zahnstummelchen, gewickelte Röcke, Beinstümpfe und leere Kaffeebecher vom Mäci, die fürs Betteln gedacht waren. Ich sah einen Haufen eingesammelter Kreaturen, die so elend waren, dass sie nicht ins saubere Stadtbild passten und mit einem Tritt in den Arsch vertrieben oder irgendwohin verräumt werden mussten, wo sie niemanden stören konnten. Das sah verdammt nach der kombinierten Abschiebe-, Ausnüchterungs- und Anhaltezelle des Innenministeriums aus, der berüchtigten Triple-A. Hier lag und saß, furzte und rülpste der eingesammelte Menschenmüll einer ganzen Nacht, aber warum lag ich, Superschnüffler Rock Rockenschaub, mitten unter ihnen?

Ich hatte echt keine Ahnung!

Von denen, die hier waren, konnte ich keinen fragen, denn man kannte sich nicht persönlich, und die wenigsten beherrschten meine Sprache. Außer der eine, der jetzt in der Tür stand und sich die gleiche Frage stellte wie ich: „Rock! Was machst du denn hier?"

Die Stimme gehörte zu Kainz, den ich aus dem Polizeipräsidium kannte. Unauffälliger Typ, weiches Gewebe, Pullunder über dem bis obenhin zugeknöpften Hemd, durch und durch korrekt – das genaue Gegenteil von mir. Er trug dicke Brillen und hatte große Ohren, was ihn zum Abhör- und Observierungsspezialisten seiner Abteilung machte, jedenfalls kannte ich ihn als solchen. Ich begrüßte ihn, so freundlich ich konnte: „He!"

Umgekehrt sah ich in seinem Gesicht nur Abscheu und Ekel, als er etwas konkreter wurde: „Was machst du denn unter dem Rock einer Zigeunerin?"

Und wirklich! Als ich mich umdrehte, sah ich ihr Gesicht. Sie lachte wie eine faltige Hyäne, die zu früh gealtert war. Nicht unfreundlich, wie ich fand, aber doch bereit, mich zu verschlingen, sobald die Suppe abserviert war. Zwinkerte mir zu, als würde sie mir gleich einen blasen wollen, nur halt ohne Zähne. Sie hatte eine grundsolide Fröhlichkeit, die man sich mit keinem Keramikgebiss der Welt kaufen konnte, auch nicht mit einem aus Ungarn. Ihre Schenkel hatte sie ungeniert weit geöffnet, und dort, wo die Freude wohnte, roch sie verdammt gut dafür, dass sie schon länger den gleichen Rock trug und weiß der Teufel was noch alles drunter. Ihr Alter? Zwischen zwanzig und achzig. Ihr Gewicht? An die hundert! Typ Zigeunermutti auf Durchreise. Ich sagte: „Hallo!" Sie lächelte und schwieg.

Kainz sagte: „Zieh dir wenigstens eine Hose an, Rocky!"

Das regte mich furchtbar auf, ich schrie ihn an: „Sag nicht Rocky zu mir. Ich heiße Rock wie der Felsen, und nicht Rocky wie das Felschen!" Damit hatte ich die Lacher natürlich auf meiner Seite, denn nichts konnte im Moment falscher sein, als dass ich ein Felsen war. Plötzlich hatte ich sogar Angst, dass mir die Hose fehlen könnte, sobald ich mir an den Arsch fasste, und – herrje! – das tat sie auch. Mein Hinterausgang brannte leicht, als ich mir eine Tröte herauszog, eine mit Tasten, in die man Kinderlieder hineinblasen konnte. Aber hallo! Ich fragte mich, besorgter denn je: Was ist denn überhaupt passiert? Ging aber lieber nicht weiter darauf ein, sondern schaute nur in die Gesichter zweier halbstarker Herumtreiber vom fahrenden Volk, die hinter mir in einer Ecke herumlümmelten. Sie schienen zu wissen, warum ich eine Tröte im Arsch hatte, konnten es mir aber nicht sagen, denn Kainz schrie sie an: „Du und du! Ihr kommt mit!"

Natürlich wollten sie lieber hierbleiben. Aber die Freiheit war ein süßer Vogel, der über solche wie sie immer nur hinwegflog. Als sie aufstanden, fiel mir auf, dass der eine meine graue Jogginghose trug und der andere mein schönes Hawaiihemd im dominierenden Farbton Rot. Ich hob die Hand und protestierte schwach: „He!"

Die beiden Jungs aber zeigten auf das Hütchen am Boden, mit dem sie mich offenbar abgezockt hatten. Kein Diebstahl also, sondern nur das Ausnützen der misslichen Lage eines Besoffenen – alter Zigeunertrick. Andererseits: Scheiß doch der Hund drauf! Man muss in seinem allzu kurzen Leben einfach alles ausprobieren, also warum nicht auch mal eine Tröte im Arsch?

Als die beiden mit Kainz draußen waren, kroch ich zurück zwischen die Schenkel meiner Zigeunermutti, wo ich für immer bleiben wollte. An meinen Wangen spürte ich die stacheligen Haare ihrer Schenkel. Kroch ich weiter in sie hinein, roch ich ihren schneidigen Duft, ich dachte: Hier ist es gut, hier bin ich glücklich, hier will ich sein. Ich fasste nach ihrer knorrigen Hand und zog sie zu mir unter den Rock. Dort legte ich sie auf meinen Kopf drauf und gab ihr zu verstehen, dass sie ein bisschen daran herummachen sollte, hinter den Ohren, an den Schläfen, „Ja, genau so!" Die alte Hyäne lachte – „Hähähä! Hähähä! Hähähä!" – und kraulte meinen Kopf so gut, dass ich gleich wieder einschlief, obwohl es hier wirklich verdammt laut war. Man musste aber einfach nur besoffen genug sein, um bei diesem Lärm schlafen zu können, und weiß der Teufel: Besoffen genug war ich!

***

Als ich Guttmanns Stimme hörte, wachte ich auf. Er fragte: „Willst du nicht endlich doch da rauskommen?"

Ich sagte: „Nein!"

„Jetzt komm schon!"

„Aber ich will nicht!"

Gutti war Bulle bei der Mordkommission Süd-West. Ich kannte ihn aus Dirty Willis Swedish Pornhouse, wo ich Mädchen für alles war. Dort saß er immer in der letzten Reihe und schaute sich Filme wie *I cum, Mum!* an. Wir wurden Freunde, obwohl er graue Blousons und braune Cordhosen trug. Im grellen Licht, das meine geöffneten Augen quälte, konnte ich sehen, dass er heute sogar einen roten Schal um den Hals trug, ganz so, als wäre er ein Künstler. Er zog mich an den Beinen unter Muttis Rock hervor. Als ich nackt wie ein Säugling auf dem Boden vor ihm lag, fragte er mich: „Schämst du dich denn gar nicht?"

Und ich: „Nein, warum?"

Bloß keine Reue zeigen! Sonst machen sie dich fertig, nur weil du gerade keine Hose anhast. Gutti hatte sie vom Feind zurückerobert, er warf sie mir zu. Am Ende siegt immer das heimische Gute über das zugewanderte Böse.

Ich fragte: „Eine frische Unterhose hast du wohl nicht zufällig dabei? Die alte fühlt sich nämlich nicht mehr so toll an." Sie hing mir bei den Knien, ich zog sie hinauf und schlüpfte in meine Hose. Dann landete ein frisches

Hawaiihemd in meinem Gesicht, in einen Obstsack gewickelt und im dominierenden Farbton Grasgrün, mit gelben und blauen Einsprengseln.

„Das alte Hemd hab ich weggeworfen“, sagte er. „Man konnte sich damit nicht einmal mehr den Arsch abwischen.“ Ich war nicht der Typ, der sich hinter seiner Kleidung versteckte, daher mochte ich den dominierenden Farbton Rot mit Orange und Gelb lieber. Aber man musste hin und wieder auch einfach nur dankbar sein, denn das Hemd hatte zwei Brusttaschen, so wie ich es mochte, und das war das Wichtigste. Ich fragte gerührt: „Du hast also nicht vergessen?“

Er sagte: „Doch. Aber in deinem Akt steht, dass du vorgestern Geburtstag hattest.“

Ich sagte: „Gestern!“

Er blieb dabei: „Vorgestern.“

Du lieber Himmel!

Er reichte mir die Hand und zog mich hoch. „Alles Gute im Nachhinein.“

Wieder auf den Beinen, wackelte ich wie eine neugeborene Giraffe. Der privatisierte Wachmann, der den Laden hier schaukelte, beobachtete uns. Er klimperte mit den Schlüsseln, als hätte er es eilig. Aber dann merkte ich, dass er nur klimperte, weil er zittriger Alkoholiker war. Der machte es sich einfach! Anstatt sich selbst auszunüchtern, arbeitete er auf der anderen Seite. Das ist eines der großen Rätsel unserer Zeit: dass alle privaten Wachdienste Leute beschäftigen, die nicht auf ihr eigenes Leben aufpassen können, aber immer wissen, wo sie den nächsten Schluck herkriegen können. Er sagte zu mir: „Sie können jetzt gehen.“

Und ich: „Als könnte ich gehen!“

Ich ging wieder auf Knie und verabschiedete mich von allen hier drinnen persönlich – bevor ich nach meiner Geldtasche griff, um noch ein paar Zehner zu verteilen. Aber die Geldtasche fehlte, ebenso wie die Zehner. Verdammt! Ich hatte dieses Lumpenpack anders eingeschätzt. Zum Schluss drückte ich noch meiner Zigeunermutti die Hand und bedankte mich für die schönen Stunden, und als ich mit einer Träne im Auge endlich gehen wollte, ließ sie meine Rechte nicht mehr los. Sie schaute mich – von unten herauf – mit stechenden Augen an, diesmal nicht wie eine Hyäne, sondern wie eine Hexe. Mir ging sofort einer in die Hose, denn vor Hexen hatte ich Angst, vor Hyänen nicht. Sie fuhr mit ihren langen, dreckigen Fingernägeln über meine Handlinien und kicherte, aber plötzlich lachte sie laut wie ein Vogel, der noch kurz einen rausschiss, bevor er davonflog. „Aaaahahaha!“, schrie sie, immer wieder „Aaaahaha!“. Bevor sie meinte: „Du werden haben viele Probleme.“

Und ich: „Erzähl mir was Neues!“

***

Guttmann führte mich auf den Lokus, wo ich mir zitternd eine anzündete. Er fragte: „Hast du eine Erklärung dafür?“ Dabei deutete er auf mein Gesicht. Okay, ich war ein wenig ramponiert. Aber durch die Brille des Wahnsinns betrachtet, ging ich immer noch als top durch. Diese Kriegslandschaft sollte geschützt werden und nicht verurteilt, und ich sagte: „Muss wohl zu tief ins Glas geschaut haben.“

Aber als ich mich selbst im Spiegel sah, war das ein herber Rückschlag für einen, der gerade wieder gehen lernte. So musste mein Arsch aussehen, wenn ich länger draufsaß. Ich bat Guttmann um seine Hämorrhoidensalbe, die wirkte immer ganz gut, wenn einer von uns Schwellungen unter den Augen hatte. Ich hatte wohl irgendwie gehofft, einer meiner Kumpels würde eine Überraschungsparty für mich veranstalten – das fiel mir jetzt wieder ein. Man hofft ja bis zum Schluss, dass die Anrufe eintrudeln, wenn man fünfzig wird, aber es passiert halt nicht. Willi das Schwein, Kubelka der Gehirnschlosser, die Biene Mayr aus der Forensik zusammen mit Guttmann, dem Bullen – sie alle hatten sich nicht gemeldet. Und mein Freund Lemmy, bei dem ich wohnte, saß seit Tagen nur unten im Quattro Stazzione und bewegte sich nicht mehr vom Flecke. Also war ich alleine in meiner Bude gesessen und wusste nicht recht, ob ich Selbstmord begehen oder noch einmal richtig auf die Pauke hauen wollte, bevor es vorbei war. Alles, aber auch wirklich alles deutete darauf hin, dass ich mich für die Pauke entschieden hatte.

Guttmann sagte: „Zu tief ins Glas geschaut ist gut. Sachbeschädigung, Erregung öffentlichen Ärgernisses, Widerstand gegen die Staatsgewalt, Rauchen an Plätzen, an denen es verboten ist, Pinkeln gegen fremde Hauswände, und, und, und. Steht alles in deinem Akt.“

Heute muss man mit seinem Protest schauen, wo man bleibt. – Ein bisschen gegen die Wand eines neu hochgezogenen Investorenprojekts pinkeln, schon fühlt man sich besser. Jedenfalls, solange man besoffen genug ist, aber du meine Güte, ist man halt mal besoffen! Wichtig ist, dass man locker bleibt, möglichst nicht nüchtern wird, den Blick immer nach vorne richtet und gegen das nächste Investorenprojekt pinkelt.

Ich war sogar ein wenig stolz auf mich, als mir Guttmann von meinen Schandtaten erzählte, und sagte: „Kannst du dir Jimi Hendrix vorstellen, wie er an einem Stück Gurke erstickt? Oder Janis, wie sie beim Häkeln vom Sofa kippt? Sid, Jim, James Dean, George Best? Eben!“

Ich schlüpfte in mein neues Hawaiihemd, und obwohl es ein Geschenk war, passte es wie angegossen. Das ist das Gute an diesen Hawaiihemden – sie passen einfach! Bei meinen Hemden war mir wichtig – und wurde mir immer wichtiger –, dass sie weit genug geschnitten waren, weil man ja auch in zehn Jahren noch hineinpassen wollte.

„Zum Dienstlichen“, sagte Guttmann, während er sich zum Pissoir stellte und es laufen ließ. „Kainz hat mich informiert, dass du hier bist. Wie du weißt, war er früher Abhörchef, und jetzt ist er der Chef der Taskforce Ausländerkriminalität. Um den Anstieg dieser Form von Kriminalität zu stoppen, will und muss er herausfinden, wie und wo die alle zu uns hereinkommen.“

Ich sagte: „Och, da gibt es viele Möglichkeiten. Mein Kumpel Lovegod aus Nigeria zum Beispiel, der nicht mein Bruder ist, wie du weißt, sondern nur mein *Brotha*, hat mir einmal erklärt, wie man als Flüchtling hier reinkommt, aber ich hab es vergessen. Wenn mich etwas nicht selbst betrifft, dann lege ich die Info schnell wieder wo ab, wo ich sie nicht mehr finden kann – geht es dir genauso?“

„Natürlich, sonst hätte ich ja deinen Geburtstag nicht vergessen“, sagte er, „jedenfalls sucht Kainz per europäischem Haftbefehl eine Art Zigeunerkönig, den sie ‚Der Auferstandene‘ nennen, und der hier irgendwo in unserem schönen Land, aller Wahrscheinlichkeit nach im Süden, Zuflucht und Schutz genießen soll. Wurde mal niedergeschossen, der Typ, stand aber wieder auf, deswegen ‚Der Auferstandene'. Er lässt ganze Großfamilien für sich betteln, bringt alte Leute mit Tricks um ihre Ersparnisse, schickt junge Mädchen auf den Strich und lässt sie alle zusammen die heimischen Sozialsysteme plündern. So jedenfalls steht es in der *Gosse*. Die weiß auch, dass der Auferstandene sich da unten bei den Draculas ein richtiges Schloss gebaut hat mit dem ganzen Geld, soll echt gut aussehen, bisschen Tiroler Bauernhof, bisschen Stephansdom, von allem etwas. Aber er selbst wohnt angeblich gar nicht da drinnen, sondern schläft lieber in einem Wohnwagen."

Ich sagte: „Recht hat er." Ich habe eine gewisse Zuneigung für die Leute vom fahrenden Volk: Sie rauchen, wo sie wollen, schlafen, wenn sie müde sind, und scheißen, sobald es sie drückt. Und – sie arbeiten nichts. Aber scheinbar gab es einen, der meine Zuneigung nicht teilte. „Letzte Nacht", sagte Guttmann, als er endlich einpackte, „wurde einer dieser verdammten Bettler ermordet, bereits der zweite innerhalb weniger Tage und keine fünfzehn Jahre alt. Kainz hat die beiden jungen Stricher aus der Zelle geholt, um sie zu den Morden zu befragen. Er geht davon aus, dass man sich untereinander kennt."

Sonst sind es ja vor allem Schwarze, denen man einen Hang zum Drogendealen unterstellt und die man dann immer wieder mal von den U-Bahn-Schienen holen muss, auf die sie jemand gestoßen hat. Diesmal waren es also mal wieder Zigeuner, denen irgendjemand kein ruhiges Leben gönnte.

„Wir leben in einem Land voller Nörgler“, sagte Guttmann weiter. „Aber hier weiß mal einer, was er tut. Er zwingt seine Opfer auf die Knie, dann rammt er ihnen etwas Spitzes ins Genick und verschwindet in die Nacht.“

Ich hatte gleich noch heftigere Kopfschmerzen, als ich das hörte, und fragte:

„Hat er denn gute Argumente, mit denen er seine Opfer auf die Knie bringt?“

„Das werden wir wissen, sobald wir ihn nackt sehen. Die Opfer verrichten nämlich sexuelle Handlungen an ihm, bevor er sie umbringt, wenn du verstehst, was ich meine. Ob freiwillig oder unfreiwillig, das können wir sie leider nicht mehr fragen, aber in ihren Mündern fand sich Sperma, vermutlich seines.“

Ich flehte ihn an: „Willst du mich nicht erst frühstücken lassen, bevor du mir so was erzählst?“

Wir wuschen uns die Hände, gingen hinaus auf den Gang und weiter Richtung EXIT. Ich freute mich, dass alles wieder so gut funktionierte: das Gehen, das Reden, das lockere Schlenkern der Arme. Wer hätte das gedacht, nach einer Nacht auf kaltem Steinboden?

Aber Guttmann war schon ein paar Schritte und ein paar Gedanken weiter als ich: „Bald sind Wahlen“, sagte er. „Und diese Morde an den Zigeunern sind nicht gut für unser Image. Ein Toter, okay. Da kann man auch mal ‚Habe Verständnis, aber jetzt ist's genug‘ sagen. Aber zwei innerhalb weniger Tage? Da wird man schnell in eine falsche Ecke gedrängt. In manchen Teeläden der Gutmenschen liegen schon Unterschriftenlisten auf, das ist die eine Seite.“

Ich fragte: „Und die andere?“

„Das Volk. – Die *Gosse* und die *Posse*.“

Nahe am EXIT-Schild entdeckte ich die anstaltseigene Kantine mit einem Tischchen und zwei Sesseln vor der Bar. Ich steuerte darauf zu und sagte zum Kantineur: „Zwei Bier, bitte. Eins gegen den Durst und eines zum Trinken."

Der Typ war ein weiterer Rückschlag für jeden Schluckspecht, der sich wieder in Form bringen wollte: „Hier kein Bier."

„Darf man wenigstens rauchen?", fragte ich verzweifelt.

„Verpiss dich!"

Guttmann beruhigte mich und dirigierte mich weg, bevor ich wieder zurück in die Zelle musste, weil ich mich vergaß. Beim Ausgang fragte ich ihn: „Wer will denn überhaupt in ein Land flüchten, wo es in der Gefängniskantine kein Bier gibt? Das ist doch total traurig!"

Am traurigsten aber war, dass ich in Wahrheit lieber ein Schälchen Hühnersuppe getrunken hätte als eine Flasche Bier.

***

Du lieber Himmel, diese helle Sonne! Sie spaltete mir die Schädeldecke, anschließend briet sie mein Hirn. Dann nahm sie es in die Schraubzwinge und drückte mit glühenden Eisen gegen meine Schläfen.

Wir standen am Gürtel, eingehüllt in eine Wolke aus Abgasen, ausgespuckt von alten Mercedessen, die wiederum vollgepackt waren mit allem möglichen Zeugs, darunter viel Sperrmüll. Ich schob meine Kopfschmerzen auf den Lärm, den die Rostlauben machten, und fragte Guttmann: „Wo kommen die denn alle her?"

„Noch nie was von der Freizügigkeit für Rumänen und Bulgaren gehört, die seit Jahresanfang gilt?"

Ich war ein großer Fan jeder Art von Freizügigkeit, musste aber zugeben, dass ich von dieser speziellen noch nie was gehört hatte: „Ich komme so selten vor die Tür."

In einen schweren Ohnmachtsanfall hinein wollte Guttmann dann wissen, wo mein Wagen stand. Das war eine gute, vielleicht die beste Frage, wenn man zwei Tage lang durchgesoffen hatte, und dann jeweils die Nacht dazu auch noch. Ich kratzte mich am Arsch und sagte: „Tja."

Glaubte er wirklich, dass ich mit meinem eigenen Wagen hierhergekommen war?

Ich überlegte und überlegte, aber ich kam nicht drauf. Schließlich fragte ich ihn: „Wo haben sie mich denn verhaftet?"

„Am Nußdorfer Gürtel."

Dann war ich wohl von Jolandas Hard & Heavy noch weiter hinaufgezogen zur Nacktbar, vermutlich weil man im Hard & Heavy seit Neuestem nicht mehr rauchen darf. Der Name Foxy Neswatschill fiel mir nun wieder ein, auch ihr Arsch, ihre Titten und ihr insgesamt hervorragendes Aussehen. Sie wackelte so lange mit ihrem Arsch vor meiner Nase, bis ich meine Zukunft an ihrer Seite sah. Je älter man wurde und je weiter fortgeschritten der Abend, desto ambitionierter waren die Ziele. Irgendein Fernfahrer, der Foxy ebenfalls heiraten wollte, legte sich mit mir an, und irgendwann kamen die Bullen.

„Du hast dir im Polizeiauto eine Zigarette angezündet", sagte Guttmann streng, als wäre er meine Mutter. „Und den Bullen hast du den Rauch ins Gesicht geblasen. Steht auch im Akt."

Ich muss wohl verdammt gut drauf gewesen sein in diesem Polizeiauto. Aber das ist der kleine Wermutstropfen, wenn du in einem Polizeiwagen verdammt gut drauf bist: Du bist es nie lange!

Leichte Schlagseite und schwere Zunge führen bei mir immer zu Distanzlosigkeit gegenüber Autoritäten, die ich als solche nicht anerkennen will. Wenn ich so besoffen bin, lehne ich mich gerne weit nach vorn, winke mit dem Joint vor der Nase meines Gesprächspartners und fragte: „Auch mal probieren?“ Und da ist es egal, ob es sich bei diesem Gesprächspartner um einen Bullen oder um eine heiße Puppe handelt. Da muss ich in Zukunft vielleicht etwas zurückhaltender sein, aber ich werde sicher nicht aufhören zu rauchen. Man muss sich doch nur ansehen, was aus der Formel 1 geworden ist, seit die Typen dort nicht mehr rauchen dürfen.

Endlich kam ein Taxi im dominierenden Farbton Rot, so wie ich sie liebte. Kaum berührte mein Arsch den Kunstledersitz des Taxis, klebte mein neues Hemd an meinem Rücken fest. Ich war noch nicht wieder ganz zufrieden mit meinem Leben, aber ich war schon wieder recht zufrieden mit meinem neuen Hemd. Als das Taxi losruckelte, verspürte ich den Drang zum Kotzen. Tatsächlich erholte ich mich immer schwerer von meinen Abstürzen, je älter ich wurde. Was mal drinnen war, das blieb früher drinnen, aber nun will es immer öfter wieder raus. Vorsichtshalber drehte ich das Fenster hinunter, frische Luft kühlte meinen Körper. Aber der Schafhirte auf Urlaub, der das Taxi lenkte, führte seine Nase trotzdem auffällig oft in Richtung Duftbaum, der an seinem Rückspiegel hing. Irgendwann sagte er sogar: „Türkisch Baumwoll besser für Körper von Österreich-Mann als Hemd aus Plastik!“

Ausgerechnet von einem Türken musste ich mir sagen lassen, dass ich stinke!

Ich sagte: „Steig mal runter von deiner Kanzel, Mohammed! So ein Hangover ist schlimm genug, aber deine Vorwürfe sind unerträglich."

Früher hätte ich ihn aus seiner Kutsche geworfen und wäre selbst weitergefahren, aber ich war noch nicht wieder in der Verfassung, ihm eine reinzuhauen. Stattdessen fing ich mit Gutti einen sinnlosen Streit an, kaum dass der Schafhirte „Baumwolle" gesagt hatte – ich fragte ihn: „Hast du das Hemd bei Abdullah gekauft? Es kommt mir irgendwie bekannt vor."

Er tat so, als würde er nicht verstehen, wovon ich gerade redete, und fragte: „Bei welchem Abdullah denn?"

„Bei dem am Markt. Er verkauft immer drei Stück für 4,90."

Klar, der Wert eines Geschenkes bemisst sich nicht nur an seinem Preis, aber eben auch. Man weiß einfach gerne, was man seinen Freunden noch wert ist, obwohl man es manchmal besser sein lassen sollte. Guttmann sagte: „Sag mal, willst du mich beleidigen? Ich kauf dir doch nicht drei Stück Hemden für 4,90! Das würde ja bedeuten, dass du mir nur … –"

Gutti kam nicht drauf, wie viel ich ihm pro Hemd wert war, aber der Baumwollfreak wusste es: „1,63 periodisch Euro."

Er war nämlich gar kein Schafhirte auf Urlaub, sondern eigentlich Hochschulprofessor in Anatolien, fuhr aber seit dreißig Jahren hier Taxi, weil ihm das mehr einbrachte. Um dabei nicht verrückt zu werden, rechnete er den ganzen Tag lang kopf. Er schaute sich die Nummernschilder an, hinter denen er herfuhr, und löste mit deren Zahlen Rechenaufgaben, die er sich selbst stellte. Verdammter Freak! Dass er so gut rechnen konnte, machte mich unleidlich, und ich musste Guttmann die eine, die alles entscheidende Frage stellen: „Wo warst du denn überhaupt, als ich Geburtstag hatte?"

Ich hörte mich wie ein beschissener Religionsgründer an, dem keiner mehr nachlaufen wollte. Guttmann blieb ruhig und sagte: „Ganz ehrlich? Ich hab auf dich vergessen. Ich könnte auch sagen, ich hatte eine Dienstplanänderung oder so was, irgendwas würde mir schon einfallen, sogar mir. Aber ich sag's ehrlich: Ich hab einfach auf deinen scheiß Geburtstag vergessen, okay? Dafür hab ich dich dort rausgeholt."

Ich sagte: „Dafür werd' ich dir auch ewig böse sein!"

Ich wollte mit keinem weiterfahren, dem ich nicht mehr als 1,63 periodisch wert war, und der mich unter dem Rock meiner Zigeunermutti hervorgeholt hatte, wo ich so glücklich war. Der Geruchsempfindliche konnte sich also ausrechnen, was er mit mir verdient hätte, wenn ich nicht ausgestiegen wäre. Als ich die Tür knallen ließ, fragte Guttmann: „Warum so unreif?"

Und ich: „Bin nicht unreif! Bin nur beleidigt!"

Wir standen also wieder auf der Straße und warteten. Ich lehnte mich mit dem Arsch gegen einen Poller, der da grün in die Höhe stand und farblich gut zu meinem Hemd passte. Trotzdem wurde ich immer verkrampfter, je länger ich so stand, bis Guttmann fragte: „Warum bist du denn so unentspannt?"

Ich sagte: „Ich sag dir gleich, warum."

Verkrampft und unentspannt war normalerweise seine Stärke, nicht meine. Aber im Bau hatte mich der scheiß Bulle gezwungen, die Hose runterzulassen und mich nach vorne zu beugen. Daran erinnerte ich mich plötzlich wieder. „Ich musste die Beine breitmachen", erzählte ich Gutti. „Und dann zog er sich Handschuhe an und suchte damit nach irgendetwas, und zwar in mir drinnen! Dann fuhr er mit seiner Gummiwurst an der Innenseite meiner Schenkel auf und ab, spielte damit an meinen Glocken herum und deutete mit tiefem Bass an, dass er zuschlagen könnte, wenn ich nicht ‚Heil Hitler!' sage."

Ich hörte mich an wie ein Waschweib.

„Und?", fragte Guttmann. „Hast du ‚Heil Hitler' gesagt?"

„Hab ich nicht", sagte ich, denn ich bin nicht der Typ, der „Heil Hitler" sagt. „Aber es bleibt trotzdem was hängen, das kriegst du einfach nie wieder aus deinem Kopf. Und weißt du, was das Schlimmste war: Als ich die Hose wieder oben hatte, hat er seinen Handschuh ausgezogen, ihn ordentlich zusammengefaltet und fein säuberlich wieder eingesteckt."

Schön langsam lichteten sich die Schleier, und das ist der Moment, den jeder Besoffene fürchtet. Ich musste dringend zu meinem Wagen, denn in dem waren meine Flachmänner. Und auch sonst allerhand, was einen Mann in meiner Verfassung wieder auf Trab bringen konnte.

Das nächste Taxi hielt. Diesmal saß ein Pullover- und Halbglatzenträger mit randloser Brille hinter dem Steuer. Wir setzten uns rein, und kaum hatte ich die Tür zugeknallt, lachten mich von überallher Rauchen-verboten-Kleber an, und ein Piepston machte uns darauf aufmerksam, dass wir uns anschnallen sollten. Sogar hinten!

Früher war ich ein solcher Arsch, da musste ich die Mädels mit dem Stock vertreiben, weil die halt einfach drauf stehen, wenn einer ein Arsch ist. Aber nun drohte ich zu werden wie der da vorne, der nichts dabei fand, wenn er sich anschnallte. Ich musste mich dringend wieder in Form bringen, einen Streit vom Zaun brechen, vielleicht sogar eine Schlägerei anzetteln. Also fragte ich den Saftsack: „Darf man hier rauchen?“

Aber ich hatte schon wieder Pech. Der Kerl gab nicht Kontra, sondern sagte nur: „Sehe ich so aus, als könnte ich irgendjemandem etwas verbieten?“

Ich schaute ihn mir genauer an und sagte: „Eigentlich nicht.“

Wollte mir also einen schönen dicken Joint anzünden, als er anfing zu jammern, dass mit ihm sowieso jeder machen könne, was er wolle, und dass ich also ruhig rauchen solle, wenn mir der Sinn danach stünde, auch wenn es eigentlich verboten sei, ihm wäre ohnehin schon alles egal.

Dabei klang er wie Sand unter Kamelfüßen, und er tat mir plötzlich irgendwie leid. Ich lehnte mich nach vorne und ermutigte ihn – ganz gegen meine Natur –, mir das Rauchen zu verbieten, ich sagte: „Na komm schon, du kannst es!“

Er schüttelte den Kopf: „Nein, das kann ich nicht. Ich kann's einfach nicht.“

Nun klang er wie ein nasser Fetzen, der gegen die Fliesen klatscht. Ich hatte Angst, dass er gegen die nächste Wand fahren könnte und uns alle mit in den Tod reißen würde.

„Doch! Du schaffst es!“

Zögernd versuchte er es, aber es kam kein lautes, entschiedenes Wort über seine Lippen. Ich fand, das lag daran, dass er im Kaubereich nicht locker genug war. Also zündete ich mir den Joint doch an und steckte ihm das Teil in den Kaubereich, und er fragte: „Was ist das?“

Ich: „So eine Art Verstärker. Wie eine geile Soundanlage beim Stadionrock."

Er zog ein paar Mal kräftig durch, ließ den Rauch dabei lange genug in der Lunge, wie es Vorschrift war, und entspannte sich langsam. Bei der übernächsten Ampel sagte er bereits laut und deutlich: „Rauchen verboten!" Lachte dabei aber auch, dass es ihn schüttelte, als er sich das sagen hörte, und lachte immer lauter, je öfter er es sagte. Ich gab ihm die Adresse von meinem Kumpel Lemmy, bei dem er das Zeug in Zukunft selbst kaufen konnte. Und als er an der nächsten Ampel stehen blieb, stieg ich aus, denn ich fahre mit keinem Taxi, in dem man nicht rauchen darf.

Im nächsten Taxi saß einer mit Turban drin, braun gebrannt, Typ Sohn der Wüste. An seiner Stirn hatte er einen dunklen Fleck, der mir Angst machte. In seinen stechenden Augen über dem Zottelbart zeigte sich die Verachtung des zufriedenen Kamels für den Durstigen. Er fragte streng: „Wo?"

Kein freundliches „Habibi", nichts.

Ich sagte: „Zum Mekka!"

Das immerhin gefiel ihm. Die Zähne fielen ihm fast heraus vor Freude, auch wenn der Klugscheißer meinte: „Heißen das nicht zum Mekka, heißen das nach Mekka."

Er stieg aufs Gas, wollte gleich links abbiegen, dahin, wo sein Mekka war. Aber mein Mekka war woanders, also blieb ich dabei: „Heißen das sicher zum Mekka! Und jetzt mach schon! Dich muss man wohl mit der Peitsche antreiben? Hü hott!"

Ich meinte nämlich, er soll uns zum Mekka des Tabledance bringen, wo ich einen Teil meines Geburtstags verbracht hatte, und nannte ihm die Adresse.

Da Guttmann um keinen Preis wollte, dass wieder ein Streit unsere Weiterfahrt behinderte, brachte er eine berufliche Diskussion ins Rollen: „Zwei ermordete Ausländer in wenigen Tagen machen keinen schlanken Fuß im Ausland. Dazu zahlreiche Übergriffe von Nachahmungstätern, weil die Hemmschwelle einfach sinkt, wenn erst mal einer anfängt …"

Hamsat al Arabia, so stand es auf seinem Ausweis, der vorne an der Scheibe klebte, verlor ein wenig die Farbe im Gesicht. Von den Ausländermorden hatte er scheinbar noch nichts gehört, und jetzt, da er es hörte, machte es ihm Sorgen. Guttmann verstärkte seine Sorgen noch, als er sagte: „Wenn das wieder so eine rechtsextreme Mordserie wird, für die wir berühmt sind in der ganzen Welt, dann Gute Nacht. Man hat einfach keinen Rückhalt in diesem Land, wenn man Morde an Ausländern aufklären soll, überhaupt an Zigeunern."

Hamsat wirkte irgendwie erleichtert, als Guttmann „Zigeuner" sagte, meinte aber: „Sagt man nicht Zigeuner, sagt man Sinti und Roma."

Ich sagte: „Du konzentriere dich aufs Fahren!"

Dann fragte ich Guttmann: „Du suchst also einen mutmaßlich schwulen, mutmaßlich rechtsextremen Mörder, der seinen Opfern sein Zeug in den Mund spritzt, bevor er sie kaltmacht, richtig? Viel Spaß bei der Suche, ich bin müde!"

Ich sah über den Rückspiegel, wie Hamsat schluckte.

„Heilige Scheiße!", fuhr Guttmann fort. „Kannst du dir das vorstellen?"

Ich fragte: „Was?"

„Na, was die tun!"

„Was tun sie denn?"

„Sich gegenseitig in den Arsch ficken und so, na du weißt schon."

Hamsat al Arabia war jetzt nicht mehr so braun im Gesicht wie zuvor, sondern ein ganz kleines bisschen weiß um die Nase herum. Er schwitzte nun sogar deutlich stärker als ich, obwohl er andere Temperaturen gewohnt sein musste. Ich sagte: „He, unser Freund Herschel der Jude hat die ganze Zeit nur Arschfickfilme angeschaut, nur halt mit Frauenärschen, *Dirty brown assholes destroyed* und so weiter, du erinnerst dich? Also ich sehe da keinen Unterschied, höchstens in Art und Umfang der Behaarung um den Arsch herum, aber he, dagegen gibt es ja Mittel, wie wir wissen."

„So entspannt siehst du das?", fragte Guttmann überrascht, während sich Hamsat den Turban hin und her schob.

Ich zeigte ihm meinen Joint und sagte: „Ich bin einfach der entspannte Typ. Du darfst nicht vergessen: Ich war nackt, als ihr mich gefunden habt, und hatte eine Tröte im Kamin. Letztlich läuft es immer aufs Gleiche hinaus – Arsch ist Arsch."

„Und in den Mund?", fragte Guttmann. „Würdest du ihn auch in den Mund nehmen?"

Ich sagte: „Deinen? Ganz ehrlich, nein."

Hamsat al Arabia schlug nun seine Stirn gegen das Lenkrad. Ich sagte: „Kühl runter, Mustafa. Alles wird gut. Wir reden doch nur von Ärschen!"

Der aus Arabien blieb dann erschöpft vor dem Tabledance stehen, als ich endlich sagte: „Hier ist das Mekka!" Auch wenn mein Mekka nicht aussah wie sein Mekka, konnte er nicht ganz verbergen, dass ihm mein Mekka besser gefiel – Titten, Ärsche und Beine in schönstem

Neon ließen ihn nicht ganz kalt. Zwar hielt er sich theatralisch die Hand vor die Augen, spreizte dabei aber leicht die Finger, wie ich sehen konnte, und sagte: „6,50!"

Guttmann gab ihm einen Zehner, und ich sagte: „Stimmt schon. Aber spreng es ja nicht in die Luft, wir brauchen es noch!"

***

Ich musste dann erst mal Ordnung machen. Nicht in meinem Leben, sondern in meinem Wagen. Da lagen überall Dosen und Flaschen herum, Filter, Papers und Feuerzeuge, dazu CDs mit Musik aus einer Zeit, als sie noch nicht aus dem Telefon kam. Ich schob eine von Neil Young hinein und räumte, was ich brauchen konnte, in meine Brusttaschen, den Rest warf ich auf die Straße. Im Handschuhfach lagen zwei volle Flachmänner, und weil ich zwei Brusttaschen hatte, steckte ich mir einen für später hinein, den anderen trank ich leer und steckte ihn ein, um ihn später irgendwo wieder auffüllen zu können. Schon sah ich wieder die Schönheit des Lebens, das herrliche Grün meines Hemdes, das wunderschöne Mintgrün meines Datsun, und war erfüllt von Dankbarkeit. Was für die Ladys die Handtasche, das ist für den Mann die Brusttasche seines Hawaiihemdes. Ich stellte den Rückspiegel so, dass ich mich darin sehen konnte, und war zufrieden. Hätte ich den zweiten Flachmann sofort geleert, wäre ich vielleicht sogar glücklich gewesen, aber man soll das Glück nicht herausfordern. Während mich Guttmann Ordnung in mein Leben bringen sah, sagte er: „Ich will dann mal hinauf zum Outlet."

Oben im Norden, an der Grenze, gab es nämlich eines. Kein Designer-Outlet, eher was für Fernfahrer, die dort den Straßenstrich frequentierten. Oder Bauern, die ihre Gülle auf den umliegenden Feldern ausbrachten und dann schnell zur Nutte gingen, bevor sie wieder zur Bäuerin nach Hause mussten. Ich fragte: „Was steht denn am Einkaufszettel?"

Er sagte: „Zwei Frühlingsblousons zum Preis von einem."

Ich fragte: „Graue?"

„Ja, warum denn nicht grau? Und zwei Cordhosen dazu."

„Zum Preis von einer?

„Natürlich."

„Braune?"

„Ja. Sie sind robust und strapazierfähig. Lust mitzukommen?"

Jetzt waren wir also schon bei „Lust mitzukommen?" angelangt, keine Rede mehr von einem Auftrag. Ich war echt müde. Aber nach den paar Tagen Feierlichkeiten war es vielleicht ganz gut, wieder in den geregelten Alltagstrott zurückzukehren. Guttmann war Mord-Bulle, und weil er nicht mehr gerne Auto fuhr, seit ihm der Zucker die Augen ruinierte, und ihm das Lösen der Fälle immer schwerer fiel, band er mich in seine Fälle mit ein. Ausgerechnet mich! Im Gegenzug tat er mir immer wieder den einen oder anderen Gefallen, zum Beispiel organisierte er die Verlängerung meiner Privatdetektiv-Lizenz.

Ich sagte also: „Kauf dir doch mal was Gelbes! Gelb steht dir."

Wir fuhren gemütlich dahin, da fiel das frühlingshafte Sonnenlicht bei der Beifahrerseite herein, gerade als ich mir Guttmann in seinem grauen Blouson und seiner braunen Cordhose mal genauer anschaute. Sein Kopf fiel immer wieder nach vorne, weil er nahe dran war einzuschlafen. So als wäre er der Besoffene und nicht ich. Sein Schal verrutschte – und ich sah eine dicke, rote Beule an seinem Nacken, zum Glänzen gebracht vom Licht der Sonne. Ich sagte: „Verdammt, Gutti, was ist denn das? Ist das Krebs?"

Ich wollte hinfassen, da erschrak er und schrie mich an: „Finger weg!"

Sein Nacken war so geschwollen und steif, dass er mich nur aus den Augenwinkeln heraus anschauen konnte, in einer Mischung aus Verzweiflung und Scham. Ich machte mir Sorgen, dachte: Was, wenn die Beule platzt? – Dann wäre mein Wageninneres ganz versaut …

Andererseits tat er mir leid, also machte ich ihm einen Vorschlag: „Ich bring dich natürlich rauf zum Outlet, in diesen Klamotten kann ich dich ja unmöglich sterben lassen. Aber hör zu: Neben dem Outlet gibt's den Club Skandalös, wie du weißt, und für den hab ich noch einen Konsumations-Gutschein von Dirty Willi in wirklich ansehnlicher Höhe übrig, den er mir zu einem früheren Geburtstag geschenkt hat, den ich in nächster Zeit aber sicher nicht alleine einlösen werde können, da ich wirklich sehr müde bin."

Der Club Skandalös lag oben an der Grenze, wo die Fernfahrer und Bullen nach Nutten suchten, und wo die Wälder dicht an dicht aneinander standen, neben den Nutten. Auch Dirty Willi hatte mal überlegt, in den Sexmarkt an der Fernfahrerstraße zu investieren, aber letztlich darauf verzichet, weil ihm das Geld dazu fehlte. Statt mit Anteilen am Club Skandalös war er nur mit ein paar Gutscheinen zurückgekommen. Wer dort oben eine Lizenz kaufen wollte, musste einiges gespart haben.

„Falls du also noch was Geiles erleben willst, bevor du abtrittst, lade ich dich gerne ein. Kann ja sein, dass dir die Zeit davonläuft, das Teil da hinten sieht wirklich nicht gut aus."

Er schaffte es, seinen Kopf weiter in meine Richtung zu drehen, schaute mich lange an und sagte: „Weißt du was? Ich hab die Hemden tatsächlich bei Abdullah gekauft. Für 1,63 periodisch das Stück."

***

Ich touchierte einen Hydranten, nahm einen halben Mistkübel mit, überfuhr die Gehsteigkante und parkte mich schließlich in der Nähe der Endstelle des Autobusses 48A in Ottakring ein. Wer einmal besoffen war, weiß, wie schwer es ist, wieder nüchtern zu werden.

Als ich ausstieg, wurde mir sogar ein wenig schwindelig, ich verlor die Orientierung und stürzte zu Boden. Aber Kreislaufschwächen kommen vor und sind Teil des Programms, da darf man sich nicht wundern. Wichtig ist, dass man wieder aufsteht und nicht liegen bleibt. – Ich stand wieder auf und lehnte mich kurz gegen die Scheibe meines Wagens, und mir gefiel, was ich darin sah: Das neue Hemd weit offen – denn nicht nur der Geist, der ganze Körper muss im Frühling atmen. War ich gerade noch ein wenig niedergeschlagen wegen der Morde und der Beule von Guttmann, so war ich jetzt schon wieder deutlich besser gelaunt, und als ich Dr. Beate Mayr sah, war der Schwindel sogar ganz weg, und ich steuerte zielsicher auf ihre beiden wirklich ansehnlichen Brüste zu, an denen ich mich orientierte.

Die Biene Mayr, wie wir sie nannten, war Forensikerin in Guttmanns Mordabteilung Süd-West und seine beste Mitarbeiterin, wie man neidlos anerkennen musste. Auch weil sie nebenher die Asservatenkammer mit all den beschlagnahmten Spirituosen betreute, die bei Schnaps-Schmugglern sichergestellt wurden, oder für die Staatsanwaltschaft Drogenfunde verwaltete, die sie hin und wieder zu unseren Gunsten schmälerte. Normalerweise war die Biene also stets gut gelaunt und hatte immer was zu zwitschern dabei, damit sie die gute Laune niemals verlor. Ich verband mit ihrer Anwesenheit die berechtigte Hoffnung, meine beiden Flachmänner wieder mit russischer Brühe auffüllen zu können, und den Rest der Flasche gemeinsam zu trinken. Aber diesmal hielt sie sich an einem Plastikbecher mit irgendwas Grünem drin fest und saugte das Zeug nervös mit einem Strohhalm auf.

Frauen und der Frühling, das ist nicht immer eine leichte, unbeschwerte Mischung, denn der Frühling kommt meist unerwartet, so wie der Schnee im Herbst: Man weiß zwar, dass er kommen wird, aber man ist trotzdem nie darauf vorbereitet. Zu Weihnachten macht man es sich noch auf der Ofenbank gemütlich und isst mehr, als man kotzen kann. Das sieht man dann im Frühling, wenn das Licht wieder heller wird und die Tage länger, und die Biene spürte es am Kleid, das ihr vor zwanzig Jahren noch gepasst haben mochte, nun aber nicht mehr so gut, weil es unangenehm spannte.

Sie sah also recht unglücklich aus, als ich sie begrüßte. Um von ihrem eigenen Unglück abzulenken, sagte sie: „Du stinkst."

Ich blieb ruhig und fragte: „Noch immer?"

An der Haltestelle stand eine Tasche, wie sie bei allen Flüchtlingen der Welt und allen Umzugswütigen der letzte Schrei war – rot, rosa und blau kariert, in der Größe XXXL und extrem reißfest. Darum herum waren Absperrbänder gespannt, und um die Bänder herum standen ein paar Bullen, ich fragte: „Worum geht's denn eigentlich?"

„Diese Tasche hier", wurde die Biene wieder sachlich, „muss schon länger in einem Bus der Line 48A gestanden sein, bevor sie dann doch mal einem Fahrer aufgefallen ist und er sie hier abgestellt hat. Was sagt uns das über die Wiener Verkehrsbetriebe?"

Ich versuchte es mit: „Nichts Gutes?"

„Richtig. Keiner kümmert sich mehr um den anderen, keinen interessiert es, wenn eine riesige Tasche in einem Bus herumsteht. Was heißt das für unsere Gesellschaft?"

Ich wich nicht vom Kurs ab: „Auch nichts Gutes?"

„Richtig. Erst die beiden Mädchen da drüben haben die Tasche hier an der Haltestelle entdeckt und dachten sich wohl – Jackpot! Sie wollten die Tasche von hier wegschleppen und sich dann vermutlich rausnehmen, was drinnen ist."

Sie deutete auf zwei Rotznasen, die etwas abseits standen – gut bewacht von fünf Bullen –, kaum höher als Guttmanns Arsch, mit verfilzten Haaren und reichlich Dreck im Gesicht. Wenn solche irgendwo herumstehen, lautet die spannende Frage, ob sie einen Tritt in den Arsch kriegen oder zwei Euro auf die Hand. Man weiß nicht, von wo die überall herkommen in letzter Zeit, aber es sind so richtig viele. Die beiden Girls sahen meiner Meinung nach aus, als könnten sie schon was vertragen. Ich wollte ihnen einen Schluck aus meinem Flachmann anbieten, aber da war nichts mehr drin. Flehend schaute ich die Biene an, aber die saugte nur unglücklich an ihrem grünen Zeug. Ich sah nach, was ich sonst noch in der Brusttasche meines Hawaiihemdes stecken hatte, und fand ein Feuerzeug, das ich nicht mehr brauchte. Die eine freute sich auch darüber, die andere aber wollte lieber Cash, sie hielt die Hand auf und sagte: „Zwei Euro."

Wo sollte ich denn auf die Schnelle zwei Euro herkriegen?

„Es gab einen Anruf", erzählte die Biene weiter. „Einen halbwegs hysterischen: Der Blockwart unserer Tage vermutet ja sofort Diebsgut, wenn zwei Kinder mit etwas dunklerer Hautfarbe versuchen, eine Tasche wegzuschleppen, das sieht dann aus, als wollten sie abhauen mit etwas, das uns gehört! Die Polizei war also da, bevor sie die Tasche überhaupt öffnen konnten. Aber mit dem Inhalt hätten sie vermutlich sowieso keine Freude gehabt: Auf den ersten Blick ist sie Mitte dreißig, dürr, ausgezehrt, aber muskulös, Körperfettanteil nahe null. Typ Spinatwachtel, die sich von Obststücken ernährt."

Ich fragte: „Was ist das, Obststücke?"

Die Biene öffnete den Reißverschluss der Umzugstasche. Ich bückte mich, schaute hinein, sah die Leiche. Aber hallo! Die Leute tragen ja heutzutage wirklich alles Mögliche hinaus auf die Straße und lassen es dann stehen: Kühlschränke, Einbaukästen, Röhrenfernseher. Aber Leichen in einer Tasche?

Wenn man gerade keinen Teppich bei sich hat, in den man die Leiche einwickeln kann, ist so eine Umzugstasche eine gute Art, sie zu entsorgen, vielleicht sogar die bessere. Es durfte nur nicht Onkel Kurti mit seinen 120 Kilo sein, den man wegbringen musste.

Diese Leiche hier lag irgendwie in sich selbst verknotet auf dem Rücken. Die Füße waren hinter dem Kopf verschränkt, als wären sie ihr Polster, während die Hände verkreuzt unter dem Arsch lagen, was dann so aussah, als wäre sie ihre eigene Schaukel. Alle Achtung. Solche Pakete kriegt die heimische Post schon lange nicht mehr hin. Die Zunge hing ihr raus, die Augen traten hervor, als hätte sie kurz vor ihrem Tod etwas Schreckliches gesehen. In ihrem Gesicht und an der Zunge waren vereinzelt Haare, ich fragte die Biene: „Was ist das?"

Sie sagte: „Haare!"

Und den nächsten Satz brachte sie nur schwer über die Lippen: „Sie liegt hier in der Schlafstellung des Yogi."

Beim Schlafen trug die Leiche enge Leggings, sodass man in ihrem Schritt alles sehen konnte, was einem Mann Freude machte, aber auch wirklich alles. Man kennt das aus Filmen wie *Cameltoe 1–15*, und Guttmann liebte diese Filme.

Entsprechend begeistert schaute er in die Tasche hinein, hatte sich aber noch so weit im Griff, dass er fragen konnte: „Hatte sie Dokumente bei sich?"

„Machst du Witze?", fragte die Biene, „siehst du nicht die Wollsocken? Sie starb vermutlich im vertrauten häuslichen Umfeld, bevor sie ihre Reise in dieser Tasche hierherführte."

„War sie schon tot, als sie die Reise antrat?"

„Keine Ahnung."

Während Guttmann davon träumte, dass sie vielleicht bei einem abartigen Sexspiel gestorben sein könnte, fiel mir ein Brandloch an ihrem Sportdress auf, oder besser gesagt: ein paar Brandlöcher auf ihrem gestählten Bauch, so, als hätte sie dort nervös eine Zigarette ausgedämpft wie in einem vollen Aschenbecher.

Ich sagte: „Immerhin war sie Raucherin."

„Oder der, der sie hierhergebracht hat", bremste die Biene meine kurze Begeisterung für die Tote. „Es würde mich schon sehr wundern, wenn eine wie sie geraucht hätte. Außerdem: Siehst du die schwarzen Haare in und um ihren Mund? Sie selbst ist blond. Jemand muss sich mit ihr beschäftigt haben, bevor er sie hierhergebracht hat. Ich tippe auf Mord."

Ich zündete mir einen an, einen schönen dicken, blies den Rauch gemütlich in die Gegend hinaus und beamte mich zurück in meine kleine heile Welt, zwischen die beiden Schenkelberge der Zigeunermutti, wo ich mich bisher am wohlsten gefühlt hatte, und zwar in meinem ganzen Leben. Umgeben von ihrem strengen Duft, wegen dem ich nie wieder unter ihrem Rock hervorkriechen wollte.

„Normalerweise", hörte ich die Biene sagen, „reagieren Männer ja sehr positiv auf Frauen, die hilflos verschnürt herumliegen und dabei offen ihre Scham zeigen."

Ich fragte: „Wieso denn?"

„Wegen der Vorstellungen, die Männer mit Yoga verbinden."

Ich bot der Biene meinen Joint an, der meine Fantasien auf ganz eigene Art beflügelte, aber sie lehnte ab. Blickte nur zu Boden und fing plötzlich an zu weinen, dann sagte sie, einigermaßen verzweifelt: „Ach, Rock! Ich konnte doch auch mal die Krähe!"

Und ich, weil ich nicht wusste, was ich sonst darauf sagen sollte: „Aber du musst doch nicht die Krähe können, damit wir dich liebhaben."

Dann fasste ich sie an den fleischigen Oberarmen und ruckelte sie ein wenig durch, was ihr aber auch nicht gefiel, denn an den Oberarmen merkt man am schnellsten, wenn eine Lady weich und schwabbelig geworden ist. Die Biene steckte ganz tief in einer Krise, sie war unzufrieden mit sich und ihrem Körper, und ihr verächtlich-eifersüchtiger Blick auf die Tote verriet mir die frustrierenden Schnupperstunden, die sie irgendwann heimlich selbst mal genommen hatte, und die Demütigungen, die sie dort erfahren musste. Sie hatte hineingerochen ins weite Land Yoga, sich aber immer wieder umgedreht, und irgendwann hat sie dann nie mehr zurückgeschaut. Die Tote, die nur aus Haut und Knochen bestand, erinnerte die Biene, die sich über den Winter in das eine oder andere Fettpölsterchen zu viel gepackt hatte, an ihr eigenes Versagen und machte sie unleidlich. Nicht, weil sie tot war, sondern, weil sie so viel dünner und gesünder gestorben war, als sie es je sein würde, und weil sie die Schlafstellung des Yogi beherrscht hatte. Selbst wenn ich ihr geholfen hätte, würde sie es nie schaffen, in diese Position zu kommen – die Biene war im Bett mehr der gemütliche als der explosive Typ, eher Tiroler Milchkuh als Gazelle aus der Serengeti, nicht unsexy, aber auch nicht übertrieben ambitioniert. Darum hatte sie kein falsches Mitleid mit einer Frau, die zusammengefaltet in eine Tasche passte und vielleicht vierzig Kilo wog. Alles, aber auch wirklich alles deutete darauf hin, dass sie sehr gesund gewesen sein musste, aber dass es ein qualvoller Tod war, den sie erlitten hatte, und nichts anderes wünschte man diesen Gesunden.

Ich umarmte sie und legte meine Hände auf ihren Arsch, mehr, um sie zu trösten, denn aus einem echten Bedürfnis heraus. Früher war ich immer scharf auf sie, wenn ich betrunken war, aber neuerdings war ich nur noch durstig, wenn ich betrunken war. Sie gab mir eine Ohrfeige, die meine Kopfschmerzen eher verstärkte als heilte, und dann fragte sie Guttmann: „Was ist denn mit dem los?"

Der zuckte die Schultern und sagte: „Er hatte Geburtstag."

Nun ließ die Biene den Blick verschämt zu Boden gleiten. Schlechtes Gewissen war immer ein guter Türöffner. Ich lehnte mich wieder gegen sie, als mir schwindelig wurde. Sie hielt schwach dagegen, fing dann aber doch zu seufzen an und meinte: „Ach, Rock."

Dabei kam ihr ein kleines Furzi aus, schüchtern und ladylike, für das sie sich ein bisschen schämte. Ich fragte: „Ja? Was ist?"

Sie fand, ein Gutschein für eine Prostata-Vorsorgeuntersuchung wäre vielleicht ein gutes, wenn auch zugegeben verspätetes Geburtstagsgeschenk. Aber je älter ich wurde, desto skeptischer war ich Ärzten gegenüber, also fragte ich: „Bist du denn ausgebildet?"

Beleidigt stieß sie mich weg. Die Biene und ich hatten ein schwieriges Verhältnis – mal hatten wir eines, dann wieder nicht. Aber im Moment war ich einfach nicht mehr betrunken genug, um mitten auf der Straße richtig scharf auf eine Prostata-Vorsorgeuntersuchung zu sein. Ich war scharf auf Alkohol, aber sie saugte ständig an einem Strohhalm ihr grünes Zeug auf, was mich dann doch ein bisschen scharf machte – allerdings auf den Drink, und nicht auf sie –, und ich fragte: „Was trinkst du denn da die ganze Zeit?"

„Das ist ein Green Smoothie."

„Ist der mit Gin?"

„Nein, mit Gemüse."

„Was ist denn das? Gemüse?"

Sie erzählte von einer 30-Tage-Green-Smoothie-Challenge, an der sie teilnehmen würde, jeden Tag einen von diesen Säften. Sie schämte sich, dass sie schon bei Tag 15 angekommen war, und sie schämte sich noch mehr, als ihr wieder einer auskam, diesmal schon deutlich dunkler und röhrender. Um die Blähungen zu stoppen, machte ich ihr ein Angebot unter Freunden: „Warum versuchst du's nicht mit einem gesunden Eiweißshake anstatt mit Gemüse?"

Sie lachte müde: „Ich weiß, worauf du hinauswillst, Schätzchen. Aber ich schlucke kein abgestandenes, nach altem Mann, Alkohol, Nikotin und schlechter Ernährung riechendes Sperma, da musst du dir eine suchen, die wirklich dringend die zwei Euro braucht, die du nicht einmal mehr aufbringst, und die sich dann vier Stunden abmüht, um dir ein paar Tropfen rauszuholen. Was du brauchst, ist ein stationärer Entzug."

Die Wahrheit ist nicht schön, das Schöne ist nicht wahr. Alter Klospruch.

Ich sagte: „Aber ich trinke doch nicht, weil ich muss, ich trinke, weil ich will!", begab mich ein Stück abseits und fand das passende Gebüsch. Ich ließ es laufen, und das Gefühl unendlicher Freiheit nahm von mir Besitz, von rauer Männlichkeit in wilder Natur. Ich seufzte: „Ah, herrlich! Der Frühling!"

Dann packte ich ein und ging zu den beiden Rotznasen, steckte ihnen was zum Rauchen in den Sack und nannte ihnen Lieferadresse und Preise. Ich gab ihnen einen Klaps auf den Hinterkopf und schickte sie weg.

„Husch, husch!"

Sie murmelten etwas wie: „Alter, wasch dir mal die Hände, bevor du uns nach dem Pinkeln anfasst!", und Guttmann schrie ganz aufgeregt: „He! Das sind Zeuginnen!"

Ich aber blieb ruhig und sagte: „Das sind keine Zeuginnen, das sind Zigeunerinnen. Oder Sinti und Roma, wie man heute sagt. Jedenfalls welche vom fahrenden Volk, wie man früher sagte. Also, wohin willst du ihnen die Ladung schicken, du Schwachkopf?"

Am liebsten hätte ich die beiden adoptiert und ihnen beigebracht, wie man richtig lebt. Jedenfalls ohne Green Smoothie und kleine Furzis, die durch Green Smoothies erst entstanden, und auf jeden Fall ohne Rauchverbot. Ein paar glückliche Jahre sollten sie noch verbringen, bevor die große Smoothie-Maschine sie verschluckte und als saubere, stets gekämmte Zombies wieder ausspuckte.

***

Ich war besoffen eingeschlafen und wachte besoffen wieder auf, als die Schelle läutete, ich drückte auf Grün und sagte mit trockenem Mund: „Superschnüffler Rock Rockenschaub löst auf alle Fälle alle Fälle, was kann ich für Sie tun?"

Die Stimme am anderen Ende der Leitung ließ mich wissen: „Ich bin's, der Duke."

Ich war ein wenig rostig geworden, und wenn ich morgens aufwachte, dann konnte ich mir immer öfter vorstellen, etwas länger im Bett zu bleiben. Mit knarrenden Scharnieren richtete ich mich auf, schlüpfte in die Treter und schüttete mir einen Becher Russenschnaps unter den Schnauzer, um den pelzigen Geschmack von meiner Zunge zu kriegen und die gröbsten Schmerzen aus meinem Kopf. Dann schrieb ich mir groß auf die Merkliste: Nie mehr ans Telefon gehen, wenn du gerade ausnüchterst!

Nach einem weiteren Becher flutschte die Zunge wieder recht ordentlich, und ich fragte: „Wer soll denn das sein, der Duke?"

Und er: „Na ich, der Duke!"

Ich kramte ein paar verstaubte Erinnerungen aus meinem Denkapparat hervor, die alle bestimmt zwanzig Jahre alt waren: Meine Lehrjahre als Kartenabreißer in Dirty Willis Swedish Pornhouse lagen längst hinter mir, ich war zum Filmvorführer aufgestiegen, dann zum Mädchen für alles und schließlich zu Willis rechter Hand, nachdem er mir wie ein Vater alles beigebracht hatte, was man für das Leben wissen muss, kurz: Ich war zu einer reifen Persönlichkeit herangewachsen, die in der Pornokino-Szene etabliert und angesehen war, als irgendwann vier junge Schnösel aus der noblen Josefstadt bei uns auftauchten, die ihre Schulzeit lieber mit *Jack schleckt auf!*, *Jack schleckt 13!* oder – als Fortsetzung! – mit *Jack schleckt sie alle!* bei uns vertrödeln wollten. Mit Jack Schlecks Pornoklassikern aus den spätern 70er- und frühen 80er-Jahren also, die einen jungen, heranwachsenden Mann sorgsam an die Geheimnisse der weiblichen Scham heranführten und ihm beibrachten, wie man die Ladys mit der Zunge zum Zittern brachte.

Zunächst waren uns diese Idioten gar nicht aufgefallen, denn man blickte irgendwie einfach durch sie hindurch, wenn sie einen nicht gerade um eine Zigarette anschnorrten. Erst durch auffällig nervöses Gebaren im Kinosaal machten sie auf sich aufmerksam; sie kicherten während der Vorführung und räumten ihre versauten Papiertaschentücher nicht selbst weg, was bei Dirty Willi aber oberste Pflicht ist. Zwar war Dirty Willi immer interessiert daran, sein Publikum zu erweitern, aber diese jungen Wichser waren uns dann doch zu unreif. Er schickte sie mit ein paar Arschtritten zurück in ihre beschissene Schule, wo sie weiter für die Schule lernen sollten, denn fürs wirkliche Leben und für den Rock'n'Roll-Wahnsinn taugten sie nicht.

Nur bei einem von ihnen war ein gewisser ehrlicher Hang zum verschwendeten Leben erkennbar. Er nannte sich Duke und war einen Kopf kleiner als die anderen, dafür war er deutlich stärker behaart als alle, die ich bis dahin gesehen hatte. Er lief im weißen Bademantel herum mit feinem Schnösel-Polohemd darunter, gebügelten Jeans an den Beinchen und Badelatschen an den Stinkern, was damals nicht jeder tat. Wenn man ständig übersehen wird, weil man so klein ist, muss man schauen, wie man die Aufmerksamkeit auf sich zieht. – Dass er den Bademantel auch in der Schule trug, wie er gerne erzählte, das nahm uns dann beinahe für ihn ein. Aber letztlich schaffte auch er den Abstieg zu uns Asozialen im 16. Bezirk herüben nie ganz, obwohl er sich zumindest bemühte. Nachdem die vier jungen Schnösel wieder weg waren, fragte keiner von uns je wieder nach ihnen, auch nicht nach dem Duke, denn abgegangen war er uns nicht. Es fehlte ihnen das, was man eine verdammte Scheiß-Aura nennt. Wenn er und seine Jungs zu etwas taugten, dann vielleicht zum fünften Rad am Wagen, und überzählige Räder gab es genug auf dieser Welt. Zu viele von denen kannte ich persönlich.

Diese Pfeife rief mich also nach zwanzig Jahren wieder an, und das konnte nichts Gutes bedeuten. Ich griff nach den Rauchwaren auf meinem Nachttisch und zündete mir einen zum Frühstück an, dann kratzte ich mich am Arsch, und weil mir nichts Besseres einfiel, fragte ich: „Wo wohnst du denn jetzt genau?"

Er sagte: „Im 8. Bezirk."

Und ich: „Noch immer?"

Dann war er ja nicht viel herumgekommen in der großen weiten Welt, jedenfalls nicht für einen Rock'n'Roller, der er damals unbedingt sein wollte. Irgendwann hatte er mal was von einer Band erzählt, die er zusammen mit den drei anderen Spinnern, mit denen er immer bei uns auftauchte, gründen wollte, wegen der Groupies, die sie dann irgendwann ficken wollten.

Wie immer in diesem Alter wusste aber auch der Duke noch nicht so genau, wohin seine Reise gehen sollte. Man probiert ein bisschen herum, wenn man jung ist, und sagt schließlich ein paar Mal zu oft: „Morgen ist auch noch ein Tag!", wenn es darum geht, die Welt aus den Angeln zu heben. – Bis man fünfzig ist und zwischen den fetten Schenkeln einer Zigeunermutti in der Ausnüchterungszelle aufwacht. Dann ist es zu spät für den ganz großen Scheiß, weil einem schon alle Knochen wehtun vom vielen Herumirren, und man sich erst die Lesebrille aufsetzen muss, bevor man der Welt eine reinhauen kann.

Der Duke musste um mindestens zehn Jahre jünger sein als ich, aber in seiner Stimme hörte ich schon die Bitterkeit über alles Versäumte in seinem beschissenen Leben. Nur weil ich noch nicht wieder besoffen genug war, fragte ich: „Worum geht's denn?"

***

Das Debakel mit meinem Geburtstag zwang mich dazu, mein Freundschaftskonzept zu überdenken. Einer, der sich auch nach zwanzig Jahren noch an mich erinnerte, würde in Zukunft auch meinen Geburtstag nicht vergessen. Also saß ich zehn Minuten später und mit einer versäumten Dusche mehr auf der Liste in meinem mintgrünen Datsun 280 ZX. In der Eile hatte ich sogar vergessen, das Hemd zu wechseln, in dem ich eingeschlafen war. Als es verlässlich an meinem Sitz festklebte, kaum, dass ich die Tür zugeschlagen hatte, fragte ich mich kurz, ob ich es nicht doch mal mit reiner türkischer Baumwolle versuchen sollte.

Ich durchfuhr die Friedmanngasse hinauf in Richtung Dirty Willis Swedish Pornhouse, das an der Ecke zum Gürtel lag. Immer öfter tauchten in letzter Zeit Leute bei ihm auf, die ihm alles Mögliche einreden wollten, wobei ihnen zugutekam, dass Willi alt und hinfällig geworden war, und zwar älter und hinfälliger, als ich es mir jemals hätte träumen lassen. Er musste langsam aufpassen, dass er nicht die Kontrolle über sein Imperium verlor, und weil er das alleine nicht mehr konnte, musste ich später wieder mal bei ihm vorbeischauen, um ihm einen Guten Tag zu wünschen und ihm zu erklären, warum ich die letzten drei Tage nicht zur Arbeit gekommen war.

Ich überquerte den Gürtel, und an der Ecke Lerchenfelder Straße und Blindengasse, wo sich zwei Straßenbahnlinien kreuzten, parkte ich mich ein. An der Adresse, die mir der Duke für unser Treffen genannt hatte, lag ein Schweinekramladen namens Bunnys, ganz klar etwas für Spezialisten und Liebhaber. Sex und Schweinekram waren ein verdammt hartes Geschäft, mit dem man schon am Gürtel nicht wirklich reich wurde. Sex in einem Bezirk aber, in dem alte Mütterchen noch ein Häkeldeckchen unter dem Wählscheibentelefon liegen hatten, war vermutlich ein noch härteres, härter war es dann nur noch in und um Kabul.

Da ich die letzten zwanzig Jahre nichts von diesem Laden gehört hatte, konnte es nichts Großes sein. Schon als ich den Schlüssel in meinem Wagen umdrehte, sah ich, dass sich der wirtschaftliche Erfolg beim Duke nie eingestellt hatte. Und weil man nicht nüchtern sein musste, um das zu sehen, nahm ich einen kräftigen Schluck aus meinem Flachmann, und dann noch einen. Anschließend füllte ich ihn wieder mit russischer Brühe aus der mitgebrachten Flasche auf und steckte ihn in die zweite Brusttasche meines Hemdes, aus der anderen zog ich die alte Carrera – Jahrgang 1970 – heraus und setzte sie mir auf den Riechkolben. Ich genoss die frische Luft um mich herum und ließ mein verschwitztes Hemd trocknen.

Dabei erspähte mein geübtes Auge den Laden gegenüber vom Bunnys, der von oben bis unten lila angestrichen war, was nicht zu meinen Lieblingsfarben gehörte. Der Laden hieß Clit Lit und war wohl eine Buchhandlung. Ich sah ein paar rothaarige Wickelrockträgerinnen dort drüben ein und aus gehen, und ein paar von ihnen hatten ihren letzten Wurf in einem Tragetuch vor den Sacktitten hängen. Eine beobachtete mich skeptisch bei meinem Tagewerk, und ich beobachtete sie skeptisch zurück. Dabei lehnte ich mich gegen meinen Wagen, kratzte mich an den Eiern und montierte mir einen ordentlichen Joint im Kaubereich. Damit sie auch hören konnte, wie gut es mir insgesamt ging, pfiff ich hinten einen Ordentlichen raus, während ich vorne tief einatmete. Dass sie mich dabei anschaute, als wäre ich Charles Manson, ging mir ein bisschen gegen die Menschenrechte. Aber sie hatten sich wohl ein Bild von mir gemacht, das ich nie mehr würde korrigieren können, auch nicht mit dem freundlichen „Aloha!“, das ich ihr nun zurief. Mit meinem Hawaiihemd und dem offenen Hosenstall war ich für sie nichts weiter als ein verdammter Sextourist auf Heimaturlaub.

Und das wahrscheinlich nur, weil ich wie einer aussah.

***

Die Türglocke zum Bunnys schlug nicht an, als ich den Laden mit einem flauen Gefühl im Magen betrat. Wer reist schon gerne zurück in die Vergangenheit, wenn die nichts Gutes zu bieten hat? Außerdem hatte ich schon länger nichts mehr gegessen, jedenfalls nichts anderes als die Krümel meiner Joints, die sich immer irgendwie in den Magen schwindelten. Davon wird man aber auch nicht satt.

Ich stand alleine im Verkaufsraum und betrachtete ein paar *Playboy*-Häschen, die an die Wand geklebt waren oder als Pappfigur herumstanden, sowie all das andere Zeug, das der Duke hier verkaufte oder versuchte zu verkaufen. Ich konnte mir nur ein paar alte Ägypter oder andere heimliche Geilomaten aus der Gegend dort unten als Zielgruppe vorstellen, die sich den Schal ihrer Alten ausborgten und dann hier unerkannt schmökerten, aber nie etwas kauften. Denn leisten konnte sich von den verdammten Kameltreibern ja keiner etwas, sodass der Duke die ganze Zeit „Nicht anschauen! Kaufen!“ schreien musste. Es waren verdammt geile Zeiten, in denen wir da lebten.

Endlich hörte ich hinten die Klospülung, was sich an der Geruchsfront bereits angekündigt hatte, und der Duke latschte herein in sein Geschäft. Wir standen uns gegenüber wie zwei Revolverhelden im Wilden Western, die ihre wilden Tage längst hinter sich hatten.

Der Duke war nicht gewachsen, seit wir uns das letzte Mal gesehen hatten, aber ansonsten war die Zeit nicht spurlos an ihm vorübergegangen, im Gegenteil. Sie hatte ihn mit voller Härte durchs Leben geprügelt, sodass er aussah wie ein schlecht riechender Plastiksack mit zu viel Fleisch drinnen, über den jemand schamhaft einen Bademantel geworfen hat. Ein wenig erinnerte er mich an den Typ aus den *Simpsons*, der dort den Comicbuchladen betrieb. Wenn die Bettler in der Ausnüchterungszelle über mich lachten – was hätten sie mit dem hier gemacht? Ihm ihre Münzen zugeworfen, damit er sich einen Strick kaufen und dem Ganzen ein Ende bereiten kann?

Immerhin war er seinem Style treu geblieben, wenn auch nicht seiner Gewichtsklasse. Die dünnen Beine waren entblößt, denn er stand in Unterhosen vor mir. Für eine richtige Hose fehlte ihm das Geld, oder er hatte sie am Klo vergessen. Das schicke Polohemd, das er früher unter dem Bademantel trug, hatte er irgendwann gegen ein geripptes Unterhemd eingetauscht, das jetzt nur ungenügend seine üppigen Männerbrüste und die noch üppigere Behaarung darauf verdeckte. Wenn schon Haare, dann richtig Haare! Ich klopfte ihm tadelnd gegen die Brust und sagte zur Begrüßung: „Du musst den Wald auch mal bewirtschaften, mein Lieber!"

Nach so vielen Jahren, während derer man sich nicht gesehen hat, macht man sich natürlich gerne lustig über den anderen und denkt: Du meine Güte, wie sieht denn der aus!

Aber der andere denkt dasselbe. Der Duke schüttelte ungeniert den Kopf. Er fand mein Hawaiihemd nicht halb so kühl wie ich selbst. Und dann zeigte er sogar mit dem Finger auf mein Gesicht, was normalerweise streng verboten war, und sagte: „Du siehst richtig scheiße aus."

Und ich: „Dafür gibt es Gründe."

Je älter man wird, desto peinlicher sind einem die Leute, die man von früher her kennt und die nie richtig durchgestartet sind, denn sie erinnern einen daran, dass es bei einem selbst genauso der Fall ist. Der Duke aber sah nun den Zeitpunkt gekommen, wo er nach vorne schauen wollte und nicht mehr zurück, er hielt mir die Pfote hin und sagte: „Willst du mir nicht erst mal die Hand schütteln, Rocky? Nach all den Jahren?"

Das wollte ich auf keinen Fall, denn seine Pfote sah klebrig und irgendwie schwer verunreinigt aus nach all den Jahren, außerdem kam er ja gerade vom Lokus, und jeder Mann wusste, was das bei einem Mann bedeutete. Ich sagte: „Sag bitte nicht Rocky zu mir, ich heiße Rock wie der Felsen und nicht Rocky wie das Felschen, du erinnerst dich?"

Er zog seine Hand zurück und strich sich damit über den dünnen Haarkranz, den ich so auch noch nicht an ihm gekannt hatte. Dabei versuchte er sich zu erinnern, wann er sich die Hand das letzte Mal gewaschen hatte, aber es fiel ihm nicht ein. Um davon abzulenken, deutete er mit großer Geste auf das ganze Zeug in seinem Laden und sagte: „Du siehst, ich habe dann doch etwas anderes gemacht als Musik."

Ich fragte: „Nämlich?"

„Na das hier!"

„Ach so."

Alles hier war überflüssig, man hätte es in ein großes Loch hineinwerfen und einen kräftigen Schiss draufsetzen sollen.

„Was ich meine", sagte er: „Du hast mich doch sicher noch als angehenden Musiker in Erinnerung."

Ich sagte: „Nein."

„Aber daraus ist nichts geworden", sagte er. „Aus den verschiedensten Gründen, auf die ich hier nicht näher eingehen möchte."

Dafür war ich sehr dankbar, und das sagte ich ihm auch.

„Also hab ich mich dem hier zugewandt, dem *Playboy*-Business. Leider komm ich nicht mehr viel hinaus, wie du siehst, und hier kommen nicht viele Weiber herein. Ich muss den ganzen Tag hier herinnen stehen, um die laufenden Kosten zu decken, und da rede ich noch nicht davon, dass ich mir mal einen Urlaub leisten könnte."

„Oder eine Hose." – Ich hatte schon jetzt genug von dem ganzen Scheiß und sagte: „Hör zu, ich habe schwere Kopfschmerzen und bin leicht übermüdet. Außerdem bin ich selbst im Hardcore-Business tätig, wie du dich vielleicht erinnerst, also willst du mir nicht endlich sagen, worum es geht?"

***

Ich schob es auf den Frühling, dass selbst einer wie der Duke noch eine Frau haben wollte – gegen jede schlechte Erfahrung, die den vernünftigen Mann lehrt, lieber den Weg in den kühlenden Biergarten einzuschlagen als den unter die wärmende Decke eines Weibes. Es stellte sich heraus, dass ich ihm helfen sollte, bei einer Lady zu landen, und zwar ausgerechnet bei der Buchhändlerin.

Nun führte er mich nach hinten, und zwar nach ganz hinten, von wo er gerade hergekommen war. Weil ich ein positiver Mensch war, folgte ich ihm mit einem fröhlichen Pfeifen auf den Lippen, denn ich dachte: Vielleicht liegt dort hinten ja die Bar für Clubmitglieder.

Das war aber nicht der Fall, und als wir vor seiner Klotür, standen, fragte ich dann nicht mehr ganz so fröhlich: „Was jetzt?"

Er sagte: „Da rein!"

„Wir beide?"

„Ja."

„Ohne mich!"

„Komm schon", drängte er mich. „Ist doch rein beruflich!"

„Aber die Hose bleibt oben, versprochen?"

„Natürlich!"

„Ich wollte es nur gesagt haben."

Was fehlte, war die Leichtigkeit der jungen Jahre, in denen man noch nichts voneinander wusste, und man kann sich diese Leichtigkeit auch nicht mehr antrinken, sosehr man es auch versucht. Man muss es nehmen, wie es kommt, und so stand ich nun zum ersten Mal in meinem Leben mit einem anderen Mann zusammen am Klo, und das nicht am Pissoir, wo man sich gut miteinander unterhalten kann, während man pisst, sondern im engen Abteil mit der Muschel, die für die großen Brocken reserviert war.

Um die Sache ein wenig aufzulockern, erzählte mir der Duke einen Witz, oder besser: so eine Art von Witz: „Lehnt die geile Alte während einer geilen Party an einem Baum im Garten, allein, umwölkt von einer Aura der Einsamkeit."

Ich fragte: „Und?"

„Kommt ein Typ zu ihr, stellt sich neben sie und fragt: ‚Na, Süße, warum so alleine?' Sagt die Süße: ‚Weil ich furzen muss.' Haha, kennst du den?"

Ich sagte: „Den kannte ich bisher nicht, aber er passt irgendwie ganz gut hier herein."

„Weil sie furzen muss! Haha! Als würden nur die Männer furzen!"

„Weiß der Teufel, aber Männer eben auch! Und jetzt?"

„Hinauf auf die Muschel, hopphopp!"

Mir war noch immer nicht ganz wohl bei der Sache, aber er half mir galant und fasste mich dabei auch nirgends an, wo ich es nicht wollte. Die Angst löste sich, als ich durch ein kleines, verdrecktes offenes Fenster auf die Straße hinausschauen konnte – immerhin ein Fluchtweg! Ein offenes Fenster war obendrein genau das, was es hier herinnen brauchte. Die frische Luft alleine aber war nicht genug, um den eigenwilligen Geruch seiner Produktion zu beseitigen, also fragte ich: „Darf man denn hier rauchen?

Aber er sagte streng: „Eigentlich nicht."

Das ist die Antwort, mit der die Leute den Rock'n'Roll zerstört haben! – Willst du ficken? Eigentlich nicht. Willst du noch einen Drink? Eigentlich nicht.

Der Duke hatte sich wirklich verändert, seit er mich vor zwanzig Jahren um Zigaretten angeschnorrt hatte, nun wollte er wissen, ob ich die Buchhandlung da drüben im Visier hätte, und erzählte mir, dass die dort drüben Bücher für Frauen verkaufte, und dass sich die Bezeichnung Clit von Clitoris ableitete. Ich fragte interessiert: „Und Lit?"

„Von Literatur!"

„Ach so."

„Jedenfalls ist mir lange nicht aufgefallen, dass da eine Buchhandlung eingezogen ist, du weißt schon, als Mann … man schaut einfach nicht hin, wenn irgendwo eine Buchhandlung aufsperrt."

„Ich sicher nicht. Aber warum liegt hier ein Fernglas?"

Der Duke erklärte es damit, dass er immer häufiger aufs Klo müsse, und irgendwann hätte er dann aufgehört, sich hinzusetzen, was der Schwachkopf – wie er zugab – eine Zeitlang getan hat. Und irgendwann hätte er dann beim Pissen die da drüben entdeckt. „Du darfst übrigens auf keinen Fall den Fokus verstellen", sagte er. „Es ist exakt auf ihren Kassenbereich hin ausgerichtet."

Und ich: „Zu spät."

Es war ein verdammt gutes Fernglas, aber ich war verdammt schlecht im Durchschauen. Alles war irgendwie verschwommen und viel zu nahe. Zuerst hatte ich das Gefühl, die Tauben auf dem Dach zu sehen, dann wieder die Hunde auf der Straße. Ich fragte: „Wie sieht sie denn aus, ist sie wenigstens blond?"

Blond war eine meiner Lieblingsfarben, wenn es um die Haare der Frauchens ging, Rot als Farbe hingegen mochte ich nur bei meinen Hemden. Es war also ein richtiger Schock, als er mir sagte, dass sie rothaarig war. Ich gab die Hoffnung aber nicht so schnell auf und fragte: „Eine gefärbte Naturblonde?"

Der Duke wusste es nicht, denn er wusste noch gar nichts von ihr, nicht einmal, wie sie heißt. Und genau deswegen, sagte er, hätte er mich geholt.

Er zwängte sich zu mir herauf, und nun standen knappe zweihundert Kilo auf seiner Klomuschel, was gut gehen konnte, aber nicht musste. Nachdem er sein

Fernglas für mich eingerichtet und „Bitte jetzt aber wirklich nicht mehr berühren" gesagt hatte, schaute ich durch die Sehhilfe hindurch. Bald wusste ich, warum ich sie nicht richtig sehen konnte: Weil man eine so fette Frau durch ein so gutes Fernglas nie ganz, sondern immer nur in Teilen sehen konnte.

Ich sagte: „Die hat ja sogar für eine Buchhändlerin ein paar Kilos zu viel auf den Rippen, verdammt! Hast du einen Plan B?"

Den hatte er: „Wenn es mit der einen nicht klappt, dann vielleicht mit einer anderen von da drüben. Leser sind schließlich weiblich, wie du weißt."

Ich hatte noch nie gehört, dass Leser weiblich waren, aber noch seltener hatte ich einen beschisseneren Plan B gehört. Ich warnte ihn eindringlich vor den Legehennen da drüben mit dem baumelnden Nachwuchs in ihren Tragetüchern: „Das Glück, das du in den Gesichtern dieser Mutterkühe zu sehen glaubst, ist nicht echt, das weißt du hoffentlich. Sie sehen nur so glücklich aus, weil ihnen irgendwann die Milch eingeschossen ist, und das fühlt sich dann irgendwie geil an – als würden sie es richtig gut besorgt kriegen. Das hat mir jedenfalls mal ein Kumpel von mir erklärt, der Gehirnschlosser ist. Ansonsten gilt: Mütter sind verrückt, also Finger weg! Außer natürlich, es handelt sich um die MILFs aus *MILFs go crazy*, die nicht verrückt sind, sondern nur verrückt werden, wenn du es ihnen richtig besorgst. Aber die da drüben sehen alle nicht aus wie die MILFs aus *MILFs go crazy*, tut mir echt leid."

Ich betrachtete es als meine oberste Pflicht, potenzielle Kunden zu warnen, deshalb sparte ich auch nicht mit Kritik an seinem Vorhaben. Er kam mir dabei mit dem Gesicht ganz nahe, sodass ich in seinen verzweifelten Augen sehen konnte, was er mit den Weibern alles durchgemacht haben musste. Ich konnte sogar sehen, dass sein letzter Fick geschätzte siebzehn Jahre zurückliegen musste, dabei dachte ich: Wie viel einfacher ist das Leben, wenn man zwanzig ist! Die jungen Leute werden heute immer früher mit ihrem Leben nicht mehr fertig, und die Midlife-Krise verschiebt sich immer weiter nach vorne.

„Ich möchte einfach wissen, wer sie ist", bettelte der Duke. „Wie sie fühlt, was sie denkt, was sie umtreibt. Immer, wenn ich zu ihr hinüberschaue, sieht sie unglücklich aus, so als hätte sie ein Problem. Frauen brauchen doch Männer, die ihnen etwas abnehmen, das ist jedenfalls meine Erfahrung. Ich möchte einfach wissen, was ich mit ihr reden soll, wenn ich mal zu ihr hinübergehe."

Er hörte sich an wie ein Löwe, der zur Ziege hinübergeht und sie um ein Glas Milch bittet, wenn er hungrig ist, anstatt sie in Stücke zu reißen und zu fressen. Verdammt, was ist denn überhaupt mit uns Männern los?

Ich sagte: „Falsch. Frauen brauchen Jungs, die ihnen etwas geben, und zwar ‚es' ihnen richtig geben, das ist jedenfalls meine Erfahrung. Und sag ihr auf keinen Fall, dass du der von hier herüben bist, wenn du mal zu ihr hinübergehst. Was alles andere betrifft, machen wir's kurz: Die Unterhose musst du wechseln, bevor du hinübergehst, da führt kein Weg dran vorbei. Verdammt, Duke! Vielleicht schläft sie ja mit dem Arsch zur Wand, oder sie schnarcht seit dreißig Jahren! Warum stellst du dir nicht ein Tischchen mit zwei Sesseln vor die Tür und wartest? Suche nicht, lass dich finden! Falls dann doch keine zu dir rüberkommt, hast du noch immer deine Hefte."

Ein paar Fliegen kreisten über ihm, obwohl die hier genug andere Angebote hatten. Er schien darüber nachzudenken, sagte dann aber: „Ich hab kein Tischchen. Und von meinen Heftchen hab ich mittlerweile genug, ich will endlich Liebe."

Ich fragte: „Du willst was?"

„Liebe."

„Noch mal, bitte."

„Liebe!"

„Nie gehört."

Auf dem Weg nach vorne in den Verkaufsraum fragte ich ihn, ob er den *full service* haben wollte, wo ich mich auch mal als Gasmann verkleidete und ihm eine Unterhose von ihr zum Schnüffeln bringen konnte, was bei der fetten Rothaarigen da drüben aber extra kostete, wohingegen es bei einer blonden Schlanken im Preis inbegriffen wäre.

„Oder willst du das Arme-Leute-Package, wo ich dir die Wanzen drüben installiere, dir den Kopfhörer aufsetze und du dir den Scheiß dann selber anhörst, den sie den ganzen Tag labert, der Überwachungswagen wäre bei Möglichkeit eins im Preis inbegriffen."

Er fragte: „Du hast einen Überwachungswagen?"

Und ich: „Natürlich nicht. Aber wenn du ihn bezahlen kannst, besorg ich auch einen Flugzeugträger, mit dem du die Lady nach Hause bringen kannst, falls es mit euch beiden klappen sollte. Bei ihrem Gewicht wirst du nämlich einen brauchen."

***

Ein bisschen Anerkennung im Job würde mir vielleicht ganz gut tun, vor allem auch finanzielle Anerkennung, weil die Geburtstagsfeierlichkeiten ein tiefes Loch in meine Hosentasche gerissen hatten, wie sich immer deutlicher herausstellte. Ein Tanz von Foxy ging aufs Haus, wie ich mich jetzt wieder erinnerte, aber für die geschätzten zwanzig weiteren musste ich bezahlen. Das sollte einem Mann, der gerade Geburtstag feiert, eigentlich zu denken geben.

Mein Freund Lemmy wiederum saß seit Wochen nur noch unbeweglich auf seiner Couch und verkaufte kaum noch etwas von unserem Gras, sodass auch die Einnahmen aus dieser Quelle langsam versiegten. Hinzu kam, dass ich schon länger nichts mehr gegessen hatte, und auch die Nassvorräte gingen zur Neige. Also nahm ich den Job an, obwohl ich alles andere lieber getan hätte.

Vorne im Geschäft holte ich meinen Sack mit *Vaya Con Dios* aus der Brusttasche, Lemmys Verkaufsschlager aus dem Quattro Stazzione, und baute mir damit etwas Schönes, denn dieses Zeug macht einen Mann verlässlich und ohne große Umstände glücklich. Das war die eine der beiden wichtigen Erfahrungen, die ich in meinem langen Leben gemacht hatte; die andere war: Frauen taten das leider nicht. Als ich fertig war, hielt ich dem Duke den Joint vor die Nase und fragte: „Na? Magst du nicht doch mal probieren?"

„Eigentlich bin ich Nichtraucher, aber probieren vielleicht schon mal."

„Zwingen will ich dich natürlich nicht."

Aber das musste ich gar nicht.

Wieder einen geheilt, wieder einen gerettet.

Während wir also rauchten, erzählte er mir noch dieses und jenes, und warum nichts von dem, was er sich in seinem beschissenen Leben vorgenommen hatte, jemals geklappt hat. Mit meinen verdammten Schmerzen im Kopf war es gar nicht so einfach, mir den Scheiß anzuhören, da war mehr Blues dabei als Rock'n'Roll. Andererseits konnte ich mir zwischendurch immer wieder mal sagen: Ich habe nur Kopfschmerzen, der Typ aber hat echte Probleme! Wäre er frühzeitig gestorben, hätte man vielleicht noch Jahre später anerkennend über ihn reden können – super Typ mit seinen vielen Haaren! Hat eine echte Lücke hinterlassen, als er für immer aus seinem Bademantel gestiegen ist!

Aber wenn so ein Spinner nicht mit 27 stirbt, dann wird er einfach nur fett und langweilig, und irgendwann fing ich an, mir Sorgen zu machen, ob die Pfeife mich überhaupt bezahlten konnte, ich sagte: „Verdammt, auch bei Keith Richards hat nicht alles geklappt, aber immerhin doch das meiste! Also jetzt sag mal, wie es bei dir cashmäßig aussieht, kannst du mich überhaupt bezahlen? Mit den Einnahmen aus dem Laden hier wird das ja wohl nicht gehen, also hast du mal was geerbt oder so?"

Cashmäßig, stellte sich heraus, sah es beim Duke sogar noch schlechter aus als bei mir, und jedenfalls hatte er recht wenig im Vergleich zu Keith Richards. Mein Kumpel Lemmy verkaufte eindeutig das werthaltigere Produkt, und Dirty Willis Swedish Pornhouse machte eindeutig mehr her als sein Laden. Hätten sie jemals zusammengefunden, hätte aus ihren Läden so etwas wie das Goldene Dreieck der Gegend werden können, wo man sich bei Lemmy etwas zu rauchen kauft, mit dem man dann ins Swedish Pornhouse geht, bevor man sich am Nachhauseweg beim Duke etwas für die einsamen Stunden holt, damit man im Bett nicht ganz alleine ist. – Aber der Duke war so weit neben der Spur, dass man ihn mit einem Kran wieder hätte hineinheben müssen, er verstand nicht, warum ich für meine Arbeit überhaupt Geld haben wollte. Also versuchte er es mit der Standardlüge aller Versager, die gerade von jemand anderem etwas brauchten: „Oooch, Rock! Ich dachte, wir sind Freunde."

Und ich: „Das sind wir nicht! Verdammte Scheiße, warum sperrst du den Laden nicht einfach zu?"

„Und dann?", fragte er entsetzt, „zweiter Bildungsweg?"

„Zum Beispiel. Oder Staplerführerschein."

Der Duke schnürte den Gürtel seines Bademantels etwas lockerer, womit er andeutete, dass er gleich wieder aufs Klo müsse. Dann ging er zu seiner Wühlkiste, die in der Mitte des Geschäfts stand und befüllt war mit Pornoheften im Abverkauf. Die mit rotem Kleber dran waren „50 % billiger!", die mit dem grünen dran gab es um „Nur 1 Euro!". Er nahm wahllos einen Packen heraus und hielt ihn mir vors Hawaiihemd, dazu servierte er mir den fragend-neugierigen Blick. Ich täuschte Freude vor und sagte: „Für mich? Danke!"

Aber Freude schenken war nicht seine große Stärke, er sagte: „Schenken kann ich dir so etwas natürlich nicht, aber du kriegst noch mal dreißig Prozent auf jedes bereits verbilligte Heft, ist das okay?"

Zuerst dachte ich: Das kann ich unmöglich annehmen! Dann überlegte ich es mir doch und sagte: „Na gut, ich nehme das, das und das. Und das hier auch. Das nicht, das, das, und das auch nicht, aber das schon."

Manchmal waren die Abende nämlich richtig lang, und manchmal war ich an solchen Abenden ganz schön alleine. Hätte ich an meinem Geburtstag ein paar von diesen Heftchen gehabt, wer weiß, wie alles geendet hätte! Es war also vielleicht gar nicht schlecht, wenn ich in Zukunft *Yummy Mummys Big Bouncing Jugs* oder *Adventures on Anal Street* zu Hause auf dem Nachtkästchen liegen hatte, neben den Rauchwaren. Und weil mich das Thema schon lange interessierte, fragte ich auch gleich: „Gibt's denn eigentlich keine Aufkleber, die man auch wieder runterkriegt, ohne dass man sich dabei die Finger bricht?"

Der Duke aber hatte keine Antwort darauf, denn er hatte auf nichts eine Antwort. Also rollte ich die Heftchen zusammen und steckte sie mir in die Arschtasche, weil sie für die Brusttaschen zu groß waren, dann sagte ich: „Die sind für den breiten Weg, den ich extra für dich hierher zurückgelegt habe. Wenn du willst, dass ich für dich arbeite, dann brauche ich was richtig Geiles, sonst geh ich jetzt nach Hause und leg mich wieder schlafen."

Er ging zur Kassa und kramte in seiner Lade, aus der er endlich ein verschweißtes *Playboy*-Heft mit der Miss September 1994 vorne drauf herauszog, Typ Blondes Gift, das der damaligen Zeit entsprechend noch ein bisschen Moos auf der Schiene hatte, aber keinen Urwald mehr. Eine Sexbombe, wie man sie nicht besser hätte träumen können, und kaum älter als Foxy Neswatschill.

Der Duke erzählte mir, dass er damals, nachdem Dirty Willi ihn aus dem Pornhouse geworfen hatte, für ein Jahr als Austauschschüler in die US gegangen war, und dass er dort bis zu seinem achzehnten Geburtstag irgendwo in Virginia bei einer Familie gelebt hatte, die eine Tochter namens Mandy hatte.

Ich wusste gar nicht, dass man so lange in die Schule gehen konnte, aber dieses eine Mal hat es sich wirklich ausgezahlt, wie ich fand, oder, anders ausgedrückt:

andere Länder, andere Titten. Ich fragte: „Sie hieß also wirklich Mandy wie Mandy in dem Hit *Mandy* von Barry Manilow?"

Er sagte: „Ja, genau. Und ob du es glaubst oder nicht, ich hab sie bestiegen wie der wilde Hengst die geile Stute. Ein paar Monate später war sie auf dem Cover des September-*Playboy*, aber da war ich längst wieder hier, mitten im Arsch. Das Heft ist die einzige Erinnerung, die ich an sie habe, vielleicht die einzige Erinnerung überhaupt, die ich an etwas Schönes in meinem Leben habe."

Er schaute richtig wehmütig, als er mir dieses Heft in die Hand drückte, in dem alles drin war, wovon der Rock'n'Roll immer träumte. Diesen blonden Traum wollte er nun gegen den rothaarigen Albtraum da drüben eintauschen, auf den er sein Fernglas ausgerichtet hatte und der „Meine-Klitoris-gehört-mir"-Bücher und solchen Scheiß verkaufte. Ich fragte: „Und was mache ich jetzt mit Mandy?"

Er sagte: „Ich gebe sie dir als Pfand. Aber du darfst die Hülle nicht aufreißen, denn nur eingeschweißt kann ich das Heft noch verkaufen."

Immer wieder ließ ich mich auf solche Deals ein, für die ich mich selbst hätte steinigen mögen. Aber ich war nun auch schon wieder ein paar Wochen alleine, und die *Bomboniere Italiane* mit Antonella Blasi vorne drauf, die auf meinem Nachtkästchen lagen, seit ich sie mir während der WM 90 gekauft hatte, kannte ich mittlerweile in- und auswendig. Also schlug ich ein, und als ich zu meinem Wagen kam, sang ich schon die zweite Strophe: „Mandy, oh Mandy … "

***

Früher war da eine umzäunte Brachfläche neben Mannis Billigtankstelle, dort konnte man seinen Wagen tagelang stehen lassen, wenn man es nicht mehr ganz nüchtern aus Dirty Willis Swedish Pornhouse heraus schaffte, nachdem man sich dort tagelang mit ein paar Kumpels Jack-Schleck- oder Titt-Eklund-Filme angeschaut und dabei das Leben mit ein paar heißen Ladys im Schlepptau in vollen Zügen genossen hatte.

Aber dort stand jetzt so eine Art Businesshotel, und die Businessleute hatten genug zu tun, in ihre kleinen Telefone hineinzuschauen und mit ihren manikürten Fingern darauf herumzuwischen, und wenn sie mal nicht wischten, dann redeten sie mit irgendjemandem, den man nicht sehen konnte, und sagten Sachen wie: „Mhm … geht klar … schick ich dann gleich noch per Mail raus, obwohl ich mir sicher bin, dass ich es schon geschickt habe."

Kein Wunder, dass die nicht ins Pornhouse kamen, wo wir sie aber auch nicht hineingelassen hätten, weil Dirty Willi solche nicht reinließ. Geld verdienen war für diese Idioten einfach geiler als nasse Muschis lecken, und einen Ständer kriegten sie nur noch, wenn ihnen die Sekretärin „Termin ist bestätigt" sagte.

Vor ein paar Wochen war aber auch Manni selbst vom Strudel des großen Geldes mitgerissen worden und hatte von Billigtankstelle mit Service auf Konzerntankstelle mit Selbstbedienung umgestellt, oder „umstellen müssen", wie er sagte. Mit den Service-Zapfsäulen hat er aber auch ein ganz klein wenig den Schwung der Zwischenmenschlichkeit weggeräumt, und wo früher ein Tischchen mit zwei Sesseln vor seinem Bürohäuschen stand, da steht jetzt eine Werbesäule.

Nicht selten saßen wir vor seinem Bürohäuschen in der Sonne, und oft genug wurde dabei ein Fläschchen geöffnet oder ein Tütchen geraucht, um die Smalltalkmaschine anzuwerfen: „Wie geht's?" – „Gut. Dir?" – „Auch gut. Und Willi?"

Was man halt so redete, wenn man morgens kurz zum Tanken bei Manni vorbeischaute. Bloß kein Geschnattere! Ein paar Herumstreuner, denen man hin und wieder einen Schein für niedrige Dienstleistungen in die Hand drückte, wuschen einem den Wagen, während der Stutzen im Loch steckte; oder sie passten auf ihn auf, wenn er mit wertvollem Zeug beladen drüben am Parkplatz stand – mit irgendwelchen Nutten, die man gerade irgendwohin bringen sollte, oder mit Lemmys Dope, das zur Kundschaft gebracht werden musste –, während man selbst von Mannis Tischchen nicht und nicht wegkam. Hin und wieder disponierte man einfach um und ging nach dem Tanken noch schnell hinüber zu Dirty Willi ins Pornhouse und schaute sich *Rimmasters I–IV* am Stück an, kam nach dem Kino aber wieder herüber zu Manni und ließ die Filme erst mal sacken, trank dazu noch ein wenig und rauchte noch ein bisschen. Dann konnte es passieren, dass es um Mannis Tischchen mit den zwei Sesseln herum Abend geworden war, obwohl man doch am Morgen nach dem Tanken gleich wieder nach Hause hatten fahren wollen, um noch ein bisschen zu dösen, bevor man sich zum Mittagsschlaf hinlegte. Weil es dann aber auch schon egal war, ließ man den Wagen oft einfach gleich bei Manni stehen und zog zu Fuß weiter ins Puff, während die Herumstreuner auf den Wagen aufpassten. Und wenn man nach dem Puff neben dem Überblick auch ein wenig die Orientierung verloren hatte und den

Weg nach Hause nicht mehr fand, legte man sich in den Wagen hinein, der auf der Brachfläche abgestellt war, und Mannis Aufpasser passten auf einen auf, bis man wieder halbwegs geradeaus schauen konnte. – Soll keiner mehr sagen, dass die Zeiten früher nicht besser waren! Am Ende hatte ein wenig Treibstoff den Besitzer gewechselt, und Manni kriegte dafür Rauchwaren oder irgendwelche Brühen oder immer wieder mal einen Zehner-Block fürs Pornhouse ausgehändigt, von dem er dann ein paar Karten an die Herumstreuner weiterreichte. Und nicht selten ging man mit einem Duftbaum als kleiner Anerkennung für jahrelange Treue nach Hause und freute sich darüber, wenn man ihn zu Weihnachten an jemanden weiterschenken konnte, der sich keinen Duftbaum leisten konnte. So hielten wir den Fluss der Tauschwirtschaft am Laufen, und wir hatten nie das Gefühl, dass uns langweilig wurde.

Eigentlich hätte ich meinen Japaner längst wegwerfen müssen, weil ich auf Mannis Parkplatz nicht mehr drin schlafen konnte, und längst hätte ich mir eine andere Tankstelle suchen müssen, weil man bei ihm nicht mehr bedient wurde. Aber aus alter Gewohnheit schwang ich mich dann doch immer wieder zu Manni, denn mein Japaner war noch durstiger als ich, und die Tankstelle lag nun mal gegenüber von Willis Pornhouse.

Das Tischchen mit den zwei Stühlen stand nun zusammengeklappt an sein Häuschen gelehnt, neben der Mülltonne, und Manni saß nun immer in seinem Häuschen hinter Glas, als wäre er zu einem Museumsstück geworden. Er deutete nur kurz und zackig heraus, bevor er wieder hinter seinem Bildschirm verschwand, den er neuerdings hatte, und ich musste mich selbst bedienen.

Kaum steckte ich den Stutzen zurück in die Selbstbedienungssäule, schrie er schon aus seinem Verschlag heraus: „Macht 54!" Und da hatte ich noch nicht mal den Tankdeckel drauf.

Ich schrie zurück: „Ich dachte, wir sind Freunde!"

Manni trug jetzt so einen neuen, immer frisch gewaschenen und gebügelten Overall, wo vorne drauf OIL COMPANY stand und etwas kleiner sein Name, nämlich Herr Manfred. Darauf schien er irgendwie stolz zu sein, nachdem er zwanzig Jahre mit der immer gleichen verdreckten und verschmierten, aber genau deshalb gut aussehenden Latzhose herumgelaufen war, auf der kein Name stand, weil ohnehin jeder wusste, wie er hieß und wem die Hose gehörte. In diesem Overall stand er nun in seiner Tür und sagte: „Das dachte ich vom Herrn Oil Company auch, dass wir Freunde sind. Aber der schickt mir trotzdem jede Woche die Rechnung, und wenn ich nicht bezahle, nimmt er mir meinen Overall wieder weg. Also mach's nicht schwerer für uns, als es ohnehin schon ist, Rock. Es macht 54 geradeaus, und zwar für dich. Für jeden anderen wären es 54 und 23, so steht's nämlich auf dem Zähler."

Ich fragte: „Du schenkst mir 23 Cent?"

Er sagte: „Nicht gerne."

Ich ging langsam zu ihm hinüber, und zwar so weit, bis wir uns Nase an Nase gegenüberstanden. Mit ihm machte Wilder Westen spielen immer noch mehr Spaß als mit dem Duke, denn Manni hatte immer noch Stil, und wir hatten zu viel miteinander erlebt, als dass man so schnell das Spielen verlernen würde. Ich konnte es mir also leisten, einen letzten Trumpf aus dem Ärmel zu holen, klopfte ihm mit dem Finger gegen die Brust mit seinem Namensschild drauf und fragte: „Dass ich Geburtstag hatte, ist dir wohl auch scheißegal?"

Es würde ihn einknicken lassen, dass er darauf vergessen hatte, war meine tiefe Überzeugung, aber er sagte nur: „Wenn du endlich eine Kundenkarte lösen würdest, wärst du in der Kartei und würdest ein Schreiben zu deinem Geburtstag bekommen. Aber jetzt sollten wir hier nicht Privates und Geschäftliches vermischen – schickes Hemd übrigens, das du da anhast, Türkis steht dir."

Ich sagte: „Ich trage kein Türkis, das ist Grün."

Es war wirklich schwierig geworden mit ihm, seit er diesen Konzernoverall trug und es nur noch auf die riesigen deutschen Spritschlucker abgesehen hatte, die ihm mehr Umsatz brachten als ich mit meinem Japaner. Ich versuchte, den gewohnten Fluss der Tauschwirtschaft trotzdem noch irgendwie am Laufen zu halten und gab ihm eines der Heftchen vom Duke – *Piston Sluts*. Werkstattpornos aus den Autofabriken Detroits mit viel Öl auf den Mädels und jeder Menge Werkzeug in den Mädels, die allesamt schwere Arbeitsschuhe trugen, das gute, harte Zeug halt. Er nahm es und sagte: „Danke. Macht dann immer noch 54."

Ich sagte: „Aber ich hab dir doch das Heft gegeben!"

Er gab es mir wieder zurück und sagte: „Brauch ich eigentlich nicht, sorry, ich hab jetzt Internet."

„Seit wann?"

„Seit der Internet-Mann bei mir tankt."

„Fährt er einen schwarzen Geländewagen?"

„Ja."

Ich fragte verzweifelt: „Und am Klo? Hast du da auch Internet?"

Er sagte: „Natürlich. Man nennt das WLAN-Package."

Mir fiel nichts anderes mehr ein als: „Du hast dich echt verändert, seit du diese Hose trägst."

Manni ging ruhig hinein, kam wieder heraus und gab mir einen Duftbaum. „Fichte", sagte er, und dann: „Rock, lass uns doch nicht streiten, nicht nach all den Jahren. Hier hast du ein Geschenk, im Nachhinein wünsch ich dir von Herzen alles Gute. Und das Geld gibst du mir einfach, sobald du wieder flüssig bist, okay?"

Ich sagte es nicht gerne, denn es war das Eingeständnis einer Niederlage, aber ich sagte es doch: „Danke."

Dann sah ich den Minus-fünfzig-Prozent-Aufkleber auf dem Duftbaum und fragte: „Hast du eine Ahnung, warum diese verdammten Kleber so schwer runtergehen?"

Er sagte: „Damit der Kunde sie nicht auf etwas draufkleben kann, was wertvoll ist."

Ich sagte: „Verstehe."

Für ein paar lange Sekunden fiel uns dann nichts mehr ein, das erste Mal seit über zwanzig Jahren. Sollte ich ihm eine reinhauen, nur weil er mir einen Duftbaum geschenkt hatte, der fünfzig Prozent verbilligt war? Ich war in meinem Leben nun mal von solchen Leuten umgeben, und hätte ich die nicht, hätte ich gar niemanden. Ich war also bereit, mir einiges gefallen zu lassen, und versprach ihm, das Geld zu bringen, sobald ich welches hatte. Ich wollte gehen, da sagte er noch: „Kümmere dich mal um Willi da drüben. Bei dem treibt sich in letzter Zeit jede Menge Gesindel herum."

Nachdem Willi mit der Eichelentzündung aus Thailand zurückgekommen war, hatte er eine Nahtoderfahrung gemacht, und wie er mir glaubhaft versicherte, hatte das überhaupt nichts Geiles, im Gegenteil: „Es ist alles nur weiß und hell und friedlich dort", erzählte er uns, „aber wenn du ein Leben lang im Rotlichtmilieu gelebt und gearbeitet hast, in der Nacht, im Dunkeln, im Verborgenen, mit all dem Lärm und Dreck um dich herum, dann willst du es nicht weiß und hell und friedlich! Es ist einfach nur langweilig, tot zu sein!"

Und ich: „So ungefähr hab ich es mir auch immer vorgestellt!"

Seitdem war er aber nicht mehr der Alte, fand nicht mehr richtig ins Leben zurück und hatte sein sicheres Händchen für klare und richtige Entscheidungen verloren. Stattdessen schenkte er jedem sein Ohr, der was von ihm wollte. Kaum ein Staubsauger-Vertreter, der bei ihm ohne Unterschrift nach Hause ging.

Aber Manni redete nicht von Staubsauger-Vertretern.

Vor dem Pornhouse saß ein Junge auf der Stiege mit verdrecktem Gesicht und zerrissenen Kleidern. Er blies in eine kleine Tröte, wie ich sie erst neulich in meinem Arsch hatte, und zwar immer wieder das gleiche Lied, während er auch ein paar Obdachlosenzeitungen im Programm hatte, die er an den Mann bringen wollte. Wie die meisten modernen jungen Arbeiter, die sich nicht von ihrer Sekretärin Termine bestätigen ließen, musste er sich breit aufstellen, um über die Runden zu kommen, denn zusätzlich bettelte er noch und fragte jeden, ob er zwei Euro für ihn hätte. Hin und wieder konnte er mit ein paar Kupfermünzen rechnen, öfter aber landete Spucke auf seinen verfilzten Schmalzhaaren oder er kriegte Tritte in den Arsch. Wenn ich nicht schon wieder halb nüchtern gewesen wäre, hätte ich vielleicht sogar sagen können, ob es sich um einen von den zweien handelte, die ich aus dem Gefängnis kannte, und ob die Tröte in meinem Arsch diejenige war, auf der er jetzt spielte. Das eine musste man nämlich sagen: Die sahen mit ihrem Dreck im Gesicht und den verfilzten Haaren alle irgendwie gleich aus! Und wie Guttmann schon sagte, waren es wirklich verdammt viele geworden in letzter Zeit.

Manni sagte: „Sie beobachten alte Leute und gehen ihnen nach."

Ich sagte: „Du liest zu oft die *Gosse*."

Aber er sagte: „Ich lese überhaupt nichts mehr, seit ich das Internet habe."

***

Wenn ich drei Tage gesoffen hatte, dann war ich wohl drei Tage lang nicht arbeiten. Ich musste mir also eine gute, eine wirklich sehr gute Ausrede einfallen lassen, um Willi mein Fernbleiben zu erklären. Zum Beispiel, dass ich Geburtstag hatte.

Über dem Eingang zu Dirty Willis Swedish Pornhouse hing ein Filmplakat, das den Streifen *To pee or not to pee* ankündigte, ein Natursekt-Machwerk der übelsten Sorte. Darunter saß der Bettler mit seiner Tröte. Die Wirtschaftskrise hatte nicht nur diesen Hosenscheißer auf seinem Laken zu uns gespült, sondern auch Willis Pornhouse voll erwischt. Das Publikum wurde immer älter, und neues kam keines hinzu. Ein Professor aus der noblen Josefstadt, ein Freak mit Vollbart, schlecht sitzendem Anzug und Lederaktentasche, der lieber zu Willi kam und sich einen runterholte, anstatt auf die Universität zu gehen und dort zu lehren. Niemand von uns redete jemals mit ihm, weil keiner von uns Latein konnte. Aber einmal stand er neben uns am Klo und fragte in überraschend gutem Deutsch, ob wir die Filme mit Immanuela Cunt in der Hauptrolle kennen würden, oder die mit

Friedrich Schwegel „respektive mit Theodor W. A. Porno oder Ludwig Fickenstein“, und zwar wörtlich.

Wir kannten diese Filme selbstverständlich nicht. Aber Willi und er brauchten schon etwas länger beim Pissen als ich, und so ließ sich der Boss von diesem Idioten fachmännisch beraten. Als sie fertig waren mit Pissen, versprach Willi dem Kerl, dass er einen Monat lang „das Programm gestalten“ dürfe, wenn er damit genug Publikum anlocken würde.

Dieser Monat war jetzt, und er schien und schien nicht zu Ende zu gehen, denn niemand wollte diese Filme sehen. Sie entwickelten sich meiner Meinung nach in die falsche Richtung: Es wurde zu viel geredet, bevor es zur Sache ging; es gab zu viel Gerede, während es dann endlich zur Sache ging. Und nachdem es endlich zur Sache gegangen war, wurde erst recht darüber geredet, wie es denn war, als es zur Sache ging. Am übelsten fand ich *Fucktatus Philosophikuss*, wo überhaupt nur geredet wurde und es gar nie zur Sache ging. Furchtbar war auch *Fick der reinen Vernunft* mit besagter Immanuela Cunt in der Hauptrolle, mit dem das Festival eröffnet wurde. Nach drei Sätzen lief ich davon, so schnell ich konnte, und zwar hinüber zu Manni. Es war mir egal, dass er kein Tischchen mehr hatte, Hauptsache, nie wieder Immanuela Cunt! – Und heute lief *To pee or not to pee*. Kein Wunder eigentlich, wo doch die Idee für die Filmschau beim Pissen entstanden ist.

Ich wollte dem Bettler etwas Geld geben, schon damit er endlich aufhörte zu spielen. Aber ich hatte nichts dabei, also fragte ich ihn, ob er wenigstens *Happy Birthday* für mich spielen könnte, in der Version von Stevie Wonder. Nachdem er endlich kapiert hatte, was ich von ihm wollte, legte er los, und ich freute mich darüber. Zum Dank holte ich das *Yummy-Mummys-Big-Bouncing-Jugs*-Heftchen – minus fünfzig Prozent! – aus meiner Arschtasche heraus, denn ich dachte mir, dass ihm so ein Heftchen gefallen müsste und ihm die langen Stunden hier in der Abgashölle versüßen könnte. Schließlich war er im richtigen Alter. Aber er wandte sich angewidert ab und deutete Njet!.

Ich war beleidigt und sagte: „Seid doch mal mit irgendwas zufrieden!" Als ich mein Heftchen wieder einstecken wollte, riss er es mir doch aus der Hand. Er dachte sich wohl, wenn er noch mal fünfzig Prozent Rabatt draufgibt, kann er es auf irgendeinem Flohmarkt gewinnbringend verkaufen.

Dann holte er mit seinen verdreckten Fingern aus seiner verdreckten Jacke sein eigenes verdrecktes Heftchen heraus, das *Monster Stallions* hieß. Ich verstand zunächst nur das *Monster* im Titel, aber als ich das Titelfoto sah, verstand ich auch das *Stallion*. Ich dachte: So einer bist du also. Nicht nur Zigeuner und Bettler, sondern auch noch schwul. Wenn du dir da mal nicht zu viel aufládst! Er zwinkerte mir neckisch zu und nickte in Richtung der dornigen Gebüsche, die entlang der dreispurigen Stadtautobahn wuchsen. Dorthin sollte ich ihm folgen, um mit ihm ein paar schöne Minuten zu verleben – Titten interessierten ihn nicht, er wollte mich!

Ich war beinahe geschmeichelt, immerhin war er jünger als Foxy Neswatschill, sagte aber: „Tut mir leid, ich hab Kopfschmerzen." Ich hätte nie gedacht, dass ich diesen Satz jemals selbst aussprechen würde.

Der Rotzlöffel ließ mich augenblicklich links liegen, als ein paar alte Anzugträger aus dem Pornhouse herauskamen und ihre Pfeife anzündeten; andere dämpften die ihre aus und gingen zur nächsten Vorstellung hinein: ein Film mit Augusta Anus in der Hauptrolle. Die herauskamen, nahmen ihre dicken Brillen herunter, stellten ihre Mantelkrägen hoch und verschwanden, ohne dem Bettler etwas zu geben. Er wollte zunächst zwanzig Euro für einen Blowjob, ging aber schnell runter auf zehn, dann auf fünf, und letztlich hätte er es sogar für zwei gemacht. Aber selbst das war den noblen Herren zu viel, ich rief ihnen nach: „Jetzt gebt ihm doch mal was! Geben ist schließlich seliger denn nehmen!"

Hätte ich ein bisschen mehr Zeit gehabt und bessere Sprachkenntnisse, hätte ich ihn davor warnen können, dass da einer herumlief, der es scheinbar auf solche wie ihn abgesehen hatte. Stattdessen sagte ich nur „Mach's gut!" und ging hinein. Da hätte mir auffallen müssen, dass er plötzlich anfing, *Bella Ciao* zu spielen, und je weiter ins Gebäude ich vordrang, desto schneller und lauter spielte er.

***

Aus dem Zuschauerraum hörte ich das übliche Gestöhne, dazwischen immer wieder diese verdammten Warum-Fragen: „Warum gibst du's mir nicht? Warum kommst du nicht endlich?" Warum, warum, warum? Es war wirklich Zeit, dass wir wieder mal was für Beamte in Blousons zeigten, nichts Aufregendes, gefällige Hausmannskost halt, ein bisschen Gulasch mit Nudeln. Hauptsache, die Girls fragten beim Ficken nicht ständig: „Warum? Warum? Warum?"

Dirty Willi saß nicht hinter der Kassa. Dafür stand ein Penner davor und hatte gut zu tun, dass ihm die Hose nicht hinunterrutschte. Er war eindeutig nicht wegen Augusta Anus gekommen, sondern nur, um seine eingesammelten Münzen zu wechseln, die ihm schwer in den Hosentaschen steckten. Sex interessierte ihn nicht, er hatte zu viel anderes im Kopf. Sex ist etwas für den gehobenen Mittelstand aufwärts – man muss den Kopf frei haben, um an Muschis denken zu können. Ich packte ihn am Genick und schob ihn hinaus: „Verpiss dich!"

Als ich die Treppe hinaufhüpfte in Richtung Willis Büro, kam mir auf der Treppe einer entgegen, kein Staubsauger-Vertreter, eher schon einer mit Messern. Er stammte aus der gleichen Fertigung wie der Bettler draußen, der jetzt immer lauter und schneller sein *Bella Ciao* spielte, und ich fragte mich langsam: Warum eigentlich?, fing also selbst schon an, mir diese verdammten Warum-Fragen zu stellen!

Die erste Stufe der Treppe nahm ich noch recht beschwingt, dann die zweite. Wie eine alte Kuh schaffte ich es auch noch zur vierten, dort aber sprang der Kerl plötzlich auf das Geländer, drehte über mir einen Salto und verpasste mir eine mit dem nackten dreckigen Fuß gegen die Schläfe.

Ich landete wieder unten, am Fuß der Treppe, meinem Alter und Zustand entsprechend dem Tod näher als dem Leben. Der Kerl sprang auf mich drauf, als wäre ich eine Hüpfburg, beugte sich über mich und ließ seine parfümierte Schmalzlocke in mein Gesicht hängen. Dabei lachte er mich gar nicht mal unfreundlich an. Er hatte Mumm und Eier, die mir gerade fehlten. Fast war er enttäuscht, dass ich nicht mehr draufhatte, und ich schämte mich auch ein bisschen dafür, denn er hätte sich einen gleichwertigen Gegner verdient. Golden glänzten die neuen Zähne in seinem dunklen Gesicht, schwarz die alten. Frech fasste er mir in die Arschtasche und zog meinen *Playboy* heraus, ich jammerte wie eine elende Squaw: „Nein, bitte nicht den. Ich muss ihn doch wieder zurückgeben!" – Nachsatz: „Mit verschweißter Folie!"

Er lachte mich aus und steckte sich das Teil in die Tasche, aber ganz unsympathisch war ich ihm offenbar nicht. Er griff nach den Zigaretten in meiner Tasche, zündete eine an und steckte sie mir in den Mund. Dann steckte er sich selbst eine an und hielt mir die Hand entgegen. Ich beneidete ihn um seine Stärke, sein gutes Aussehen und die Sorglosigkeit seines Tuns. Im Vergleich zu ihm war ich ganz schön ins Hintertreffen geraten. Ich hätte wirklich einiges gegeben, wenn ich noch einmal so jung gewesen wäre und ohne fremde Hilfe hätte aufstehen können. Stattdessen ergriff ich seine Hand und ließ mich hochziehen. Als ich gerade „Danke, das ist aber nett" sagen wollte, nahm er mir vorsichtig die Carrera von der Nase, und dann krachte es in meinem Gesicht. Während ich fiel, dachte ich noch: Na gut, man muss auch mal verlieren können. Und als ich schon lag, murmelte ich: „Man sieht sich immer zweimal im Leben!" Es sollte bedrohlich klingen, klang aber irgendwie so, als würde ich dabei weinen. Dann spuckte ich mein schönes Hemd mit Blut und einem Zahn voll und spürte, wie die Lippe dicker wurde und um mich herum alles schwarz.

***

Wenigstens waren die Kopfschmerzen vom Saufen weg, als ich wieder aufwachte, denn die Schmerzen vom Schlag ins Gesicht waren einfach stärker.

Einer der Professoren hatte mich gefunden, er war Doktor, aber für alte Münzen. Er hätte dem Penner einiges darüber erzählen können, aber er schaffte es nicht, mich in die stabile Seitenlage zu bringen. Instabil stand ich wieder auf, schüttelte ein paar Schmerzen aus meinem Schädel und versuchte erneut den Aufstieg. Immerhin konnte ich gehen.

Ich war letztlich nur ein paar Minuten hinüber gewesen, fühlte mich aber um viele Jahre älter, als ich endlich bei Willi im Büro andockte. Die Tür war offen, und auch er stand mit offener Hose beim Waschtisch vor seinem kleinen Rasierspiegel. So wie es aussah, und es sah nicht gut aus, versuchte er zu wichsen.

„Verdammt, es geht einfach nicht mehr!“, jammerte er. „Ich würde alles tun, wenn es noch einmal gehen würde, ich würde sogar beten, wenn ich wüsste, was ich dabei sagen soll!“

Ich gab ihm einen Rat: „Versuch's mal mit ‚Lieber Gott, bitte schenk mir einen Ständer, wenn du irgendwo einen übrig hast‘.“ Dann versuchte ich, ihn wieder ins richtige Leben herüberzuziehen: „Willi, du bist 75! Du musst langsam damit umgehen lernen, dass es nicht mehr geht. Bei Guttmann geht es ja auch nicht mehr, bei Lemmy auch nicht, wenn er kein Speed gefressen hat, und ich bin mir ziemlich sicher, bei Kubelka geht es auch nicht. – Nur bei mir geht es noch.“

Auch wenn ich es schon länger nicht mehr probiert hatte.

Ich stellte mich neben ihn, und so wie seine Hose aussah, kriegt das Dirty in seinem Namen langsam eine ganz neue Bedeutung. Zittrig und wackelig, wie er an sich herummachte, war er nicht mehr der starke Vater, zu dem ich früher immer gegangen war, wenn ich verprügelt wurde.

Ich schaute ihn mir genauer an, und dann fragte ich: „Bist du nicht verletzt?“

Er wusste nicht, warum er verletzt sein sollte. Dass er gerade Besuch gehabt haben musste, schien er vergessen zu haben. Mit heraushängendem Lümmel ging er zu seinem vollgeräumten Bürotisch, räumte darauf herum und sagte: „Hier muss doch irgendwo ein Hawaiihemd für dich liegen, verdammt, wo ist es denn?“

Natürlich fragt man sich im Geheimen, was man für Freunde hat, wenn einem jeder ein Hawaiihemd schenkt, nur weil man, kaum dass die Vögel zwitschern, gerne welche trägt. – Aber man fragt sich das besser nicht zu lange, sonst wird man irgendwann trübsinnig.

„Wie sah es denn aus?“, fragte ich. „Welchen dominierenden Farbton hat es denn?“

„Leck mich am Arsch mit dem dominierenden Farbton. Guttmann hat es mir gegeben, es lag doch gerade noch hier! – Verdammt, was ist mit deinem Gesicht?“

„Nett, dass du fragst. Hast du was zum Desinfizieren?"

„Am Tisch!“

Der Tisch war vollgeräumt mit Salben und Tabletten, die er für weiß der Teufel was brauchte. Aber es stand auch eine Flasche schottische Brühe drauf, aus der ich einen kräftigen Schluck nahm; dann fühlte ich mich gleich besser. Ein wenig tropfte ich auch auf meine ruinierte Nase, es brannte wie die Hölle. Gegen den Schmerz trank ich einen weiteren Schluck, und dann sagte ich erleichtert: „Aaaaaah!“ Setzte mich auf die Tischkante und fasste in Gedanken zusammen: Guttmann war also bei Willi gewesen und hatte sich über die Philosophen-Filme beklagt. Und weil er noch ein Hemd von Abdullah übrig hatte, gab er es Willi, damit er ein Geschenk für mich hätte, was vorher nicht der Fall war. Dafür versprach ihm Willi, dass er nach den Philosophen-Filmen Polizistinnen-Filme ins Programm nehmen würde. So muss es gewesen sein. Immerhin hatten sie dabei über mich geredet, und das wertete ich als gutes Zeichen, denn solange jemand über mich redete, war ich nicht vergessen.

Doch plötzlich sagte Willi: „Guttmann hat mir deinen Akt gezeigt." Das war ein schlechtes Zeichen. „Verdammt, du bist vor Foxy Neswatschill gekniet wie ein elender Hund, dem die Zunge raushängt, schämst du dich denn gar nicht?" Willi tat gerade so, als hätte er noch nie etwas vom guten alten Rock'n'Roll gehört, der doch vorschreibt, dass man mit keiner ins Bett steigen dürfe, die älter als achtzehn ist! Erst letzten Herbst hatte ich mich von einer verdammt jungen nigerianischen Spitzennutte getrennt, weil ich der sicheren Meinung war, dass es für mich in diesem Frühling noch etwas Besseres geben müsse. Und Foxy Neswatschill war die absolut Beste. Ein junges Mädchen aus schlechtem Haus mit einem wirklich guten Arsch, den sie oben in der Nacktbar wackeln ließ. Sie war mittlerweile achtzehn, und achtzehn war okay, wie ich fand. Vor allem, wenn man so gut entwickelt war wie sie.

Das alles sagte ich auch Willi, aber der hörte trotzdem nicht auf, mich zu tadeln: „Ein Mann kniet niemals vor einer Frau! Außer natürlich … na du weißt schon."

„Wie Jack Schleck in *Jack schleckt auf*?"

„Ja, oder wie Jack in *Jack schleckt 13*, wo er dreizehn auf einmal schleckt. Herrje, was für ein Film! So darf man vor den Frauchens knien, aber nicht flehend, nie bettelnd, immer nur gebend."

Ich erinnerte mich nicht mehr genau an das Ereignis, aber ich erinnerte mich plötzlich wieder sehr genau an das Gefühl des Kniens und der Erniedrigung, als Foxy irgendwas sagte in der Art von: „Rock, ich mag dich. Aber zum Ficken will ich doch lieber einen in meinem Alter, verstehst du?"

Und ich muss gesagt haben: „Zum Ficken? In deinem Alter?"

Selten hört man sich als Mann dümmer an, als wenn man wiederholt, was man ohnehin verstanden hat. Und verstanden hatte ich. Zum ersten Mal in meinem Leben verspürte ich eine kleine Angst, auf der Strecke zu bleiben. – Nicht mehr die frischesten und saftigsten Früchte zu kriegen, die weit oben am Baum hingen, sondern nur noch das Fallobst, das im Dreck herunten lag. Dieses Gefühl war schrecklich. Es wurde nicht besser, als Willi mich fragte: „Wie alt bist du eigentlich geworden?"

„Fünfzig geradeaus."

„Scheiße, wenn du mit fünfzig schon so peinlich bist, wie wird es dann erst mit sechzig? Ab jetzt zählen Stil und Haltung, vergiss das nicht."

Das sagte mir einer, der mit offenen Hosen vor mir stand.

„Du hast sie sogar angefleht, dass sie dich heiraten soll! Fehlt nur noch, dass du dich nach Zigaretten bückst. Hast du denn jede Würde verloren?"

Würde war die schwierigste Übung im Leben, wie ich fand. Selbst wenn man sie mal kurz hatte, verlor man sie gleich wieder, ich wollte wissen: „Hat sie denn Ja gesagt?"

„Nein! Aber angeblich hat sie dir eine Art Gutschein für ‚1 x Blowjob' gegeben, nicht als Geschenk, sondern nur, um dich loszuwerden. ‚Einen – und dann ganz sicher keinen mehr', soll sie gesagt haben. Und einzulösen erst, wenn du wieder nüchtern bist, weil sie den Geschmack von Wodka hasst. Nicht den Geschmack von Wodka allgemein, aber im Sperma."

Ich kramte in meiner Hosentasche, und tatsächlich: Auf eine Serviette hatte sie „1 x Blotschop" gekritzelt. Sie sah zwar gut aus, war aber nicht die Hellste. Ich freute mich auf den Blowjob und steckte die Serviette wieder ein, aber Willi sagte: „An deiner Stelle würde ich generös darauf verzichten."

„An meiner Stelle würdest du das sicher nicht!"

Willi war zwar mein Vater, redete aber immer öfter wie eine Mutter mit mir, und je älter er wurde, desto mütterlicher wurde er. Fehlte nur noch, dass ich um zehn zu Hause sein musste.

Er schlug versöhnlichere Töne an, als er mir anbot, die zweite Flasche zu öffnen, die auf dem Tisch stand. Neben der Flasche lag auch ein Foto mit einer Bauchtänzerin – leichter Hang zum Balkanesischen, wie ich fand, aber scharf wie scharfer Paprika. Ich nahm es in die Hand und fragte: „Wer zum Teufel ist denn diese heiße Braut?"

Und er sagte: „Ob du es glaubst oder nicht, aber die hab ich mal gefickt."

Das schien der Standardspruch der Woche zu werden. Ich war richtig stolz auf ihn und fragte: „Wann denn?"

„Muss so ziemlich genau 18 Jahre her sein."

„Da ging es also noch?"

Wir kamen mit der zweiten Flasche ganz gut voran, während mir Willi in allen Einzelheiten schilderte, wie es damals noch ging mit dieser balkanesischen Bauchtänzerin. Aber irgendwann kratzte er sich am Arsch, starrte ins Leere und räumte ein: „So genau kann ich mich eigentlich gar nicht erinnern. Aber das war eine wilde Zeit damals, und wer sich an die 90er erinnert, der hat sie nicht erlebt."

Ich sagte: „Das waren die 80er!"

Er überlegte lange. „Verdammt, aber ich muss sie gefickt haben, wie könnte er sonst mein Sohn sein?"

Ich spuckte den Schnaps aus, der mir gerade so richtig zu schmecken begann, und wiederholte, was er gerade gesagt hatte: „Dein Sohn?"

Ich musste daran denken, wie Willi den Duke und seine Freunde mit einem Arschtritt in ihre Schule zurückschickte, damit sie dort was für die Schule lernen sollten, denn fürs Leben taugten sie, anders als ich, nichts. Voller Neid deuteten sie auf mich und fragten: „Und er? Er darf bleiben, oder was?" Und Willi packte mich am Genick, drückte mich fest an sich, verpasste mir ein paar Kopfnüsse und schaute mir tief in die Augen, dann sagte er: „Der? Der bleibt für immer bei mir, denn der ist mein Sohn."

Der massenhafte Zuzug von Rumänen und Bulgaren hatte gerade erst begonnen, aber Willi sollte schon einen Sohn mit einer von denen haben? Es konnte nur dieser Jackie Chan aus der Nachwuchsakademie gewesen sein, der ihm das Foto hierhergelegt hatte und ihm einreden wollte, dass die Bauchtänzerin seine Mutter war und Willi sein Vater.

Das durfte ich nicht zulassen, denn ich wollte um keinen Preis einen Bruder.

Fürsorglich zog ich ihm die Hose hinauf, knöpfte sie zu und hoffte, dass ich mich dadurch unentbehrlich machen konnte. Dann erzählte ich von meiner Begegnung mit dem Nachwuchs-Jackie-Chan und erklärte ihm, dass er gerade auf den ältesten Trick der Welt hereingefallen wäre, wenn nicht ich, sein richtiger Sohn, ihn gerettet hätte.

„Die haben dich beobachtet dich für senil erklärt und den Vater-Sohn-Trick an dir ausprobiert, kapierst du das nicht? Sie gehen mit Fotos von geilen Bauchtänzerinnen zu alten Männern wie dir, setzen den Dackelblick auf und sagen: ‚Das ist meine Mama, und du bist mein Papa.' Und weil du impotent bist, willst du es glauben, dass du die heiße Braut mal gefickt hast."

Er sagte: „Du hast keine Ahnung, was es heißt, alt zu werden."

Noch vor drei Tagen hätte ich geantwortet: „So ist es!"

Aber heute sagte ich nur: „Hast du noch was zum Gurgeln?"

Am wichtigsten war, dass man nie wieder nüchtern wurde. Er holte eine neue Flasche, wir setzten uns an seinen Tisch, und er sah mich mit flehenden Augen an.

„Es wäre doch möglich gewesen, dass ich sie gefickt habe, nicht wahr?"

„Aber natürlich, Willi. Noch heute wäre es möglich. Genauso wie es möglich wäre, dass Foxy mich heiratet, nicht wahr?"

Er sagte: „Pfft."

Ich stand auf und nahm ihn in den Arm.

„Wir finden eine Lösung für deine Wurst, Willi, ich verspreche es dir. Und du versprichst mir, dass ich dann wieder dein Sohn bin, okay? Dein einziger."

Er sagte: „Ich überleg's mir."

***

Ich schlief schlecht in dieser Nacht, während ich Willis Swedish Pornhouse in die Hände einer rumänischen

Zigeunerbande fallen sah, die dort ihr Hauptquartier aufschlug und Grillpartys veranstaltete sowie, wer weiß, vielleicht sogar Konzerte. Ich sah Dutzende alter Mercedes 8 vor dem Kino stehen, mit laufendem Motor und vollbepackt mit Sperrmüll, und an jedem Abend gab es Trompetenmusik und Tschinelle bis tief in die Nacht hinein, dazu Bauchtanz. Alle waren sie lustig und hatten ihren Spaß, aber dann kamen die Bartträger, die ihnen irgendwas auf Latein zuriefen, den Zeigefinger hoben und ihnen die Stimmung versauten, weil sie ihre Kierkefuck-Filme sehen wollten, die Zigeuner sich so einen Scheiß aber nicht anschauten. Es kam zu wilden Schlägereien der beiden verfeindeten Gruppen untereinander, aber immer, wenn ich auftauchte, um die Sache friedlich zu bereinigen, verbündeten sie sich gegen mich, schlugen mich nieder und sprangen auf mir herum. Wenn ich dann schweißgebadet aufwachte, dachte ich, dass es insgesamt vielleicht zu viele Leute gab auf dieser Welt, jedenfalls sprangen ein paar zu viel auf mir herum und raubten mir die Luft zum Atmen.

Ich sprang in die Jogginghose und rückte in die Badelatschen vor, aber dann stockte mein Elan, denn ich konnte mich nicht entscheiden: rot, gelb, blau oder grün? Ich hatte in jedem dominierenden Farbton ein paar Hawaiihemden, die sich über den Winter gerettet hatten. Ich probierte zunächst eines in Gelb, das gut zur grauen Jogginghose passte, aber nicht mehr zu meinem Bauch. Ich sortierte neun von zehn aus, die mir zu eng geworden waren, und kleidete mich schließlich wieder in das grüne, das ich am Tag zuvor von Guttmann bekommen hatte. Es passte auch gut zu grau, wie ich fand, vertrug sich aber nicht mit meinem fahlen, teigigen Gesicht. – Es war hoch an der Zeit, dass ich mit ein wenig Russenschnaps Farbe auf meine Wangen zauberte. Ich kippte einen schönen Becher, dann spachtelte ich mir reichlich Gel in die Haare und kämmte sie zurück, wobei es immer länger dauerte, bis die lichten Stellen verdeckt waren.

Mein Kumpel Lemmy betrieb im Souterrain des Hauses, das ihm gehörte und in dem ich oben meine Bude hatte, einen Plattenladen, und zwar in einer ehemaligen Pizzeria, die Quattro Stazzione hieß, aber keine Pizzeria mehr war, sondern sein Drogenvertrieb, versteckt in einem Plattenladen. Seit Wochen aber hatte er sich dort unten nicht mehr bewegt, er saß nur mit offenem Mund auf der Couch herum und wartete darauf, dass vielleicht ein paar Fliegen ein Nest darin bauten. Er war mittlerweile völlig ausgetrocknet und musste nicht einmal mehr aufs Klo; er hatte seinen Stoffwechsel auf null heruntergefahren, als hätte er sich selbst den Stecker gezogen und arbeitete nur noch mit Notstromversorgung. Damit er nicht umkippte, hatte ich ihm links und rechts etwas untergepolstert. Würde ihn einer der Bartträger aus dem Pornhouse so sehen, würde er ihn fragen: „Warum machst du das?“

Ich sprang hinunter und sah, dass er noch atmete. Das immerhin gab Hoffnung, aber worauf? Er hatte den Ess- und Trinknapf wieder nicht angerührt, auch der Spucknapf war leer geblieben, und nur ein paar vereinzelte Sabberfäden hingen ihm hinunter bis zur Abhörwanze, die ich ihm an den Latz genagelt hatte. So hätte ich ihn gehört, falls er doch noch mal aufgewacht und etwas gebraucht hätte. Nun aber brauchte ich die Wanze für den Duke. Ich pflückte sie ihm herunter und besprühte ihn mit billigem Freiersdiesel, weil er nun doch schon anfing zu stinken. Dann pflückte ich ihm meine zweite Carrera von der Nase, die ich ihm aufgesetzt hatte, weil er mit offenen Augen so beängstigend tot aussah. Nun aber brauchte ich sie selbst, weil ich ohne Brille aussah, als wäre ich so richtig verprügelt worden.

Ich wollte gerade wieder gehen, da stiefelte mein Kumpel Kubelka die Treppe herunter, in seinem Gesicht, gebräunt wie ein gegrilltes Huhn, leuchtete ein weißer Keramikstreifen dort, wo bei anderen Menschen die Zähne waren. Die blonde Haartolle hatte er wie immer nach hinten geklebt. Normalerweise hatte er einen hellen Trenchcoat an, egal, wie kalt es draußen war. Aber jetzt sah er aus, als hätte man ihn zu Weihnachten unter den Christbaum gelegt und vergessen auszupacken: alles an ihm kariert. Wenn ich nicht schon genug Kopfschmerzen gehabt hätte – sein Outfit hätte mir einen neuen Schub geben können.

Dann war da noch etwas: Soweit ich das mit bloßem, zugeschwollenem Auge erkennen konnte, hatte er eine junge Schmalzlocke mit dunkler Sonnenbrille und lässigem Wesen im Schlepptau – Typ „Alter, was ist?" –, in sehr engen, gut gefüllten Jeans steckend und mit einem Packen Obdachlosenzeitungen unterm Arm. Als ich genau hinschaute, fragte ich mich: Was hat denn der für ein Hemd an?

Noch auf der Stiege rief mir Kubelka zu: „Ich gebe Folgendes zu bedenken, Rock: Eine 24-Stunden-Rundumbetreuung wirst du für das verfaulende Gemüse nicht finden. Und eine Verkäuferin, die vom Lidl freiwillig zu ihm hierherwechselt, auch nicht."

Tatsächlich hatte ich mir auch schon Gedanken wegen einer 24-Stunden-Hilfe für Lemmy gemacht, weil ich mich selbst unmöglich rund um die Uhr um ihn kümmern konnte, und zwar auch deswegen, weil ich es nicht wollte. Irgendeine scharfe Slowakin oder Moldawierin musste her, und je jünger, desto besser. Das Problem dabei: die Kosten! Selbst wenn sie jung war und sich nebenbei auf dem Strich was dazuverdienen konnte, ging so was ganz schön ins Geld. Und das hatten wir gerade nicht, seit Lemmy nur noch herumsaß und das so wichtige Kundengespräch nicht mehr führte. Nur hin und wieder kam noch ein Freak herunter und nahm sich einfach selbst, was er brauchte – seltener Platten, viel häufiger das gute Zeug, das *Vaya Con Dios* heißt und einen mit gut abgefederten Schritten zu Gott gehen lässt, wenn man es raucht. War der Mensch gut, legte er einen Zehner vor Lemmy auf den Tisch und sagte „Danke, mach's gut, Alter". War der Mensch schlecht, ging er, ohne was hinzulegen. Schlecht waren sie fast alle. Es musste also mit den Pollen des Frühlings auch wieder mal dringend so etwas wie große Geldscheine ins Haus geschneit kommen!

Kubelka drückte den Schmalzkopf in die Couch hinein, achtete dabei aber nicht darauf, dass er sich auf den *Playboy* draufsetzte, der ihm immer noch in der Arschtasche steckte. Wie es seine Art war, legte er gleich die Hufe auf den Tisch und fühlte sich wohl wie der Fisch im Wasser. Die Hand in der engen Jeans, zündete er sich eine an, ohne zu fragen, ob man hier überhaupt darf. Auch wem die Packung gehörte, aus der er sich bediente, interessierte ihn nicht. Er würde sogar dort rauchen, wo trockenes Stroh herumlag, denn sein rotziges Wesen zeigte den unbedingten Willen, einen Streit vom Zaun zu brechen. Ich erkannte mich in ihm wieder, auch weil er das gleiche Hemd trug wie ich, nur im dominierenden Farbton Rot, jedoch gleiche Charge mit zwei Brusttaschen, ich dachte: Aber hallo!

Man sieht sich also doch immer zweimal im Leben, und wenn der andere das gleiche Hemd trägt wie man selbst, und dazu noch die Sonnenbrille, die er einem am Vortag abgenommen hat, dann erkennt man ihn sogar wieder. Hätte ich ihn nicht daran erkannt, dann am Geruch des Schmalzes in seinen Haaren, das ich noch in der Nase hatte. Der junge Mann trug übertrieben dick Produkte auf, was, wie ich fand, bei ihm aber gut aussah, weil sein Haar, wie man so schön sagt, noch voll war, während es bei mir genau das nicht mehr war. Ich stand nun wieder halbwegs sicher in den Schuhen und hätte ihm sofort eine reinhauen können, blieb aber vorläufig ruhig und fragte nur: „Stellt uns jemand vor?"

Ku saß neben ihm, die Beine weit gespreizt, und hob eine alte Ausgabe der *Gosse* vom Boden auf, die hier überall herumlagen, um darin Lemmys Gras zu portionieren. Er begann darin zu blättern und legte eine Hand auf das Knie seines Freundes, ohne dass er von der Zeitung aufsah, dann sagte er: „Rock, das ist Toni. Toni, das ist Rock. Sag mal, Rock, was bist du denn eigentlich im Sternzeichen, deinem trübsinnigen Wesen nach würde ich sagen: etwas Herbstliches, nicht wahr?"

Während ich Lemmy die Sonnenbrille wieder aufsetzte und ihm die Kinnlade hinaufdrückte, fragte ich mit Unterton: „Hast du denn vergessen, wann ich Geburtstag habe?"

„Na hör mal, ich vergesse doch nicht, wann du Geburtstag hast! Skorpion, nicht wahr?"

„Falsch. Goldfisch."

„Aber hallo, dann hast du ja bald Geburtstag! Also hör zu: Der Fisch ist gerade in einer sehr schwierigen Phase, steht hier, er muss aufpassen, dass sich nicht alles gegen ihn wendet, hier steht wörtlich: ‚Sie haben gerade wirklich sehr viele Probleme!' – Verdammt, wie siehst du denn überhaupt aus?"

Er warf die *Gosse* in den Dreck zurück und schüttelte tadelnd den Kopf, als wäre er meine Mutter, die mir keine Hühnersuppe mehr kochen würde, wenn ich so weitersoff. Manchmal kriegte ich richtig Kopfschmerzen, wenn er so redete, und die Art und Weise, wie er beim Reden immer wieder versuchte, mit der Zunge in seine Zahnzwischenräume zu kommen, um dort etwas herauszusaugen, was nicht hingehörte, machte mich nun sogar richtig wahnsinnig. Lemmys Dope in meinem Hirn verstärkte meine Empfindlichkeit für solche Geräusche noch, ich war nahe daran, durchzudrehen. „Sag mal, hast du vielleicht ein Problem mit deinen scheiß Zähnen?"

Kubelka hatte erst vor Weihnachten den Gegenwert eines halben Einfamilienhauses in einen Satz neuer, tadellos weißer Zähne investiert, damit er bei seinen Klienten besser ankam, wie er behauptete. Verunsichert fragte er jetzt: „Mit meinen Zähnen?"

Es hört sich, wie gesagt, richtig elend an, wenn man immer wiederholt, was man ohnehin verstanden hat. Freundlicherweise bestätigte ich: „Ja, mit deinen Zähnen. Es macht mich ehrlich gesagt wahnsinnig!"

„Das hieße ja, ich habe einen Tick."

„Keine verdammte Ahnung, ob du einen scheiß Tick hast, aber ich würde sagen, du hast ein verdammtes Problem mit deinen scheiß Zähnen."

Der Schmalzkopf bog sich vor Lachen. Er selbst hatte eine Menge Gold im Kaubereich und ein paar schwarze Stummel, auf die er aber sehr stolz war, weil er sie uns mit breitem Grinsen ungeniert zeigte. Er schrie: „Der Typ hat recht! Du machst echt immer Tst! Tst! Tst! Tst! Wie ein scheiß Italiener, wenn er eine Braut anbaggert. Du bist aber kein Italiener, Doc!"

Ich schluckte ein paar Mal, bevor ich fassungslos fragen konnte: „Er nennt dich Doc?"

„Ja, Doc ist einfacher für ihn."

Jetzt musste ich lachen: „Aber hör mal, Ku ist doch viel einfacher als Doc."

Nachdem sich der Toni und ich wieder halbwegs beruhigt hatten, griff ich in die Lade von Lemmys Couchtisch und nahm mir eines der abgepackten Gras-Säckchen heraus. Ich hielt es Ku vor die Nase und sagte: „Das betrachte ich als nachträgliches Geschenk von Lemmy an mich, okay? Nicht, dass du ihm irgendwann erzählst, ich hätte ihm etwas gestohlen."

„Aber wofür denn ein nachträgliches Geschenk?", fragte er, noch immer beleidigt in seiner inneren Arztpraxis sitzend.

Ich sagte: „Weihnachten."

„Na gut", sagte er und schlug die langen Beine übereinander. „Ich fände es trotzdem fair, wenn du so eine Art Strichliste anlegen würdest für die Produkte, die du ihm da rausnimmst. Falls er doch noch mal zu sich kommt, wird er sich fragen, wo das ganze Gras hingekommen ist – gibst du mir auch was?"

Ich sagte: „Aber natürlich, Schatz. Was ist mit dem Schmalzkopf? Raucht der auch, oder schnüffelt er Klebstoff?"

Es stellte sich aber heraus, dass er nicht nur schnüffelte, sondern sogar sehr gerne auch etwas Gras rauchte. Und je mehr wir rauchten, desto häufiger deutete der Toni kichernd in meine Richtung und sagte: „Geiles Hemd!"

Es ist klar, dass der Anblick eines Hawaiihemds der Größe XL einen Dope-Raucher ganz schön glücklich machen kann, und da ich in letzter Zeit nicht viel Nettes gehört hatte, war ich ein wenig gerührt, also sagte ich: „Danke. Deins ist aber auch schön."

Etwas verzögert fiel nun sogar Ku auf, dass der Schmalzkopf und ich den gleichen Hemdgeschmack hatten. „Also ich meine jetzt vom Style her", sagte er, „nicht so sehr vom dominierenden Farbton, denn seines ist rot und deines ist türkis."

Ich sagte: „Das ist nicht türkis, Alter, das ist grün. Und um genau zu sein: Sein Hemd ist mein Hemd."

Da nahm die Schmalzlocke endlich meine Sonnenbrille von seiner Nase herunter, die ihn in einer Art finsterem Tal gefangen gehalten hatten, und als er mich mit meinem geschwollenen Auge endlich erkannte, zuckte er zusammen. Allerdings war er mittlerweile zu stoned, um davonlaufen zu können, denn ich hatte ihm die doppelte Ration Dope verpasst und ihm damit die Füße an den Boden genagelt. Ohne geschwollene Augen würde ich ihn nicht von hier wegkommen lassen.

Der Toni setzt die Brille wieder auf, und während wir bereits das dritte Gerät in die Luft jagten und uns dabei mit Russenschnaps den Mund feucht hielten, als wir also das Leben in seiner ganzen Schönheit genossen, sagte Ku plötzlich:

„Ach. Es ist furchtbar, Lemmy so sehen zu müssen. Andererseits beneide ich ihn. Er lebt wie die Blume im

Felde, von der es schon in der Bibel heißt, dass der liebe Gott für sie sorgt."

Da musste ich einhaken: „Es bin wohl eher ich, der für ihn sorgt."

Nun beugte sich Ku weit zu mir herüber, dämpfte seinen Joint aus, verschränkte die Hände wie zum Gebet und schaute mit seinen dunklen Augen tief in die meinen:

„Rock, genau deswegen bin ich hier. Also hör zu: Wir alle kennen die Probleme mit unseren Freunden vom fahrenden Volk, Hütchenspiel, Betteln hier und Betteln da …"

„… stinkende Autos …"

„… zum Beispiel. Ich habe also ein neues Projekt aufgetan und ein paar hunderttausend Euronen aus dem gut gefüllten EU-Topf für Migrationsprobleme lockergemacht. Das Projekt heißt ‚Gipsies on Couch' und geht so: Wenn wir heimischen Psychotherapeuten es schaffen, straffällig gewordene Schmalzköpfe auf die Couch zu bekommen und ihnen dabei Teppichböden und vielleicht sogar offene Kamine schmackhaft zu machen, dann brächten wir ihnen so etwas wie Wohnzimmeratmosphäre bei, und früher oder später würden sie dem kriminellen Milieu auf der Straße freiwillig entsagen, weil sie lieber zu Hause im Wohnzimmer bleiben, dort fernsehen, Chips fressen, und überhaupt keine große Lust mehr haben rauszugehen, weil ihnen das Geld ohnehin aus dem gut gefüllten EU-Topf für Sozialleistungen in den Arsch geblasen wird."

Ich sagte: „Gute Idee, eigentlich."

„Ich habe den Toni auf meiner mobilen Couch im Gefängnis als wirklich begabten jungen Kerl kennengelernt, der zwar auf die schiefe Bahn geraten ist und in die eine oder andere Betrugssache verwickelt war …"

„Neffentrick, getarnt als Sohnemanntrick?"

„Zum Beispiel. Allerdings war das Abgleiten ins kriminelle Milieu nicht seine eigene Schuld, wie ich bald herausgefunden habe …"

„Sondern?" – Jetzt war ich richtig gespannt.

Ku zog den Toni am Ohr, wodurch der wieder aufwachte, und dann forderte er ihn auf: „Erzähl doch mal dem Onkel selber, was dein größtes Problem ist."

Der Toni schüttelte sich und sagte: „Drogen?"

„Aber nein!", rief Kubelka.

„Klebstoff?"

„Auch nicht! – Der abwesende Vater!"

Wie sich herausstellte, war der „Abwesende Vater" das neue Steckenpferd von Kubelka, er schaute nun traurig wie Pippi Langstrumpf, wenn sie von ihrem Papa, dem Negerkönig, erzählte, und sagte: „Abwesender Vater ist ein riesiges Problem unserer Tage und heißt bei Toni, dass der Alte als einer der ersten Zigeunerkönige überhaupt seine Frau verlassen und sich neu orientiert hat. Das kommt selten vor bei denen, wegen der Clanzugehörigkeit und der Verwandtschaft. Aber irgendwo auf seinen Reisen durch Europa muss er etwas Besseres gefunden haben als seinen 150-Kilo-Knopf zu Hause da unten, der ihm nur auf der Tasche lag."

Ich sagte: „Oder in seinem alten Mercedes mit Sperrmüll oben drauf?"

Selten nämlich, dass man einen von denen ohne alten Mercedes mit Sperrmüll oben drauf sah.

„Begleitet werden muss die Therapie natürlich von einer Art Heranführung an den Arbeitsmarkt", sagte

Ku, „sprich: Freude durch Leiharbeit im Niedriglohnsektor."

Ich fragte: „Nicht Freude durch Freude?"

Es war hoch an der Zeit, eine weitere Flasche zu öffnen, um uns ein wenig zusätzliche Freude zuzuführen. Ich nahm einen kräftigen Schluck und reichte die Flasche weiter, sehr zur Freude der beiden anderen, dann fragte ich: „Soll der Toni also vielleicht so eine Art Pflegerin im Hawaiihemd werden, ist es das, was dir für ihn vorschwebt?"

Der Toni krümmte sich vor Lachen, allerdings nur, bis Ku sagte: „Das wäre der langen Rede kurzer Sinn. Selbstverständlich nehme ich nur solche in mein Programm auf, von denen ich auch persönlich überzeugt bin, dass sie den Weg hinaus aus dem Dreck ihres Lebens hinein in die Badewanne unserer schönen, sauberen Gesellschaft schaffen. Und für den Toni hier lege ich meine Hand ins Feuer."

Kubelka war da vielleicht ein wenig zu optimistisch, wie ich fand, denn ich sah seine Hand schon lichterloh brennen.

Ich sagte: „Aber das Einstellungsgespräch führe ich."

Und er: „Nur zu!"

***

Ich bat den Toni nach hinten in den Anbaubereich. Insgesamt schien er mir ein aufgewecktes Kerlchen zu sein, das nicht im Traum daran dachte, sich anzupassen. Nur weil er gerade aus dem Bau kam, hieß das für ihn nicht, dass er sich keinesfalls mit Willi dem Schwein anlegen sollte, im Gegenteil. So einen Eins-a-Spitzentyp aus der Gürtelszene abzuzocken machte sich gut in seinem Lebenslauf, wie er fand. Alles in allem hatte er also gute

Voraussetzungen, zu einer Unterweltgröße aufzusteigen, aber nun fühlte er sich gar nicht mehr so wohl in seiner Haut. Seine Handflächen waren nass, sein Puls raste, und sein Hawaiihemd war schon ganz durchgeschwitzt, was aber oft der Fall war bei Einstellungsgesprächen. Hinzu kam, dass er leicht verlangsamt wirkte, was Reaktion und Bewegung anlangte.

Umgekehrt hatte ich mich noch nie so gut gefühlt, seit ich fünfzig war. Ich nahm ihm vorsichtig meine Brille ab und drosch ihm eine auf jedes seiner schönen Augen. Er nahm es wie ein Mann und blieb stehen, also setzte ich ihm die Brille wieder auf, weil ich den Anblick von Blut immer schlechter vertrug, je älter ich wurde. Dann zog ich ihm den *Playboy* aus der Arschtasche heraus, rollte ihn noch fester zusammen, sodass er hart wie ein Baseballschläger war, und drosch ihm diesen auf die Schädeldecke. Als er endlich in die Knie ging, sagte ich: „Der gehört mir, verstanden?“

Und er: „Okay.“

Dass er jetzt vor mir kniete, stärkte mein angeschlagenes Selbstbewusstsein. Wenn man gerade den fünfzigsten Geburtstag auf den Knien vor einer Achzehnjährigen verbracht hat, tut es gut, wenn man plötzlich einen Achzehnjährigen hat, der vor einem selbst kniet. Wenn wir nun noch die Sache mit Willi aus der Welt räumten, konnten wir vielleicht sogar noch einmal bei null anfangen und an die Zukunft denken. Ich sagte: „Willi das Schwein hat nur einen Sohn, und der bin ich, verstanden?“

„Okay.“

„Du bist eingestellt.“

Zurück im Verkaufsraum, riss ich die Folie des *Playboy* auf und hielt ihn Lemmy vor die Nase, ich dachte nämlich:

Vielleicht zieht ihn Mandy ja wieder herüber in unsere schöne Welt. Lemmy war an behaarte Frauen gewöhnt, denn das letzte Mal, als er mit einer Frau Sex hatte, war so ziemlich genau zu der Zeit, als sie noch Haare hatten, also Anfang, Mitte der 80er-Jahre – mit einer Ausnahme: dem legendären Ritt der Biene Mayr auf seiner Eisenstange, als er wegen einer anstehenden Samenspende so viel Viagra und Speed gefressen hatte, dass er monatelang einen Ständer mit sich herumtrug.

Als sich Lemmy trotz Mandy vor seinen Augen nicht bewegen wollte, nahm mir Kubelka den *Playboy* ab und drückte ihn Toni in die Hand, dann sagte er, er solle ihn mal näher, mal weniger nah vor Lemmys Nase halten, das würde nämlich eine Beziehung zwischen Patienten und Pfleger herstellen, wie er das nannte.

Nachdem sich die Beziehung zwischen den beiden aber nur schleppend entwickelte, zeigte ich dem Toni noch, wo der Spucknapf stehen und womit er den Fressnapf füllen musste; außerdem, wie man eine Crackpfeife anzündete und sie Lemmy unter die Nase hielt, falls er mal wieder die Schnappatmung bekam; und welche Nummer er anrufen müsste, falls er doch noch mal aufwachen würde. Am Ende seiner Ausbildung sollte er noch ein Gesellenstück liefern, ich sagte ihm: „Hier, dreh uns mal was Schönes." – Weil ich nämlich sehen wollte, wie sorgsam er mit dem Produkt umging.

Erst zierte er sich wie eine Zwölfjährige vor dem ersten Kuss und sagte: „Ich weiß doch gar nicht, wie das geht." Ich war wohl der Einzige im Raum, der ihm das in diesem Moment glaubte, also erklärte ich es ihm dreimal, und zwar geduldig wie ein gütiger Vater. Als er es endlich geschafft hatte, freute er sich sehr und zeigte mir stolz die Tüte, die wirklich gut aussah, und ich sagte: „Gut gemacht, mein Sohn."

Das war mir irgendwie rausgerutscht, aber es fühlte sich gar nicht schlecht an.

***

Der Toni sollte dann noch die Pflanzen gießen und ein bisschen was davon ernten, er sollte Lemmy den Mund abwischen, wenn es nötig war, und ihm hin und wieder einen Joint drehen und in den Mund stecken – kleinere Hilfsdienste für den Anfang, falls Lemmy danach verlangen sollte. Mal sehen, ob er sich bei uns bewähren und die Karriereleiter hinaufklettern würde bis weiß der Teufel wohin. Für diese Zuwanderer war ja immer erst der Himmel die Grenze. Die überholten mich mittlerweile links und rechts, aber solange ich selbst nichts arbeiten musste, gönnte ich jedem seinen Erfolg durch ehrliche Arbeit.

„Und was machst du jetzt?", fragte Ku.

Ich hatte Angst vor dieser Frage, denn sie bedeutete immer, dass er mir am Arsch hängen bleiben würde. Und natürlich, als ich ihm sagte, dass ich in eine Buchhandlung müsse – nicht wollte, musste! –, um dort Wanzen anzubringen für einen Freak, der sich für eine fette Buchhändlerin interessierte, wollte er sofort mitkommen. Ich fragte: „Liest du denn Bücher?"

Und er: „Wie du weißt, schreibe ich sogar welche. Außerdem sind Buchhandlungen ideales Anfütterungsterritorium für einen Therapeuten, ich kann dort meine Karten auslegen. Glaub bitte nicht, mein Job wäre ein Selbstläufer und ich reiße mich um Projekte wie ‚Gipsies on Couch', es ist nur so: Die Preise für renoviertes

Eigentum haben in den letzten Jahren so rasant angezogen, dass die Neureichen heute bei ihren Ausgaben für die Therapie sparen und lieber zum Life Coach gehen."

Ich fragte: „Zu wem?"

„Life Coach."

„Noch mal, bitte."

„Zum Lebensberater!"

„Nie gehört. Wofür braucht man das?" Es ging noch immer recht zäh zu in meinem Schädel – als würde ich Klebstoff statt Wodka trinken.

Ku sagte, und er hörte sich dabei sehr wütend an: „Du brauchst keine Ausbildung, um Lebensberater zu sein! Du setzt dich einfach hin und sagst den ganzen Freaks, was sie einkaufen sollen, also ein Viertel Butter, ein halbes Kilo Brot …"

„… eine ganze Flasche Schnaps?"

„… ja, genau. Unsinnige Beratungstätigkeit, anstatt tiefer zu graben. Dorthin, wo die Probleme wirklich liegen, die einem das Einkaufen erst verunmöglichen, verstehst du?"

„Nein."

„Um ehrlich zu sein, leben wir ausgebildeten Therapeuten im Krieg mit den Lebensberaterinnen", sagte er. „Es wird nicht mehr lange dauern, und irgendwann findet man einen beziehungsweise eine von denen tot auf."

Da fiel mir ein: „Dann kennst du dich doch sicher aus mit Yoga, nicht wahr?"

Kubelka half uns nämlich öfter, so eine Art Täterprofil zu erstellen. Ich fütterte ihn dann mit Daten, und er spuckte die Art und Weise aus, wie der Täter gebaut, gestrickt und gefaltet sein musste, um zu einer Tat imstande zu sein.

Er sagte: „Klar, frag mich was."

„Wenn jemand eine Tote, die nach aller Wahrscheinlichkeit in der Schlafstellung des Yogi ermordet wurde, in eine Migranten-Migrantinnen-Tasche packt und sie zu einer Autobushaltestelle bringt beziehungsweise im Bus mitnimmt und sie dann im Bus vergisst, sodass sie bei einer Autobushaltestelle irgendwann auftaucht, was will uns der Täter damit sagen?"

Er überlegte nicht lange und sagte: „Dass er es kann."

Der Toni lachte viel, während er uns so reden hörte. Und ich hatte bald das Gefühl, dass er uns für Idioten hielt, die ihm in allem unterlegen waren, während er selbst so etwas Grundgesundes, so etwas unbegründet Fröhliches an sich hatte. Ich fragte Ku: „Warum sind diese verdammten Zigeuner eigentlich immer so fröhlich und zeigen uns ihre schwarzen Stummelzähne, hast du wenigstens dafür eine Erklärung?"

Er sagte: „Weißt du, die sind so unbeliebt, dass es schon wieder eine Zumutung wäre, wenn sie dabei auch noch unglücklich dreinschauen würden."

Ich sagte: „Ach, deshalb."

***

Wir hüpften die Treppen hinauf, Kubelka wie eine Hüpfdohle, und ich wie eine alte Kuh. Er nach der Melodie von *Warum bin ich so fröhlich?*, und ich nach der von *Why am I so soft in the middle, when the rest of my life is so hard?*, den zwei großen Warum-Liedern unserer Zeit.

Manchmal dachte ich über Ku: Der ist selbst fröhlich wie ein Zigeuner! Der hat auch immer dieses Nach-vorne-Schauende, unbeirrbar Positive, das ich an anderen so hasste. Ich dagegen schlief auch am Tag ganz gerne, und ich konnte sogar einem Gefängnisaufenthalt positive Seiten abgewinnen, solange ich dort unter irgendeinen Rock kriechen konnte. Unbegründete Fröhlichkeit hingegen machte mich traurig. Doch kaum waren wir oben angekommen, stellte sich Ku auf die Straße, hielt sein Gesicht dem Glutofen entgegen und gab sich dem Programm „Kraft durch Sonne" hin, dabei sagte er: „Ah, herrlich. Ich bin einfach nur glücklich."

Wenn einer einfach nur glücklich war!

Ich fragte: „Warum denn?"

Und er: „Na schau mich an."

Während er sich braten ließ und dabei noch brauner wurde, setzte ich meine Carrera auf und stellte mich neben ihn in den Schatten. Von dort aus schaute ich ihn mir etwas genauer an, wenn er das schon unbedingt wollte. Stärker denn je hatte ich den Eindruck, dass mit ihm etwas nicht stimmte, dass er etwas vor mir verheimlichte. Er wirkte wie ein Buch, das nicht gelesen werden wollte. Die neuen Zähne, die blonden Haare, die gegerbte Gesichtshaut. Als hätte er alles auf dem Flohmarkt gestohlen und dann notdürftig zusammengeklebt. Dazu diese seltsame Kleidung. Ich fragte: „Was hast du denn überhaupt an?"

Er sagte: „Das ist mein Golf-Outfit!"

Man denkt ja immer, dass man seine Freunde kennt. Bis sich herausstellt, dass sie Golf spielen.

„Spielst du Golf?"

„Das tue ich allerdings, und entsprechend kleide ich mich auch, denn ich stehe dazu. Wenn du übrigens möchtest, dass ich dich in Modefragen berate, mache ich das gerne. Dein Hemd sieht nämlich wirklich verdammt scheiße aus, wo hast du das denn her?"

Der Mann im Schatten sagte: „Von Guttmann zum Geburtstag bekommen."

„Verdammt, hat der Dreck auf den Augen? Okay, für Hawaiihemden, wie du sie trägst, gibt es natürlich keinen Premium-Markt, die meisten dieser Hemden hängen bei irgendwelchen Abdullahs an der Stange herum, nicht weit von deinem Fenster am Markt, würde ich sagen. Sie sind so billig, dass sie nicht mal in Bangladesch produziert werden, sondern in Griechenland! Unterschiede gibt es dabei höchstens in Farbe und Größe, von S wie „schmal" bis Z wie „Zweimannzelt" für dich. Aber hör zu: Dein inneres Ich ist bei Weitem nicht so farbig wie deine äußeren Hemden, kein Zigeunerdorf würde wegen dir drei Wochen feiern, obwohl das dort üblich ist – sagtest du, dass du Geburtstag hattest?"

Ich sagte: „Schon fünfzigmal."

Vom Schatten aus folgte ich ihm zu seinem Wagen, den er in der prallen Sonne geparkt hatte, auf zwei Parkplätzen, denn einer alleine war nicht groß genug für diesen dicken deutschen Brummer, in ein sehr sattes Schwarz gepackt und mit sehr breiten Reifen, wie sie jetzt immer öfter auch bei uns in dieser ehedem so schön versauten Gegend herumstanden. So einen großen hatte ich allerdings noch nie gesehen, es war der absolut größte, den ich je gesehen hatte, ich sagte: „Oh, là, là, so ein großer Mercedes. Ist der für mich?"

Da stand ein niegelnagelneuer GL 63 AMG. Ein Reifen von dem wog mehr als mein ganzer Datsun. Nicht die bevorzugte Kutsche des fahrenden Volkes, aber immerhin ein Mercedes. Ich hätte diesen Dreckskübel natürlich nur genommen, um dagegenzupinkeln, oder um ein paar von meinen Kumpels aus der Obdachlosenszene darin schlafen zu lassen, Platz war ja genug. Ich hasste solche Dinger und sagte zu ihm: „Was ist denn mit dir los, Ku? Du hast neue Golfkleidung, du hast neue Zähne. Warum sagst du mir nicht, dass du auch einen neuen Mercedes hast, wo du doch immer BMW gefahren bist?"

Das kam mir nämlich verdächtig vor, dass er jetzt Mercedes fuhr. Er sagte: „Weil ich mich ein bisschen vor dir schäme."

„Aber warum denn?"

„Nun, weil es dich vielleicht als Mann verletzt, dass ich um so vieles erfolgreicher bin als du, und das auch mit dem größeren Auto zeige."

„Ach, komm schon. Jeder weiß doch, worunter Männer leiden, die sich solche Autos kaufen."

Ku wies mich darauf hin, dass ich selbst einen japanischen Kleinwagen fuhr, der zwar mittlerweile als Rarität galt, aber eben immer noch japanisch war. Er sagte: „Du weißt doch hoffentlich, wofür die Japaner unter anderem bekannt sind?"

„Sag's mir."

„Dass sie im Durchschnitt um die Hälfte kleiner gebaut sind als der durchschnittliche Europäer, und ich sage noch einmal: der durchschnittliche!"

Ich sagte: „Lassen wir das, das führt zu rein gar nichts."

Wir gingen um den wahr gewordenen Türkentraum herum, was bei dessen Größe eine schöne Reise war. Dann öffnete Ku den Kofferraum, in dem fünf Zigeunerclans mit fünf richtig dicken Muttis oben drauf Platz gehabt hätten, und deutete auf ein dickes Buch, das da drinnen lag, neben einer richtig großen Golftasche mit richtig dicken Schlägern drin. Er sagte: „Fast hättest du geglaubt, ich habe deinen Geburtstag vergessen, nicht wahr?"

„Ja, fast."

Der Kerl zuckte nicht einmal, wenn er log. Weil er zu schwach war, musste ich mir das scheiß Buch selbst herausheben. Der schwere Brocken hieß *Schön am Arsch* und war so eine Art schweres Zigeunerbuch. Vorne drauf war, soweit ich das ohne Lesebrille erkennen konnte, ein und dasselbe Arschloch gleich zweimal abgebildet – oben ganz schmutzig, unten ganz sauber. Ich fragte mich insgeheim: Was macht einer mit einem Arschlochbuch im Kofferraum? Fragte dann aber nur: „Ist das unten gebleacht?"

Er sagte: „Das sind Vorher-nachher-Bilder. Es ist das Kunstprojekt einer sehr treuen Klientin von mir, einer gebürtigen Romni, die sich seit Jahrzehnten mit dem Leid ihres Volkes im Nationalsozialismus beschäftigt."

Ich sagte: „Und mit Arschlöchern."

„Ja. Das sind Aaufnahmen von jungen, männlichen Roma und Sinti, mit einer Spezialkamera fotografiert. Die Message ist, dass die dreckige braune Vergangenheit für die nachfolgenden Generationen überwunden werden kann."

„Wenn man sein Arschloch bleacht?"

„So ungefähr. Ist jedenfalls was wert, das Ganze", sagte er. „Ich schenk es dir."

Man fragt sich ja insgeheim, warum ein erwachsener Mann einen Fotoband mit Arschlöchern von jungen Männern im Kofferraum hat. Ich drosch ihm das Buch auf den Schädel und warf es dann unter den Wagen. Nun kniete der Doc vor mir und rieb sich die schmerzende Delle, dabei fiel mir auf, dass er gar nicht richtig blond war, denn seine Haare waren am Ansatz ganz schwarz. Als ich genauer hinschaute, sah ich, dass sogar die

Augenbrauen gefärbt waren, bald war ich mir nicht mehr sicher, ob nicht auch die Nasenhaare gefärbt waren. Ich sagte: „Verdammt, du färbst dir die Augenbrauen blond? Bist du vielleicht in einer scheiß Midlife-Krise, oder was? Spielst du deswegen Golf?"

Ich nahm seine Golftasche aus dem Kofferraum und warf auch sie auf die Straße, dann hüpfte ich ein paar Mal drauf, bis alle Schläger verbogen waren. Er ließ es geschehen und rappelte sich hoch. Dann lehnte er sich gegen den Benz und jammerte: „Ach was, Midlife-Crisis! Es ist viel schlimmer."

Ich fragte: „Krebs?"

„Schlimmer."

„Impotent?"

„Schlimmer! – Identität."

Ich: „Was?"

„Identität."

„Noch mal, bitte."

„Identität, Herrgott!"

„Nie gehört. Was soll das sein?"

„Das, was ich bin."

„Und? Was bist du?"

Er sagte: „Wenn ich das wüsste!"

Er schüttelte den Dreck von seiner Golfkleidung und zog dann aus der Innentasche seiner karierten Golfjacke ein paar Gutscheine heraus. Er gab sie mir, und ich sagte: „Wow! Tagespässe für das Sin City inklusive Konsumation. – Was ist das Sin City?"

„Ein neues Laufhaus oben an der Grenze, das vor Kurzem eröffnet hat. Ich kenne da zufällig einen, der daran beteiligt ist, ein entfernter Verwandter von mir."

„Bravo! Und was heißt ‚inklusive Konsumation'?"

„Das heißt natürlich inklusive Nutten, du Idiot, ist ja ein Puff. Bist du jetzt zufrieden, verdammt?"

Ich sagte: „Ja, sehr."

Denn das war das schönste Geburtstagsgeschenk, das ich jemals bekommen hatte.

***

Wir nahmen dann doch meinen Wagen, weil ich in seinen nicht einstieg. Während wir die Friedmanngasse hinauffuhren Richtung Buchhandlung, sortierte er den Stapel Visitenkarten, den er dort auslegen wollte, und sagte: „Das Wichtigste ist die Karte. Die Karte spannt ein erstes unsichtbares Band zwischen mir und meinen Klienten. Du kannst einem, der *in Schwierigkeiten* ist, wie der Terminus technicus lautet, einen Strick geben, damit er sich daran aufhängt. – Oder die Visitenkarte eines Therapeuten, mit dem er dann reden kann, so lange, bis er davon Abstand nimmt, sich aufzuhängen. Sieben von zehn ziehen zu Recht den Strick vor, aber immerhin drei von zehn den Therapeuten. Von denen wiederum kannst du vier von zehn davon abhalten, irgendwann doch den Strick zu nehmen. Ich muss also nur schauen, dass ich immer genug Karten dabeihabe."

Ich dachte: Kein Wunder eigentlich, dass alle meinen Geburtstag vergessen. Ich habe nämlich keine Karten.

Wir überquerten den Gürtel und parkten uns vor dem Bunnys ein. Kubelka lachte. „Was soll denn das sein? Total der 80er-Jahre-Wichs-Scheiß. Weiß denn der Typ nicht, dass es längst Internet gibt?"

Ich sagte: „Red ihn bloß nie darauf an."

Wir gingen hinüber zum Buchladen, und vor dem Eingang entwarfen wir so eine Art Plan. Ich sagte: „Pass auf, Doc, nur damit du weißt, was dich erwartet: Sie ist unfassbar fett und hat rote Haare. Du lenkst sie mit deinen scheiß Visitenkarten ab, und ich bring irgendwo ein paar Wanzen an. Dann nichts wie raus aus dem Laden. Das ist der Plan, okay! Nicht davon abweichen!" – Bloß keine Sekunde länger als unbedingt nötig in einer Buchhandlung verbringen!

Mein Vorschlag gefiel ihm, aber noch mehr gefiel ihm, dass ich ihn Doc nannte. Er schien glücklich, glücklicher als zuvor. Das hier war mal was anderes als Golf spielen, ein richtiges Abenteuer stattdessen. Wie ein kleiner Junge freute er sich, musste mir aber vorher noch unbedingt Folgendes sagen: „Weißt du eigentlich, was im Einzelhandel der am häufigsten ausgesprochene Satz ist?"

„Macht 2,50!?"

„Nein. Der häufigste Satz ist ‚Kann ich Ihnen helfen?'"

„Echt jetzt? Und der zweithäufigste?"

„‚Nein, danke, ich schaue nur.' Knapp gefolgt von ‚Sie können nur gegen Gutschein umtauschen, es gibt keine Barerstattung des Kaufpreises.'"

Da fiel mir ein: „Kennst du den Witz, wo Stevie Wonder mit seinem Blindenhund in ein Geschäft kommt und die Verkäuferin ihn fragt, ob sie ihm helfen kann?"

„Der blinde Sänger Stevie Wonder?"

„Ja, genau. Der kommt also in ein Geschäft – ich sage mal: ein Sonnenbrillengeschäft –, und die Verkäuferin fragt ihn, ob sie ihm helfen kann. Da packt Stevie seinen Blindenhund am Schwanz, hebt ihn hoch und dreht sich mit ihm ein paar Mal im Kreis. Dabei sagt er zur Verkäuferin: ‚Nein danke, ich schaue nur.'"

Kubelka nahm die Sonnenbrille ab, schaute mich ohne jede Regung an und sagte:

„Und das findest du witzig?“

„Aber ja.“

„Nicht irgendwie politisch unkorrekt oder so?“

„Aber nein.“

„Korrespondiert jedenfalls mit dem, was ich dir vorhin gesagt habe.“

Wir traten ein. Ich: Typ entspannter Hawaiihemdenträger mit Alkoholfahne, er: Typ blonde Schmalzlocke mit Produkten im Haar. Zwei Muttertiere in der Ecke für Bücher zum Thema „Stillen auch noch in der Schule – ja oder nein?“ (Ich: nein!) redeten gerade darüber, dass sie Muttermilch jetzt im Internet zukauften, weil die Kleinen in ihren Tragetüchern so verdammt hungrig waren. Die Mädels selbst aber waren hungrig auf Männerfleisch. Sie hörten nämlich sofort auf zu reden, als sie uns sahen, und stierten uns an, teils feindlich (mich), teils mit Sehnsucht (Kubelka). Wenn man auf solche Mädels stand, dann war das hier besser als Internet, und Ku stand auf solche Mädels. Er wich vom Plan ab und ging zu ihnen, während ich überlegte, ob das nicht eine Geschäftsidee für meinen Brotha Lovegod in Bratislava drüben wäre: groß in den Muttermilch-Markt einsteigen. Ein paar gut ausgestattete Nigerianerinnen, ein alter Eiswagen mit Glocke dran, vor jeder Tür läuten und dann schön laut „Muttermilch! Frische Muttermilch!“ rufen. Klein anfangen, aber nach und nach groß rauskommen. Sein Meth-Geschäft lief nämlich wegen der Billigkonkurrenz der scheiß Vietnamesen gar nicht mehr gut, und den Menschenschmuggel erledigten irgendwie andere, einer von ihnen heißt wohl „Der Auferstandene“. Gestern noch top, bist du heute in der globalisierten Wirtschaft schon vergessen. Wenn er nicht aufpasste, dann würde sogar ich ihn noch überholen.

Da entdeckte mich die Lady, die ich schon vom Fernglas-Schauen kannte, sie kam zu mir herüber und fragte – Überraschung! –: „Kann ich Ihnen helfen?"

Und ich sagte es frei heraus: „Nein, danke, wir schauen nur."

Aber sie verstand das nicht als Aufforderung zum Rückzug, sondern nahm es als Herausforderung und sagte: „Sie schauen vor allem gar nicht glücklich aus. Ich bin mir sicher, wir haben hier ein paar entsprechende Ratgeber für Ihre Probleme."

Das ist ein alter Verkaufstrick, wenn man Glückskekse verkauft: dem anderen sagen, dass er unglücklich aussieht.

Ich fragte: „Sieht man's denn schon?" – Und spürte die Vibes, die sich von ihr zu mir herüberbewegten. Ich wollte diese Vibes aber nicht, also hob ich kurz die Arme, damit sich mein Duft von den Achseln ausgehend im ganzen Geschäft entfalten konnte. Dann zog ich das klebrige Hemd von meiner Haut, sodass es schön klatschte. Aber sie lächelte nur milde und sagte: „Sie schwitzen."

„Ja, den ganzen Tag. Und in der Nacht hört es nicht auf." Um mich noch ein bisschen unattraktiver zu machen, schilderte ich ihr auch mein Umfeld in den galligsten Farben: „Wissen Sie, wer wirklich Hilfe brauchen könnte? Ein Freund von mir hat da hinten am Nacken so eine Beule dran, dem geht es gerade gar nicht gut, wenn Sie mich fragen, hat er Krebs. Und ein anderer kriegt seinen Lümmel nicht mehr hoch, seit er Eiter im Sack hatte, dem geht es auch nicht so besonders. Und ein Dritter sitzt zu Hause und bewegt sich gar nicht mehr, hat wohl irgendwelche schlechte Drogen genommen oder eventuell sehr gute, das weiß man bei dem nie so genau."

Das alles nahm sie wie ein Boxer, den nichts umhaute, sie sagte ruhig: „Wir haben hier natürlich vor allem Bücher zur weiblichen Sexualität, aber auch Ratgeber für Gesundheit, Zufriedenheit sowie zum Thema Inneres Gleichgewicht und Gelassenheit."

Ich sagte: „Wow."

Kann gut sein, dass mir dabei der Mund weit offen stehen blieb. Teils, weil ich bisher nicht gewusst hatte, dass es solche Bücher überhaupt gab. Teils auch, weil sie, wenn sie längere Sätze aussprach, so eine weiche, warme, schöne Stimme entfaltete, die aus ihrem zwar nicht schönen, aber vollen und weichen Körper herauskam wie eine samtig schleichende Schnurrlikatze.

Die Lady hatte etwas Kümmerndes, etwas Betreuendes, und – der Blitz möge mich treffen! – ein paar von ihren verdammten Vibes blieben nun doch an mir hängen. Ich hatte plötzlich so ein Gefühl, dass mir genau so eine guttun könnte. Alles in mir schien sich gerade von Doggystyle auf Löffelstellung umzupolen, und ich kriegte auf einmal richtig heftige Nest-Fantasien: Sah mich meinen Rausch an ihren dicken Oberarmen ausschlafen, während sie *La Le Lu* für mich sang und mir warme Suppe zulöffelte, mit einem Schuss Wodka drinnen.

Dafür schämte ich mich natürlich nach außen hin, aber innerlich wollte ich nach all dem hustle here and hustle there in meinem Leben zum ersten Mal keine, die jünger war als ich, sondern eine Junggebliebene. Als wäre ich von fremder Hand gesteuert, sagte ich: „Hier fehlt wohl der Mann im Haus, was?"

Und was soll ich sagen? Ich hatte mal wieder ins Schwarze getroffen! Sie lächelte mich an, verschränkte dabei die Hände vor ihrem Schatzkästchen, schaute verschämt zu Boden, und ich hörte, wie sie ein leises „Ja" säuselte, Zusatz: „Hihi."

Dabei sah sie aus wie eines dieser Smileys mit roten Wangen, die man jetzt überall auf diesen neumodischen Telefonen sah. Ich fing mich wieder, als ich mich die Bücher, die hier überall noch in Kisten gestapelt vor den Regalen herumstanden, nach ganz oben stemmen und einräumen sah und ihre Topfpflanzen im Frühling hinaus auf die Straße schleppen und im Herbst wieder hinein. Ich nahm Haltung an und sagte mit aller Härte, zu der ich noch fähig war: „Falls Sie wirklich einen Mann suchen, dann wird das nicht einfach für Sie."

Dabei versuchte ich, so verächtlich wie möglich zu klingen, doch war sie bereits mit ihren ekelhaften Wurstfingern unter die Ärmel meines Hemdes gefahren, hatte sie auf meine muskulösen Oberarme gelegt und angefangen, diese zu streicheln und zu kneten. Und obwohl ich es wirklich nicht wollte, fühlten sich ihre dicken Mäusepfötchen richtig gut an. Nicht so gut wie Muttis knochige Hände neulich im Ausnüchterungsknast, als sie mich hinter dem Ohr kraulte – denn ich war anspruchsvoll geworden! –, aber doch immerhin sehr gut.

Ich musste echt aufpassen, dass in dieser Buchhandlung nicht der Haudegen starb, der ich fünfzig Jahre lang war. In einem letzten Aufflackern rüder Männlichkeit schaffte ich es gerade noch, ihr den Standardsatz aller Radaubrüder entgegenzuschleudern, denen an der Bar eine zu nahe kam, die schlecht aus dem Mund roch und ihren Damenbart nicht in den Griff kriegte: „Du bist ein echt netter Typ, Schwester, aber nicht meiner."

Mit einer heimlichen, schon leicht verzweifelten Bewegung deutete ich Ku, dass er sie doch endlich ablenken solle, aber der stand immer noch bei den Mutterkühen und bot ihnen seinen Gemeinschafts-Tarif für gute Freundinnen an. Endlich sagte er: „Sorry, Ladys, bin gleich wieder bei euch“, kam zu uns herüber, machte den Grüßaugust in Richtung der Buchhändlerin und stellte sich vor: „Mein Name ist Kubelka, ich bin Psychotherapeut.“

„Oder Doc“, wie ich hinzufügte.

Aber der Doc war der Buchhändlerin scheißegal, sie hatte nur Augen für mich, und es störte sie nicht einmal, dass mein Hemd aus zwei Plastiksäcken genäht war, während sie reine Baumwolle trug. Sie blieb sogar hart an meiner Seite, als ich schon anfing, ziellos herumzugehen und dabei auf eine günstige Gelegenheit zu warten, doch noch eine Wanze anzubringen. Ich fragte: „Wie laufen denn die Geschäfte so?“

Das ist die übliche Frage, wenn man nichts zu reden hat, und man will darauf keinesfalls eine Antwort haben, aber sie sagte: „Schrecklich. Wirklich schrecklich.“

Irgendwie rutschte mir heraus: „Dann sind Sie ja auch nicht glücklich.“

„Bin ich auch nicht, überhaupt nicht. Ich dachte offen gestanden nicht, dass er so schrecklich werden würde.“

„Wer denn?“

„Der Niedergang des Buches.“

Ich verstand nicht, wovon sie redete, sagte daher einfach: „Man muss es halt immer so nehmen, wie es kommt, nicht wahr? Bei uns drüben im Pornhouse läuft es auch nicht mehr so wie früher, als die Mädels noch nicht rasiert waren.“

Ihr Schrei klang nicht samtig, sondern kreischend. Als hätte sie noch nie gehört, dass die Mädels sich heutzutage das Moos von der Schiene rasierten. Ich gab ihr eine Karte von Dirty Willis Swedish Pornhouse, denn wir hatten immer wieder auch etwas für Mädels im Programm, nicht wenige Frauen mochten Hole Lotte Love zum Beispiel, eine sogenannte Riot-Pornodarstellerin. Das konnte schon Spaß machen mit der, sie hatte *Talk Dirty 1–35* gedreht, Filme, bei denen sie es schafften, dass ihre Muschi redete – keine verdammte Ahnung, wie sie das machten! Aber sie redete, und zwar nicht Latein, sondern dirty! Sie redete sogar so viel, dass die Schwänze, die in diesen Filmen auch mitspielten und redeten, wütend wurden auf sie und ihr den Mund stopften, der aber ihre Muschi war. Ein bisschen viel Kunst vielleicht, aber nicht ganz schlecht. Ich sagte: „Ich bin dort die Nummer zwei."

Die Dicke hielt mich am Arm fest, lehnte sich gegen mich, die Hände vor sich, und spielte mit den Knöpfen meines Hawaiihemdes. Dabei schaute sie mit ihren Knopfaugen zu mir herauf und sagte: „Schönes Hemd."

„Ich weiß."

„Wissen Sie", schnurrte sie weiter. „Meine Ansprüche waren immer so hoch. Zu hoch, wie ich heute finde."

„Geben Sie's denn heute billiger?"

„Na ja", sagte sie. „Früher mochte ich Frauen, aber heute sehne ich mich nach …"

Und ich Idiot fragte: „Wonach denn?"

Sie zierte sich ein bisschen, flüsterte dann aber etwas, das sich ungefähr wie „Wort mit fünf Buchstaben?" anhörte. So eine Art Rätsel, auf das sie von mir eine Antwort haben wollte. Ich versuchte es mit: „Wodka?"

Aber sie sagte: „Nein." Zusatz: „Hihi."

Ich kam einfach nicht drauf, was das sein konnte. Das Blöde an der Sache war allerdings, dass Klein Rocky in der Hose ein ganz klein wenig gegen den Reißverschluss drückte, der ihn im Zaum hielt, ohne dafür viel Kraft aufwenden zu müssen. Die Lady spürte das kleine lodernde Feuer in mir und sagte: „Sie Schlingel."

Was sich ziemlich bescheuert anhörte, und ich konterte mit: „Einmal Schlingel, immer Schlingel", was sich auch nicht viel besser anhörte.

Ich musste dringend raus aus dem Schlamassel und schaute nach oben, wo oft die besten Lösungen liegen, aber dort oben lag nichts, ich hatte ja noch nicht eingeräumt. Bei der Kassa endlich täuschte ich vor, dass da eine Münze am Boden lag, ging in die Hockstellung und brachte unter ihrem Kassenbereich eine Wanze an. Als ich wieder aufstehen wollte, fuhr mir der Schmerz ins Kreuz. Wie ein Kosaken-Tänzer folgte ich ihr zur Abteilung „Mein Rücken", dabei hielt sie mich an der Hand wie einen Zirkusaffen. Langsam richtete ich mich wieder auf, als sie mir ein Buch für Rückenmassagen in die Hand drückte. Wir blätterten ein bisschen darin herum und sprachen darüber, wo es sich wohl am besten anfühlte, wenn man herummassiert, und ich meinte, möglichst weit unten. Als sie mir schon die Hand auf den Arsch legen wollte, zog sie diese plötzlich mit Blick auf die Uhr wieder zurück und sagte: „Sie müssen jetzt gehen."

Wo sie doch gerade noch so glücklich gewesen war, dass ich hier war!

Ich erklärte mir ihren plötzlichen Sinneswandel damit, dass sie eine Frau war. Frauen waren nun mal so: total unberechenbar, und ich sagte beleidigt: „Wir hatten sowieso nicht vor, länger zu bleiben."

Es sollte härter klingen, als ich es meinte.

„Das ist nichts Persönliches“, sagte sie. „Wirklich nicht. Aber meine Tochter kommt gleich nach Hause.“

Und ich: „Sie haben eine Tochter?“

Sie sagte: „Ja, leider.“

Kinder bedeuten normalerweise das Ende jeder romantischen Anbahnung, und bei der hier kam noch erschwerend hinzu, dass sie ja früher Frauen geliebt hatte, aber scheinbar trotzdem nicht auf eine Brut hatte verzichten wollen.

Ich fragte, weil ich nicht wusste, was ich sonst fragen sollte: „Möchte sie denn auch Buchhändlerin werden?“

Sie schüttelte den Kopf, verschränkte die Arme vor den Mäusebrüstchen und sagte: „Nein, ganz bestimmt nicht. Sie macht alles anders als ich und lebt in Totalopposition zu mir.“

„Dann ist sie wohl in der Pubertät!“, schrie Kubelka herüber, der die beiden Milchkühe gerade auf einen Zehner-Block festnagelte.

Die Buchhändlerin verzog genervt den Mund und sagte: „Ich zum Beispiel habe überhaupt nichts gegen Ihren Freund dort drüben, obwohl er sich wirklich sehr seltsam benimmt und auch wirklich seltsam aussieht. Aber wenn meine Tochter ihn sehen würde, dann …“

„Dann?“

„Sie würde durchdrehen. Er ist doch … na, wie soll ich sagen … Punkti Punkti, nicht wahr?“

„Er ist was?“

„Ach!“

Wenn aber eine „Ach!“ sagt und dabei schluchzt, dann fährt man als Mann automatisch die Greifarme aus, egal wie hässlich sie ist, und sagt Sachen wie: „Na, na, Schätzchen, beruhigen Sie sich doch wieder ein bisschen!“

Bereitwillig ließ sie sich in meine Arme fallen und beruhigte sich wieder ein bisschen. Ich hatte es ja immer abgelehnt, eine Frau einfach nur so zu halten, damit sie sich beruhigen konnte. Aber das Gefühl, eine Art starker Baum zu sein, eine Eiche, an die sich ein kleines, wenn auch robustes Mäuschen anlehnen konnte, das war dann gar nicht so schlecht, drei Tage, nachdem man fünfzig geworden war und sich sonst niemand um einen gekümmert hatte. Außerdem wirkte sie auf mich, als könnte sie gut kochen, und ich hatte schon lange nichts mehr gegessen, seit bei Jolanda im Hard & Heavy ein Schild in der Wirtsstube hing, auf dem „Rauchen verboten" stand. Das Fett an ihr war zwar ekelhaft, fühlte sich aber warm und weich an. Und wie sie mich mit ihren Stummelfingerchen am Rücken festhielt und sich nicht angewidert von mir wegdrehte, was ich eigentlich erwarten musste, weil ich ja nun doch schon länger das gleiche Hemd trug, das gefiel mir. Sie schaute mich so von unten herauf an wie ein kleines hilfloses Kätzchen, ja, verdammt, wie ein kleines hilfloses Kätzchen! Ich war in höchster Gefahr. Langsam, aber entschieden löste ich ihre Umarmung und schrie in Richtung Ku: „Genug geschaut! Wir gehen."

***

Beim Ausgang traf ich eine, die mich scheinbar vom Vortag kannte, als ich noch nicht so gut drauf war und mein Hosenlatz weit offen stand. Sie schrie, kaum, dass sie mich sah, schnappte nach Luft und drückte ihr Kind fest an sich, dem sie wohl gerade ein nettes Bilderbuch gekauft hatte, das *Fremder böser Mann, schau mich nicht so an!* oder so hieß.

Man ist auf nichts mehr gefasst heutzutage. Die Leute wundern sich, wenn es im Winter schneit. Oder sie verstehen nicht, warum es über einer Disco laut ist. Und dass Männer einfach Sex ohne Liebe wollen, das geht in diese verdammten Köpfe der Frauen einfach nicht hinein. Oder dass Leute, die nichts zu fressen haben, dorthin gehen, wo der Futtertrog steht, das verstand die *Gosse* einfach nicht. Ich schrie ihr nach: „Was ist denn, wenn mal Krieg ausbricht? Was macht ihr dann, ihr verdammten Lesben?"

Kubelka, der Beruhiger, beruhigte mich, als wir die Straße hinüber zum Bunnys querten. Er packte mich am Arm und führte mich etwas abseits, dann fasste er für mich zusammen, was er mit den beiden Ladys im Geschäft geredet hatte. „Stell dir vor", sagte er. „Deine Mutter ist deine Mutter, aber dein Vater ist ein Plastikbecher, und dein zweiter Vater ist eine andere Mutter, die dich adoptiert, weil sie mit der ersten weiß der Teufel was aufführt, Roulette mit befruchteten Eiern, die sie sich im Eilverfahren einpflanzen lassen und dann schauen, bei wem etwas wächst und was dann rauskommt."

Ich fragte: „Die beiden also auch?"

„Ja, voll lesbisch."

Aber ein Kind wollten sie trotzdem! Allerdings ohne den ganzen Zinnober mit Vorspiel ohne Ende, bis sie endlich doch in Stimmung kamen, und ohne das Einführen des Penisknochens ins wärmende Nass. Lieber ließen sie sich im Reagenzglas etwas zusammenmischen und dann einpflanzen, so stellte ich es mir jedenfalls vor.

„Wenn du als Tochter solche Mütter hast und keinen Vater", sagte Ku, „dann fährst du früher oder später auf die schlimmsten Männermodelle ab. Da kann es passieren, dass da auch mal ein streng gescheitelter Lodenträger oder so was durchrutscht, der nach außen hin zwar selbstsicher wirkt, nach innen aber total schwul ist."

„Unsicher ist schwul?"

„Ja! Nein?"

„Keine Ahnung."

„Der Jugendliche jedenfalls sucht seine Identität, will wissen, wer er ist, wo er herkommt, und langsam kristallisiert sich heraus, wo es hingeht. Aber wenn er nicht weiß, wo er herkommt, findet er den Weg nicht beziehungsweise verläuft er sich ständig, Stichwort: Irrwege."

Ich sagte, ohne dass es mich wirklich interessiert hätte: „Weiter!"

„Die chemischen Prozesse in deinem Gehirn während der Pubertät sind schlimmer als alle Drogen zusammen. Da wird die Denkmasse noch einmal richtig durchgemischt und völlig neu zusammengebaut, es explodiert richtiggehend, bevor es sich wieder zusammensetzt zu dem Kuchen, den wir heute da oben mit uns herumtragen."

Hier erinnerte ich mich: Als ich ein kleiner Junge war, interessierten mich zunächst nur die Titten an den Mädels, aber dann interessierte mich plötzlich auch alles andere an ihnen. Das musste wohl mit dem zusammenhängen, was Ku gerade erzählte. Irgendwann kam er dann wieder auf sein neues Steckenpferd zu sprechen: „Immer häufiger fehlt der abwesende Vater also dort am meisten, wo er die anwesende Mutter nicht an ihrem schädlichen Tun hindern kann. Jedes, wirklich jedes Kind sehnt sich nach so etwas wie einem geilen Typ, der sein Vater sein könnte; der Ja meint, wenn er Ja sagt, und auch mal schmatzt beim Essen, weil er es cool findet, richtig geil in die Wurst zu beißen, anstatt immer nur Zucchini zu essen; oder nach einem, der ein extravagantes Duftprofil hat, so wie du zum Beispiel. Dass dich die Leseratte nicht weggestoßen hat, bedeutet, dass ihr geruchsmäßig perfekt aufeinander abgestimmt seid."

Ich fragte: „Heißt was genau?"

„Kennst du den Satz ‚Man muss einander riechen können'?"

„Nie gehört."

„Objektiv betrachtet stinkst du, und zwar nach Fuß, interessanterweise am ganzen Körper. Andererseits stinkt sie auch, bei ihr ist es aber mehr so was Molkereimäßiges. Für die neutrale Umwelt also stinkt ihr beide, aber füreinander stinkt ihr beide nicht, im Gegenteil, eure Duftprofile scheinen genau aufeinander abgestimmt zu sein, was für mich faszinierend ist."

„Für mich aber auch."

„Ihre Nase richtet ihrem Gehirn aus, dass du der Typ bist, der ihr das Fleisch nach Hause bringen wird und ihrer Tochter die Ohren langzieht, falls sie mal Zicken macht, und dein … nun ja … Körper sagt wiederum deinem … nun ja … Hirn, dass du dafür belohnt wirst."

„Mit Molkereiprodukten?"

„Ja, vielleicht sogar damit. Kann allerdings auch sein, dass sie ihren Ekel vor dir einfach unterdrückt, weil sie alleine ist und unbedingt jemanden braucht, der ihr die Bücher in die Regale räumt."

Das wertete ich als Hoffnungsschimmer.

Als wir beim Bunnys angekommen waren, fragte ich ihn, ob er noch mitkommen wollte, sich den Duke anschauen. Er betrachtete den Laden skeptisch, erkannte das Potenzial – und schüttelte den Kopf.

„Ich stecke ihm jedenfalls eine Karte von dir zu, denn er hat eine Behandlung wirklich nötig. Und du sollst ja nicht dein Leben lang EU-Projekte mit jungen, gut aussehenden, verrotzten Schmalzköpfen leiten müssen."

„Ach, das macht mir doch auch großen Spaß."

Ich ließ mir ein wenig Zeit, bevor ich sagte: „Ich weiß."

Er ging nach links und ich nach rechts, so wie das unter guten Freunden Pflicht ist, die sich zwar mögen, aber nicht den ganzen Tag miteinander verbringen wollen.

Als ich ihn so gehen sah, wie eine Schwuchtel nämlich, und wie er sich dabei noch einmal umblickte und mir zuwinkte, da fragte ich mich, ob es das war, was die Fette mit „Punkti Punkti" gemeint hatte.

***

Ich ging zum Wagen und holte die Empfangsstation aus dem Kofferraum, schleppte sie hinüber zum Bunnys und traf dort im Verkaufsraum den Duke. Ein paar verdammte Kameltreiber standen bei ihm herum und trieben ihn sanft in den Wahnsinn. Sie sahen nämlich nicht aus wie die klassische „Ich-kaufe-den-*Playboy*-nur-wegen-der-Interviews"-Kundschaft, und wie so oft im Einzelhandel, schauten sie nur, und zwar richtig geil auf die Jugs- und Assholes-Hefte mit Minus-siebzig-Prozent-Rabattkleber dran. Wie ich es vorhergedacht hatte, wiederholte der Duke verzweifelt: „Nicht schauen, kaufen!" – Aber bring das mal entspannt einem Kameltreiber bei, der beim Schauen schon böser dreinschaut als ein Dschingis Khan beim Scheißen.

Ich löste das Problem für den Duke, indem ich einen Ordentlichen in die Mitte des Raumes stellte, und dort, wo gerade noch Orient mit Zimt und Weihrauch war,

war jetzt Heimat mit Festzelt. Die Freunde des Krummsäbels mochten zwar den Geruch von Hammel und Schießpulver, aber nicht den von abgestandenem, gut verarbeitetem Bier aus einer fünfzigjährigen Bierverarbeitungsmaschine. Hätten sie den Gesichtsvorhang ihrer Ehegattinnen mit dabeigehabt, hätten sie ihn sich vor die Nase halten können, den Saum ihres Kittels konnten sie sich aber nicht vor die Nase halten, denn sonst hätte man ihren kleinen Säbel gesehen. Also bogen sie nur ihren Kinnbart hoch und verließen den Verkaufsraum – „Inschallah!" und „Hamdadulliliah!" rufend –, ohne etwas gekauft zu haben.

Es ist ohnehin nicht einfach, die verschiedenen Kulturen zusammenzubringen, aber ein Schweinekramladen ist vielleicht eine der schlechteren Möglichkeit dafür, weil die Freunde des Hammels ja kein Schwein essen.

„Gut gemacht", sagte der Duke und klopfte mir anerkennend auf die Schulter, als sie endlich draußen waren. Aber ich tat so, als wüsste ich nicht, wovon er redete. Wenn es ums Furzen ging, dann gab niemand gerne zu, dass er Weltmeister war. Das war irgendwie komisch, denn in allen anderen Disziplinen hoben immer sofort alle die Hand und riefen: „Ich war's! Ich bin der Beste!" Anstatt mich selbst zu loben, blieb ich zwar beim Thema, lenkte aber von mir ab und sagte: „Die Buchhändlerin da drüben riecht übrigens nach Molkereiprodukten, Sauerrahm oder so was in der Art, vielleicht Joghurt. Hab ich jedenfalls herausgefunden."

„Echt?"

„Ja, aber nagle mich nicht fest, ob linksdrehend oder rechtsdrehend."

„Das ist alles, was du herausgefunden hast?"

Er wirkte, als hätte er sich für sein Geld etwas mehr und bessere Infos erwartet, denn er war vom Charakter her ungeduldig und unzufrieden.

„Okay, nicht alles, was ich herausgefunden habe, wird dich freuen. Als ich drüben war, redete sie schlecht über dich."

„Wegen meiner Hefte?"

„Wegen deiner Unterhosen."

Ich weiß nicht, warum ich das sagte, aber wäre ich eine Frau, würde ich schlecht über seine Unterhosen reden. Sie waren so was wie seine Achillesferse. Ich trug dann noch ein bisschen mehr Butter auf: „Man hält dich für so eine Art Kinderschänder da drüben."

„Pft."

„Die ist nichts für dich. Die macht dich nur unglücklich." – Was sie allerdings früher oder später alle tun, wie ich nachschicken musste.

Ich weiß auch nicht, warum ich das sagte, aber als ich ihre Hände an meinen Oberarmen gespürt hatte, muss ich mich entschieden haben, ihm die Lady nicht kampflos zu überlassen.

Er half mir, die Anlage in Richtung Kackhaus zu tragen. Dabei kamen wir wieder an seiner Kellertür vorbei. Ich war richtig froh, dass er dabei nicht auf die Idee kam und sagte: „He, ich zeig dir mal meinen Keller, Lust dazu?"

Ich nahm mir vor, wieder deutlich mehr zu trinken, damit das endlich aufhörte mit meiner Scheu vor Kellern.

Am Kackhaus war es dann noch ein Stück enger, nachdem alle Geräte installiert waren, und bald wünschte ich, ich hätte selbst einen Gesichtsschleier gehabt, um den Duke während der Überwachung nicht ständig sehen zu müssen, ich fragte: „Mal ehrlich: Hast du jetzt eine Waschmaschine, oder hast du keine?“

Mit dieser Frage landete ich einen Wirkungstreffer, der Duke schien kurz angeschlagen, taumelte in die Ecke. Wer redet schon gerne über seine Unterhosen, wenn sie der schwächste Teil von einem sind? Aber er versuchte tapfer, mit einem müden Witz aus der Ecke herauszukommen, in der ich auf ihn einprügelte.

„Meine Waschmaschine hat mich geboren.“

Klang immerhin interessant.

„Einmal pro Woche“, erzählte er weiter, „bringe ich einen Sack Wäsche zu Mutti, und sie freut sich darüber. Nicht so sehr wegen der Wäsche, aber wegen der Aufgabe. Und ich freu mich auch, wenn ich die Wäsche sauber wieder zurückkriege.“

Ich sagte: „Dann wird es ja wieder mal Zeit für den Hinweg.“

Wir machten es uns gemütlich, soweit gemütlich hier möglich war. Mit Gespür für die richtige Atmosphäre baute ich uns beiden was Schönes zum Rauchen, denn Rauchen war erlaubt, seit der Duke Lemmys *Vaya Con Dios* kannte. Außerdem stellte ich uns eine Flasche Schnaps neben den Klobesen. Man musste nur höllisch aufpassen, dass man nicht den Besen pflückte anstatt der Flasche, dann konnte sogar das noch ein ansprechender Vormittag werden.

Ich setzte mir die Kopfhörer auf und gab ihm seine, damit ich nicht länger mit ihm über seine Unterhosen reden musste, aber schon bald wurde ihm langweilig, er stieß mich an und fragte: „Hörst du schon was?“

Und ich: „Was?“

„Irgendwas.“

„Nichts."

Er wusste noch nicht, dass der größte Teil beim Überwachen aus Warten bestand. Aber auch so schien ihm irgendetwas an mir nicht zu passen. Er setzte den Kopfhörer wieder auf, nahm ihn sofort wieder ab, dann rümpfte er die Nase und sagte: „Du riechst anders als gestern, obwohl du das gleiche Hemd trägst. Du riechst nicht mehr nach Fuß, du riechst jetzt mehr nach …"

„Milch?"

„Ja. Nach saurer Milch."

Offenbar hatten sich die Schleier meiner alles vernichtenden Bombe verzogen, und man roch wieder mich als Person, nicht das, was diese Person ausstieß. Er fragte: „Da läuft doch nichts mit dir und ihr da drüben?"

Das klang übertrieben misstrauisch, wie ich fand. Ich sagte: „Na hör mal! Wenn du sie unbedingt haben willst, dann nimm sie! Aber das eine sag ich dir gleich, bevor du weiter dicke Bretter bohrst: Ihr Kind ist in einem Plastikbecher gezeugt worden, als sie noch lesbisch war, wovon sie behauptet, dass sie es heute nicht mehr ist, aber wir können davon ausgehen, dass das nicht stimmt. Sie ist alleinerziehende Mutter, und es ist daher kein Wunder, dass sie launisch und aggressiv ist, das solltest du wissen."

Er fragte überrascht: „Ist sie das? Launisch und aggressiv?"

In Wahrheit schien sie mir sogar sehr hilfsbereit und nett zu sein, vor allem, wenn sie sich gegen mich lehnte und mir die Oberarme knetete. Aber ich konnte nun nicht mehr zurückrudern und sagte: „Sind sie das nicht alle?"

Wir schwiegen eine Zeitlang, während wir wieder rauchten und wieder tranken, und dann fragte er wieder: „Hörst du jetzt was?"

Und ich: „Jetzt schon. Sie streiten.“

Ihre Tochter war endlich nach Hause gekommen. Der Duke kannte sie bereits vom Schauen, und er erzählte: „Die kommt immer mit einem alten Waffenrad angerumpelt und trägt geflochtenes Haar. Sie ist ziemlich gegen den Strich gebürstet und kauft ihre Kleidung nicht in irgendwelchen ‚Irgendwas & Irgendwas‘, sondern strickt sich selbst was zusammen oder kauft am Flohmarkt ein, vornehmlich Trachten und Bergschuhe. Die ist verrückt.“

Wie der Typ, der im Fernsehen das Haarwuchsmittel mit Koffein drin verkauft, sagte ich, ziemlich bescheuert: „In der Tat.“

Und schaute sie mir durchs Fernrohr genauer an. Obwohl erst siebzehn oder so, kam sie daher wie Oma Duck, wenn sie länger nicht geschlafen hatte: kniekurze Lederhosen, Bergschuhe und ein grüner Wetterfleck, alle Achtung. Wenn das heute Mode war, dann war ich zum ersten Mal richtig froh, fünfzig zu sein. Andererseits: Wenn sich mittlerweile alle Brazil Wax verpassen, dann muss auch so etwas möglich sein, sie ließ mich an eine Art Waldschrat denken. Obendrein hatte sie die *Gosse* unterm Arm, das Kampfblatt der Dummen und Dümmsten. Dass gestern wieder ein Zigeuner erschossen worden war, das brachte die *Gosse* heute ganz groß, und die Blonde schien sich irgendwie darüber zu freuen, sie wetterte gegen die Zigeuner und alle, die hier „nichts zu suchen“ hätten, während die Fette halb durchdrehte, weil ihre Tochter so schmutzig redete, und sie es überhaupt nicht aushielt, dass sie so eine Zeitung mit in die Buchhandlung brachte.

Der Duke nahm die Lauscher herunter, wurde nachdenklich, und sagte dann: „Schlimme Sache, das mit den Zigeunermorden. Richtig schlimme Sache.“

Ich stimmte ihm zu: „Wusstest du übrigens, dass die Schmalzköpfe, die da umgebracht wurden, alle Sperma im Mund hatten?“

Er fragte: „Dann sind das also keine Ausländermorde, sondern Schwulenmorde?“

Von dieser Seite hatte ich das noch gar nicht betrachtet.

Der Duke musste kurz kotzen, was eine willkommene Abwechslung zu seinem dauernden Pissen war, wegen dem wir immer alles neu arrangieren mussten: Ich raus aus dem Klo, er den Deckel rauf, er den Deckel wieder runter, ich wieder rein aufs Klo.

Nach dem Kotzen erklärte er mir: „Die Kleine ist ein bisschen auf dem Hardcore-Trip, glaube ich. Wenn du bei der nicht naturblond bist, dann bist du gar nichts. Irgendwie hatten wir das schon mal, nicht wahr?“

Ich sagte: „Ja. Bei Keith Richards musste auch jede blond sein.“

Und dachte dann: Hatte die Buchhändlerin das gemeint, als sie sagte, dass ihre Tochter einen wie Kubelka nicht mögen würde? Verwarf den Gedanken aber, denn er war ja blond, wenn auch gefärbt.

Ich nutzte die schlechte Stimmung, die sich hier gerade gegen die Kleine aufbaute, und sagte: „Verdammt, jetzt stell dir mal vor, es klappt mit euch beiden. Dann wärst du ihr Stiefvater! Willst du das wirklich?“

„Oh-oh. Hast du was zu trinken?“

„Das ist die einzig richtige Antwort!“

Ich merkte, dass er langsam anfing, die Sache mit dem Tischchen vor seinem Laden zumindest in Erwägung zu ziehen. Lieber in der Sonne sitzen und die Latschen ausstrecken, als Stiefvater zu sein und den ganzen Tag nur Ärger zu haben.

Andererseits dachte ich jetzt ganz leise bei mir: So wenig, wie die Mutti da drüben sich gegen ihre Tochter durchsetzen konnte, war sie natürlich für jeden Mann eine Überlegung wert. Wer träumt nicht von einer, die sich nicht durchsetzen kann?

Während der Duke also schon überlegte, wo er das Tischchen genau hinstellen würde, schaute ich mir Mutti durchs Fernglas noch einmal genauer an und hörte ihrem verzweifelten Schweigen zu. Und irgendwann, nachdem wir die Flasche leer getrunken hatten, sah ich sogar, wie sie träumte: von so einer richtig geilen Vater-Mutter-Kind-Familie. Diese Vorstellung gefiel der kleinen Dicken, aber leider gefiel ihr der benachbarte Duke nicht – etwas besser gefiel ihr schon ich. Sie seufzte tief, was üblich war für eine Lesbe, stützte ihren Kopf in die fleischige Hand und dachte … an mich.

Sie dachte daran, wie ich ihrer Rotzlöffeltochter die Ohren langziehen und sie zur Räson bringen würde, denn Kubelka hatte recht, der abwesende Vater war dort drüben das Problem. Und dann dachte sie noch daran, wie ich sie am Abend, bevor sie mir das Bier zum Fernseher brachte, noch ordentlich rannahm, ich sah genau, dass sie solches Zeug dachte, verdammte, schmutzige Frauenfantasien halt. Und während ich ihre Fantasien teilte, lockte ich den Duke auf eine Fährte, die ihn immer weiter von ihr wegführen sollte: „Was ist denn so schlecht daran, wenn man alleine lebt?“, fragte ich. „Nichts! Man hat Zeit für sich selbst, und niemand regt sich auf, wenn man den *Playboy* auf dem Nachtkästchen liegen hat. Was also ist so schlecht an deinem Leben?“

Er seufzte noch tiefer als die Buchhändlerin und sagte: „Alles! Ich muss echt oft aufs Klo. Ich sehe schlecht. Ich habe ein schwaches Herz. Und wenn ich Pech habe, dann brauche ich bald ein neues Knie."

Alle anderen Schwachpunkte ließ er gentlemanlike unter den Tisch fallen, bevor er doch noch einen ansprach: „Wer pflegt mich denn, wenn ich alt bin?"

Ich sagte: „Sieht sie aus, als würde sie gerne pflegen?"

***

Da fing es plötzlich furchtbar an zu stinken, aber so richtig furchtbar. Eine Mischung aus Zwiebelkompott und Flüchtlingsschuh, dazu reichlich Körper, leicht ins Rückseitige gehend, aber auch schmutziges Schamhaar und ganz, ganz viel Achsel waren dabei. Wie eine Walze, die die Straße entlangrollt, kam der Gestank auf uns zu.

Ich lehnte mich beim Fenster hinaus, stellte die Sehapparate auf scharf, weil ich erwartete, eine Art Monster zu sehen, das aus irgendeinem Kanalloch kletterte, sah aber nichts. Es war weder der Duke noch ich, noch sonst eine nahe liegende Quelle, die so furchtbar stank. Es war etwas, das von ganz weit draußen kommen musste, von einem fernen Planeten oder so, etwas richtig Abartiges. Ich fragte den Duke: „Sag mal, was stinkt denn hier so erbärmlich?"

Und er sagte ganz ruhig: „Ach, das? Das ist wohl mein Sohn."

Mir blieben fast die Krümel vom Joint im Hals stecken, denn ich kannte bis dahin niemanden persönlich, der einen Sohn hatte. Okay, ich kannte Willi das Schwein, der mich als Sohn hatte, aber ich war natürlich nicht sein richtiger Sohn, und mittlerweile war ich mir nicht einmal sicher, ob ich sein einziger Sohn war, er sagte nur immer „Mein Sohn" zu mir, wenn er mich tadelnd am Genick packte und zur Vernunft zwingen musste, wenn ich mal wieder unvernünftig war. Und mein Kumpel Lovegod drüben in Bratislava, von wo aus er mal den mitteleuropäischen Meth-Markt beherrscht hatte, sagte „Brotha" zu mir, obwohl ich natürlich nicht sein richtiger Bruder war, sondern eben nur sein Brotha. Das war's bei mir mit Familie. Und ich selbst bin immer ganz gut ohne Kinder ausgekommen.

Ich hustete also ein paar Mal erschrocken und sagte dann: „Gegen den riechst du ja wie der Slip einer sechzehnjährigen, verdammte Scheiße, hast du echt einen Sohn?"

Und er: „Ja, leider."

Wie sich die Worte der Eltern glichen.

„Er kommt in letzter Zeit öfter zu mir, holt sich Geld für eine Pizza, und geht dann wieder nach Hause – ich nehme an, um zu wichsen. Und ich nehme an, dass er dabei an Pizza denkt."

„Mit Zwiebeln?"

Nicht weit von hier gab es offenbar eine Schule für bis zu Achzehnjährige. Sein Sohn, erzählte mir der Duke, während wir wieder am Keller vorbei in Richtung Verkaufsraum gingen, besuchte dort die gleiche Klasse wie die Tochter von der da drüben, brauchte aber für den Nachhauseweg immer etwas länger als sie. Ich fragte: „Er fährt wohl nicht Rad?"

„Der findet in der Früh seinen eigenen Arsch nicht, mit dem er sich auf ein Rad setzen könnte", sagte der Duke. „Frisst den ganzen Tag Pizza, und am Abend kackt er ein Seil, nur dafür braucht er seinen Arsch. Hoffentlich hat er seine Tabletten heute genommen. Wenn er die nicht nimmt, fühlt er sich nämlich immer – jetzt pass auf!

– ‚nicht wahrgenommen‘, Zitat. ‚Als würde es mich gar nicht geben‘, jammert er dann wie ein verdammtes Weib – scheiße, kannst du dich an deine Pubertät erinnern?“

Ich sagte, etwas hilflos: „Wer sich an die erinnern kann, der hat sie nicht gelebt, nicht wahr?“

Ich war froh, dass wir heil an der Kellertür vorbeikamen, aber als wir vorne ankamen und ich das Monster sah, war ich vor allem froh, dass ich nie Vater geworden war! Selbst wenn er seine Tabletten vergaß, konnte man ihn unmöglich übersehen, denn er war riesig. Mindestens zwei Köpfe größer als der Duke, und immerhin noch einen halben größer als ich. Typ angehender Serienkiller, der sich mit Pizza für höhere Aufgaben fit machte. Sein blasses Teiggesicht übersät mit Pickeln, die wie kleine Tomaten aussahen. Gott sei Dank fuhr er nicht Rad, denn die Anstrengung hätte sie alle zum Platzen gebracht. Nicht einmal ein Ramones-Shirt hätte ihn retten können, denn ein Ramones-Shirt in dieser Größe gab es nicht, ich sagte zum Duke: „Verdammt, was hast du denn da gemacht? Es gibt doch Kondome! Oder Ärzte, die einem die Kabel durchschneiden! Lange Rede kurzer Sinn: Es gibt genug Möglichkeiten!“

Der Duke gab sich zerknirscht. Er distanzierte sich umgehend von dem, was er da angerichtet hatte, und ließ den Boss raushängen. „Damit eines klar ist“, schrie er den Pizzaschlucker an, „du scheißt in Zukunft in eurer Wohnung, nicht mehr bei mir, hast du mich verstanden? Das hält nämlich keiner aus, wenn der scheißt. Immerhin trinkt er nicht. Du trinkst doch nicht, oder? Ich zieh dir die Ohren lang, wenn du anfängst zu trinken!“

Das schien ihm irgendwie wichtig zu sein, dass er nicht trank.

Aber der, um den es ging, kümmerte sich einen Dreck um uns. Er hatte mit seiner Pizza genug zu tun, die ihm in Teilen an den Händen klebte, andere Teile klebten in seinem Gesicht oder in seinen Haaren, die ihm wie ein Vorhang ins Gesicht hingen, sodass er den Kopf ständig schräg zur Seite werfen musste, damit er seine Pizza sehen konnte. Als er wieder mal halbwegs freie Sicht hatte, deutete der Duke auf mich und sagte: „He! Das hier ist mein Freund Superschnüffler Rock Rockenschaub."

Ich korrigierte ihn: „Nur Superschnüffler bitte, nicht Freund."

„Und der hier ist Ferry Horny", sagte er.

Auch wenn man schon alles gesehen hat im Leben, so hat man bestimmt noch nicht alles gehört, ich fragte sicherheitshalber: „Wie?"

Der Duke bog sich ein paar Mal vor Lachen, dann klärte er mich auf: „Das ist sein Name. So heißt er. Stell dir vor, seine Mutter, diese blöde Kuh, musste ihn unbedingt Ferdinand nennen."

Ich fragte: „Wie der Kaiser?"

„Es gab keinen Kaiser, der Ferdinand hieß, nur einen Thronfolger, der ermordet wurde. Sie nannte ihn Ferdinand nach ihrem Großvater, dachte dabei aber nicht daran, dass die ganze Familie Horny heißt, zugewanderter Ziegelböhmenadel. Als der alte Horny Ferdinand hieß, wusste noch niemand, was *very* und *horny* auch noch bedeutet, aber heute weiß das natürlich jeder. Dank Internet!"

Ich sagte: „Wirklich sehr lustig."

„Ja, aber nicht für ihn. Dieselbe Mutter glaubt übrigens, dass er ein Wunderkind ist, aber jetzt frage ich dich: Sieht so ein Wunderkind aus?"

Ich sagte: „Meiner Meinung nach nicht. Warum bindet er sich denn die Schuhbänder nicht zu?"

Ich schaute auf ein Paar unfassbar riesiger Schuhe, die man wohl Sneakers nannte, und in denen zwei gewaltige Füße, groß wie Delphinbabys, steckten, die in ein Paar eklig weißer, unfassbar dicker Fesseln mündeten, die mit roten Punkten übersät waren. Von denen hatte er wirklich genug.

„Ha, Schuhbänder", schrie der Duke, „ein eigenes Kapitel! Er hat zwar welche, aber er weiß nicht, wofür. Man fragt sich ja, was so ein Wunderkind heute lernt, Schuhebinden jedenfalls nicht! Diese verdammten Einzelkinder! Sogar Sandwich-Kinder sind besser als Einzelkinder!"

Ich fragte: „Was meinst du damit genau?"

„Sieh dir die scheiß Chinesen an! Seit die ihre Einzelkinderpolitik haben, möchte man meinen, es müsste weniger von denen geben, aber das Gegenteil ist der Fall. An jeder Ecke steht einer und verkauft dir seine Feuerzeuge!"

„Und?"

„Ich wollte es nur gesagt haben!"

Die viel zu kurze Hose hing dem Ferry irgendwo auf Halbmast. Aber nicht, weil er so verdammt cool sein wollte, sondern weil sie ihm nicht passte und er nicht wusste, womit er sie raufziehen sollte, denn er brauchte alle Finger für seine Pizza.

Hinter seinem riesigen Arsch verbarg sich ein Instrumentenkoffer, den ich zunächst nicht sehen konnte, weil eben sein Arsch so fett war, aber als ich ihn sah, fragte ich: „Was hat er denn da drin?"

„Eine scheiß Tuba!", schrie der Duke. „Jetzt sag mal dem Onkel, wie der Verein heißt, in dem du deine Tuba bläst?"

Der Ferry sagte: „Mhpf."

„Siehst du!", sagte der Duke. „Frag ich ihn: ‚Hast du Freunde?' Sagt er: ‚Mmh.' Frag ich: ‚Wie viele?' Sagt er: ‚Mmh.' Sag ich aber auch ‚Mmh', sagt er plötzlich ‚Mhpf'. Ich halt den nicht aus!"

Ich sagte: „Ihr seht euch wohl nicht so oft?"

„Normalerweise gar nicht", sagte der Duke, und man sah ihm an, dass er darüber nicht unglücklich war. „Ich will ihn nicht sehen, und er mich auch nicht. Aber seit ein paar Tagen treibt ihn die Not hierher, und er holt sich immer wieder mal Geld für Pizza."

Ich fragte: „Welche Not denn?"

„Seine scheiß Mutter ist verschwunden. Henna in den Haaren, den Kopf in den Wolken, und heiße Steine unterm Arsch, damit sie besser schläft – so eine ist das! Immer fällt ihr etwas ein, wofür sie meine Alimente ausgeben kann – Hinterglasmalerei! Atmen! Batik! Ich wette, schon sehr bald schreibt sie mir eine Nachricht, dass sie Töpfern auf Kreta ist oder so ein Scheiß."

Der Ferry konnte uns nicht sagen, wie der Verein hieß, den er da besuchte, so eine Art Leistungskurs in der Schule, allerdings einer für Fans, denn nur er und die Tochter von der Buchhändlerin da drüben gingen dorthin, das immerhin konnte er uns sagen.

Der Duke fragte: „Sonst niemand?"

„Nein!", sagte der Ferry.

„Warum nicht?"

„Weil der Kurs scheiße ist."

„Warum gehst du dann überhaupt hin?"

„Weil sie hingeht."

Der Ferry schaute hinüber zur Buchhandlung und wurde rot. Da fiel beim Duke der Groschen, und er konnte sein Glück nicht fassen. Ich selbst stellte es mir so vor: Wenn es beim Duke und der Buchhändlerin klappen sollte, und wenn es beim Ferry und der Tochter auch klappen sollte, dann wäre die Tochter nicht nur seine Stieftochter, sondern auch seine Schwiegertochter.

„Angenommen, es klappt bei dir mit Plan A – die beiden würden ständig Geld von dir wollen, sie für Schminkzeug, er für Pizza. Willst du das?" – Ich konnte deutlich sehen, wie er langsam auch an die zwei Sessel um das Tischchen herum dachte, nur als Möglichkeit. Er fragte den Ferry mit verzweifelter Hoffnung: „Aber sie wird ja wohl nicht wegen dir hingehen, oder?"

In dem Punkt immerhin konnte er ihn beruhigen: „Nein, sie geht wegen dem Lehrer hin."

Um den Kreis zu schließen, fragte ich: „Und der Lehrer geht wegen dir hin?"

„Dann wäre er ja schwul!", sagte der Duke.

Und der Ferry: „Der ist schwul."

Langsam fand ich das alles ganz unterhaltsam. Aber der Duke war ehrlich verzweifelt, der hing da ja mit drinnen. Und er konnte auch nicht alles der Mutter alleine in die Schuhe schieben, bei der ich langsam neugierig war, wie sie aussah.

Denn dem Duke schaute der Ferry gar nicht ähnlich, schon von der Größe her war das ein ganz anderer Bausatz. Alleine die Unterschenkel mussten bei ihm jeweils fünfzig Kilo wiegen. – Also, wenn die Töpfern auf Kreta war, dann wollte ich gerade kein Töpfer auf Kreta sein!

***

Ferry durchlebte eine kleine Krise, nachdem er die riesige Pizza alleine verputzt hatte und dann nicht recht wusste, was er mit seinen Flossen anfangen sollte, außer sie immer wieder mal anzuschauen und abzulecken. Ich nahm ihn zur Seite, legte ihm eine Hand auf die Schulter und sagte: „Entspann dich mal ein bisschen, Junge. Hast du denn schon mal was geraucht?"

Er fragte: „Was?"

Ich sagte: „Zeug."

Er fragte: „Was ist Zeug?"

Diese verdammten Nichtraucher! Er tat so, als redete ich von Mondkalbscheiße oder was Ähnlichem. Man beschäftigt sich einfach viel zu wenig mit diesen jungen Leuten heutzutage, weiß nicht, was sie denken und wie sie ticken. Ich drückte dem Pickelfreund was Gutes in die fettige Kralle und sagte: „Hier, nimm das. Ist von Lemmy."

Er fragte: „Ist der auf Facebook?"

Ich sagte: „Nein, auf Drogen."

Bei dem musste man wirklich ganz von vorne anfangen, und man musste ihm erst mal beibringen, was ein ordentlicher Joint ist. Ich drehte ihm einen und steckte ihm das Teil neben die Käsereste in den Pizzaschlucker, er wollte es gleich essen, aber ich sagte: „Ah!"

Brachte ihm anschließend bei, wie man richtig rauchte. Er hob nicht gleich ab, weil er ja so schwer war und außerdem den Koffer mit der Tuba hinten drauf hatte. Aber wäre er ein wenig leichter gewesen und hätte er Flöte gespielt, wäre er geflogen. Seine Augen bewegten sich wie Pizzateig, der vom bärtigen Unterarm eines Italieners in der Luft gedreht wird. Ich steckte ihm noch extra was in seine Hose, die hundert Taschen hatte. Was früher der gut geschnittene Einreiher war, sind heute die Baggy Pants.

„Da hat ja genug Platz drin!", sagte ich und nannte ihm Namen und Anschrift der Quelle. „Das ist eine Pizzeria namens Quattro Stazzione unten am Brunnenmarkt, frag nach Lemmy und seinen Gewürzen."

Er sagte: „Geil."

Das mit der Pizza immerhin schien ihn zu interessieren. Er hatte nämlich schon wieder Hunger und fuhr den Greifarm aus: „Gib mir zehn Euro", sagte er zum Duke. „Oder lieber gleich acht!"

Das Zeug wirkte.

„Aber ohne Zwiebel!", schrie der Duke und drückte ihm einen Zehner in die Hand. Ich war ein bisschen neidisch, denn für mich gab's immer nur Hefte, sagte aber nichts, denn die Situation war verworren genug.

Der Ferry wand sich wie ein Elefant, der sich am Rücken kratzen wollte, und legte dann angepisst seine Tuba ab. Als er sich bückte, rutschten ihm die beiden riesigen, weißen, fetten, rot gepunkteten Arschbacken mit einem ins rötlichen gehenden Schlitz dazwischen, in den der Schweiß hineinrann, heraus. Der Duke schrie: „He, was hast du denn da hinten im Arsch?"

Ich wurde hellhörig, wenn jemand „Was hast du denn da hinten im Arsch?" sagte, aus eigener schlechter Erfahrung. Aber beim Ferry war es nur ein Brief, der ihm nicht mal im Arsch, sondern nur in der Arschtasche steckte.

Der Duke zog den nassen Fetzen heraus, von dem man nicht mehr sagen konnte, wie lang er schon da drinnen steckte, und fing an zu lesen: „Direktorin der Schule des Heiligsten Herzen Jesu … Verdammte Scheiße, was ist das?"

Der Ferry konnte sich zunächst gar nicht daran erinnern, dass ihm überhaupt ein Brief da drinnen steckte, also sagte er: „Ist der Brief vielleicht für mich? Nein! Also nerv mich nicht, Alter. Und hör auf, ihre Mutter auszuspionieren, das ist krank!"

Der Duke hing schon wieder in den Seilen, sagte: „Wieso weißt du das?"

„Glaubst du, du bist der Einzige, der hier pissen muss? Ich sehe doch, was du am Klo machst!"

„Denkst du, es ist einfach, alt zu werden?"

Obwohl ich noch nie gebetet hatte, schickte ich nun Gebete zum Himmel, und sie hatten nur ein Wort zum Inhalt: Danke! Danke! Danke! – Danke, dass ich kinderlos über die Runden gekommen bin.

Der Duke gab dem Ferry einen Tritt in den Arsch, sodass fünfzig Liter Arschfett wackelten, und schickte ihn hinaus. Dann winkte er mit dem Brief in meine Richtung und sagte: „Wenn ich zur Direktorin muss, dann kommst du mit!"

Mir war schon alles scheißegal. Ich genoss den frischen Luftzug, der durch die Tür hereinkam, als der Ferry hindurchging. Endlich konnte man wieder atmen. Mit der frischen Luft unterm Dach wusste ich plötzlich auch, dass ich mein Leben von Grund auf ändern musste.

Ich schaute hinüber zur Buchhandlung, nahm den Duke am Arm und flüsterte ihm was: „Du musst das mit deinem verdammten Sohn und ihrer verdammten Tochter als Chance sehen."

„Als was?"

„Als Chance! Dass die beiden in die gleiche Klasse gehen, ist top. Du hast jetzt ein gemeinsames Gesprächsthema mit der Lady da drüben – Schulhefte, Jausenbrote, weiß der Teufel, worüber man redet, wenn jemand in die Schule geht."

Der Duke sagte: „Hm. Meinst du?“

„Meine ich unbedingt“, sagte ich. „Leg dir einen Text zurecht, bevor du zu ihr rüberstiefelst, dann sag ihr was in der Art: ‚Mein Dicker hat neulich seinen Spitzer in der Schule vergessen, Ihre Tochter hat ihn nicht zufällig eingepackt?‘ Und dann … Spitzer … Bleistift … Herrgottscheiße noch mal, du weißt schon, wovon ich rede, muss ich's dir vortanzen?“

Er war begeistert.

Und ich auch. Denn mein Plan war: Die Buchhändlerin würde so richtig durchdrehen, wenn sie erst mal mitkriegte, dass der Duke einen Sohn hatte, der mehr Pizza schlucken konnte als ein hungriger Bär Honig. Und sie würde die Kavallerie losschicken, wenn sie merkte, dass der Typ in ihre Tochter verliebt war. Da werden Mütter schnell schwierig, und zwar schwieriger, als sie ohnehin schon sind.

Ich verabschiedete mich also mit einem Hauch Zuversicht, was mein Leben jenseits der fünfzig anlangte, und stieg in meinen Wagen. Und als ich an ihrem Laden vorbeifuhr, da stand sie davor und winkte mir zu, als wäre sie gerade vierzehn geworden. Ich ließ meinen Japaner aufheulen, als wäre ich noch nicht ganz achtzehn, genau so, wie ich es von meinem Vater Willi gelernt hatte. Der Datsun machte ordentlich Bäuerchen, und das gefiel ihr. Sie schien dankbar zu sein, und – verdammt! – wann war das letzte Mal eine dankbar, wenn ich den Motor aufheulen ließ?

Eben.

***

Als ich nach Hause kam und ins Quattro Stazzione hinunterstolperte, stand Kubelka bei Lemmy, der unverändert auf der Couch saß und den *Playboy* in der Hand hielt. Ku hatte seine Golfschläger dabei, machte die Beine breit, holte weit aus und drosch einen Ball gegen die Tür, die nach hinten in die Anbaugebiete führte. Dann sagte er zu Lemmy: „Hast du gesehen? So geht das! Hast du's kapiert?"

Mit dem Schlagen von Golfbällen wollte er ihn wieder fürs Leben begeistern. Aber den guten alten Lemmy interessierte Golf nicht, also ließ Ku es wieder bleiben. Er warf den Golfschläger zur Seite und sagte resigniert: „Wenn wir wenigstens sicher wüssten, dass Lemmy einen Schlaganfall gehabt hat. Dann könnten wir ihn zumindest in eine Klinik bringen, die sich mit Schlaganfällen auskennt. Schließlich ist bei Schlaganfällen das Wichtigste, dass man schnell hilft."

Ich sagte: „Ja, schnell ist wichtig."

„Andererseits", sagte Ku, „wenn es kein Schlaganfall war, dann schicken sie uns hierher zurück, und dann sind wir den ganzen Weg umsonst gefahren. Vielleicht liegt es ja auch einfach an seinem Alter, dass er sich nicht mehr bewegt, wie alt ist er denn überhaupt?"

Keiner von uns wusste so genau, wie alt Lemmy eigentlich war. Er sah aus wie eine dieser alten, zahnlosen Frauen aus der Mongolei, die immer wieder mal im Fernsehen auftauchen, freundlich mit dem Kopf wackeln, dabei in die Kamera lachen und in einer Sprache, die keiner verstehen kann, sagen: „Ich weiß nicht genau, wie alt ich bin, aber ich esse jeden Mittwoch Yak-Hoden."

Gott sei Dank gibt es Fernsehen!

Ich schob Ku zur Seite und betrachtete den *Playboy* in Lemmys Händen. Toni hätte ihn Seite für Seite umblättern sollen, damit Lemmys Hirn immer neue

Reize bekam. Aber Lemmy schaute immer noch Mandys schamhaft übereinandergeschlagene Beine auf Seite 4 an, wunderschöne Beine in sehr schönen High Heels zwar, aber eben geschlossen, wohingegen sie diese Beine auf der nächsten Seite schon weit geöffnet hatte, was mir persönlich eindeutig besser gefiel. Ich erledigte also das Umblättern, zeigte auf Mandys Muschi und sagte: „Sag Muschi. Muuuuuuschi. Los, komm schon!"

Aber Muschis interessierten ihn genauso wenig wie Golf, also brach auch ich die Behandlung ab. Manchmal war das schon frustrierend, wenn man jemandem helfen wollte, der sich aber nicht helfen ließ.

„Ich finde es nicht gut, dass du ihn mit dem *Playboy* ins Leben zurückholen willst", sagte Ku. „Was ist, wenn ihn Muschis einfach nicht mehr interessieren? Warum ihn zwingen, sich welche anzuschauen? Zwei Schamlippen, zwei Arschbacken, heilige Maria, what the fuck? Vielleicht will er von all dem einfach nichts mehr wissen?"

Das Schwierigste ist, die richtige Therapie für den Patienten zu finden.

Ich sagte: „Warum sollte er nichts mehr davon wissen wollen, Doc? Sieht doch geil aus, so eine Muschi. Geiler jedenfalls als Golfbälle. Zwei Titten hast du übrigens vergessen zu erwähnen."

„Wie konnte ich die nur vergessen? Mein Gott, du hast dich wirklich gemütlich eingerichtet in deiner Steinzeithöhle. Trinkst Schnaps aus Flachmännern und schaust Muschis im *Playboy* an. Okay, du bist damit zufrieden, willst nichts mehr, entwickelst dich nicht weiter, Schluss, aus, vorbei. Aber andere wollen eben mehr, stellen Fragen."

„Zum Beispiel?"

„Wer bin ich, was tu ich, was mach ich?“
„Darf ich dich mal was fragen?“
„Natürlich. Frag einfach!“
„Wer bist du, was tust du, was machst du?“
Ku seufzte tief und sagte: „Ich weiß es nicht, Rock, ich weiß es einfach nicht!“

Er fasste gelangweilt den *Playboy* mit dem Paar Titten vorne drauf an, für das der Duke ein paar Meter extra gegangen wäre, wenn er sie noch mal hätte anfassen dürfen. Dabei schaute ich ihn mir ein bisschen genauer an, schaute mir an, wie er schaute, wenn er sich Titten anschaute, und dann dachte ich: Mit dem ist ja wirklich irgendetwas anders! Nicht nur, dass er sich Doc nennen ließ. Viel schlimmer war, dass ich noch nie jemanden gesehen hatte, der sich einen Satz Titten so vollkommen ohne Interesse anschaute wie er. Als würde ihm das nackte Weib rein gar nichts bedeuten! Das konnte man auf sein Alter schieben, oder auf das Überangebot an nackten Mädels, das uns alle irgendwie erdrückt. Oder auf etwas anderes.

Ku legte den *Playboy* angewidert beiseite und sagte: „Millionen von Litern Sperma werden jeden Tag verschossen von Männern, die sich solche Bilder anschauen. Was soll man dazu sagen?“

„Wo ist überhaupt der Toni?“, fiel mir plötzlich ein. „Einfach weg, oder? Das war's dann wohl mit deinem scheiß Projekt, wie hieß es noch mal? ‚Zigeuner im Arsch‘?“

Ku aber gab den jungen vertrottelten Neffentrick-Betrüger nicht so schnell auf wie ich. Er sagte: „Es heißt ‚Gipsies on Couch‘, und es ist noch nicht zwanzig Uhr.“

Am Morgen hatte also irgendwer zum Toni gesagt, dass seine Schicht bis zwanzig Uhr ging. Zwölf Stunden

Arbeit, das durfte man bei der Einfachheit der Arbeit auch erwarten. Man bog sich echt nicht das Kreuz, wenn man bei Lemmy saß und ihm den Sabber abwischte. Ich fragte: „Du meinst also, er ist nur kurz was einkaufen gegangen?"

„Möglich."

„Aber was? Einen alten Mercedes?"

Ich schaute zur Sicherheit in das Fach, aus dem ich immer Lemmys Dope herausholte, aber da war nichts mehr drinnen.

„Alles weg!", sagte ich. „Und kein einziger Strich auf der Liste! Verdammt, hast du vielleicht eine Ahnung, wer das gewesen sein könnte? Und nur so nebenbei: Das sollte ironisch klingen!"

Ich ließ mich enttäuscht in die Couch fallen, um meine Enttäuschung auch gut sichtbar sacken zu lassen. Aber der Duke ließ meine Enttäuschung an sich abtropfen, er zuckte mit den Schultern und sagte: „Das war ein echt schöner Sack voll!"

Mit dem der Toni ein paar Monate durchkommen würde.

Ich persönlich hielt ohnehin nicht viel davon, allzu gut von den Leuten zu denken. Lieber dachte ich schlecht von ihnen, und ließ mich in meiner schlechten Meinung bestätigten. Denkt man zu gut von jemandem, ist man auf der falschen Spur, was Menschen anlangt. Erwarte nichts, dann wirst du nicht enttäuscht. – Alter Klospruch.

Ich schaute Kubelka mit den entsprechend enttäuschten Augen an, wollte dann aber gar nichts dazu sagen, weil ich zu enttäuscht war. Im meinem tiefsten Inneren sagte ich nur so viel: War ja ohnehin klar, dass es so kommen würde!

Kubelka aber konnte meine Gedanken ganz gut lesen: „Auch wenn er uns enttäuscht hat", sagte er. „So war er doch eine kleine seltene Abwechslung in deinem elenden Leben, ein frischer Windhauch in diesem Meer von Gestank."

„Frische Windhauche sind genau das, was ich in diesen Tagen brauche. Neben einer frischen Tüte Gras."

Jetzt hatte ich nämlich nichts mehr zu rauchen, und Geburtstag hatte ich erst wieder in einem Jahr, um mir Alternativprodukte schenken zu lassen. Ich musste mich also an den Schnaps halten, um nicht völlig zu verzweifeln. Dazu legte ich eine alte Nick-Drake-Platte auf, *Way Too Blue*, die richtig gut zu meiner schlechten Stimmung passte. Ich drehte Däumchen, dann kaute ich Nägel. Dachte dabei an Mutti im Gefängnis, dann an die Buchhändlerin. Dann wieder an die andere. Konnte mich immer weniger zwischen beiden entscheiden. Die eine roch gut, die andere auch. Sehr unterschiedlich zwar, aber eben beide: gut. Die eine hatte vielleicht zu viele Haare an den Schenkeln, dafür hatte die andere zu viel Henna in den Haaren, also Minus für beide, glich sich wieder aus. Vielleicht die eine in den geraden Kalenderwochen, die andere in den ungeraden? Weihnachten mal mit der einen, nächstes Jahr mit der anderen? Alles eine Frage der Einteilung.

„Du Schlingel!", sagte Ku, der schon wieder meine Gedanken lesen konnte. „Du denkst doch an etwas ganz Bestimmtes, nicht wahr?"

Ich sagte: „Ja. An Milchprodukte und Hyänen."

„Gute Mischung. Willst du reden?"

Normalerweise gab ich ihm auf diese Frage immer eine sehr unflätige Antwort. Aber dieses Mal wollte ich ihn überraschen und sagte: „Ja, gerne. Aber über dich. Weißt du, was mich ein bisschen stört an dir?“

„In letzter Zeit?“

„Nein, seit ich dich kenne.“

„Lass es raus!“

„Dass du so ein geheimnisvoller Typ bist.“

„Ich?“ Er lachte unsicher, was er selten tat. Lachen schon, aber nicht unsicher. Ich sagte: „Ja, du. Ich frage mich, ob du nicht ein paar Geheimnisse vor mir hast.“

Er stritt gar nicht erst ab, dass er welche hatte, sondern wirkte vielmehr erleichtert, als er sagte: „Bin ich also enttarnt? Ist der große Superschnüffler dem großen Therapeutengenie endlich auf die Schliche gekommen? Gestern vielleicht, als ich mit diesem überaus jungen, überaus süßen und wirklich verdammt gut aussehenden Zigeuner, wie du ihn nennst, hier bei Lemmy auf der Couch gesessen bin? Bravo! Bravo! Bravo!“

Es klang verdammt schwul, wie er das sagte, also sagte ich: „Markier hier bitte nicht den Schwulen, Doc! Ich dachte mir natürlich gleich, dass dich und den Toni irgendetwas verbindet, aber anfangs kam ich nicht drauf, was. Doch heute, wo es mir die Buchhändlerin sagte, fiel mir natürlich auch auf, dass du gar nicht solariumgebräunt bist, sondern naturbraun.“

Nun war er wirklich überrascht: „Ach, das meinst du?“

„Genau das!“, sagte ich. Und wo ich schon mal dabei war: „Sogar deine kohlrabenschwarzen Augenbrauen färbst du dir blond! Dazu deine scheiß Fröhlichkeit und dein übertrieben positives Wesen, Herrgott noch mal, warum hast du mir denn nie gesagt, dass du Zigeuner bist?“

Und damit er mich auch richtig verstand, sagte ich es gleich noch ein paar Mal: „Zigeuner! Zigeuner! Zigeuner!“

Es schien ihn nicht übermäßig zu treffen, dass ich ihm auf die Schliche gekommen war, vielmehr schien er enttäuscht, dass ich nicht mehr draufhatte. Er zuckte gelangweilt die Schultern und sagte: „Ist es endlich heraußen. Mir doch egal. Glaubst du vielleicht, ich schäme mich dafür, dass ich Zigeuner bin?"

Ich sagte: „Nein?"

„Nein! Mein Clan kommt aus dem südlichen Ungarn an der Grenze zu Serbien, reinstes Zigeunerparadies. Wir sind Fahrende, und ja, ich bin stolz darauf, denn unter allen Fahrenden bin ich der Erste mit einer Lizenz zum Seeleheilen."

Ich sagte: „Und du heilst nicht in einem Wohnwagen!"

„Nein, sondern in einer Fünf-Zimmer-Altbauwohnung mit Sternparkett in Innenstadtlage, die ich zur Praxis ausgebaut habe. Ich habe es zu etwas gebracht."

Ich sagte: „Und darum ziehst du dich auch so beschissen an, damit niemandem auffällt, dass du Zigeuner bist, sondern nur, wie beschissen du angezogen bist."

„Ach, Rock, mein lieber, einfältiger Freund, hör zu: Ich will nicht geliebt werden, weil ich Zigeuner bin, was übrigens selten genug vorkommt. Ich will respektiert und geschätzt werden für das, was ich bin und erreicht habe. Ich will kein Vorzeigezigeuner sein, auch nicht der erste Zigeuner, der den Kurs in St. Andrews unter Par spielt. Aber was ich anderes bin als ein Vorzeigezigeuner mit enormem Potenzial, weiß ich auch nicht genau, darum hab ich die Identitätskrise. Du hast doch nichts gegen Zigeuner?"

Ich sagte: „Aber woher denn, einer meiner besten Freunde ist Zigeuner. Und solange ihr euch ordentlich benehmt und euch an unsere Sitten und Gebräuche haltet – kein Problem. Warum versuchst du es eigentlich nicht mal mit einer Schlangenlederjacke als Zeichen deiner Individualität?"

„Meinst du, das steht mir?"

„Nein, aber Golfkleidung steht dir auch nicht. Nun sag, wenn wir schon mal so offen miteinander reden: Bist du vielleicht nicht nur Zigeuner, sondern auch eine Schwuchtel?"

„Ach, Rock, mein einfältiger Freund. Ich bin Libertin im Sternzeichen, habe also durchaus nichts gegen die Knabenliebe, ziehe aber das weibliche Geschlecht vor. Schlicht und einfach deshalb, weil ich bereits Zigeuner bin. Zigeuner *und* schwul, das wäre zu viel in diesem Land."

Dann lehnte er sich resigniert zurück und deutete auf Lemmy: „Ich wünschte, ich wäre wie der da! Zufrieden wie ein Stein in der Sonne. Keine Fragen, keine Antworten."

***

Als ich mich schon darauf einstellte, etwas früher schlafen zu gehen, kam der Toni doch noch die Treppe heruntergerannt, die Zähne strahlender als sonst, und auch die Jeans waren enger und voller als am Vortag.

Ku packte gerade seine Golftasche zusammen, und so bat ich ihn, mir einen seiner Schläger zu geben, denn ich wollte die Sache mit Toni auf Gutsherrenart lösen.

Als ich ausholte, um den Schmalzkopf gegen die Tür zu schießen, griff der Toni ganz lässig in seine Hosen hinein, zog einen Geldschein nach dem anderen heraus und legte sie vor uns auf den Tisch. Zwar hatte er uns vorhin enttäuscht, als er nicht da war. Aber jetzt, wo er endlich da war, überraschte er uns, denn das war eine schöne Menge Cash. Toni lächelte und erklärte uns sein System:

Er hatte am Morgen den Sack mit Dope mitgenommen, das portionierte Zeug zwischen die Obdachlosenzeitungen gesteckt und die Leute angequatscht: „Seitung? Frische Seitung? Seitung?“ Und wenn sie dann alle „Nein, zisch ab du verdammter Zigeuner!“ sagten, dann sagte er, etwas leiser: „Haschisch? Frische Haschisch?“ Zwei von dreien wurden hellhörig, wie er uns versicherte, und einer von den zweien griff zu.

„Und wisst ihr, was das Beste ist?“, fragte er uns. „Die Zeitung kaufen diese Idioten dann auch noch!“

Und zwar, weil sie in ihm nicht mehr den Zeitungsverkäufer sehen, auf den sie herabblicken, wie uns Kubelka erklärte, sondern ein Rädchen im Getriebe, das die Welt am Laufen hielt. „Mehr noch: einen, der sie glücklich macht!“

So hatten alle was davon!

Ku war begeistert. „Wir haben ihn einfach falsch eingeschätzt. Toni ist kein Pfleger, er ist eher Betriebswirt, Logistiker, so was in der Art. Das kommt oft vor, dass einer seine Bestimmung erst finden muss. Und hör zu: Mit dem Geld können wir vielleicht sogar eine Rundum-Pflege für Lemmy organisieren!“

Ich sagte: „Vielleicht sogar zwei.“

„Ganz legal ist es natürlich nicht, was du da machst, Toni. Aber diese Art der Kriminalität hat eine andere Qualität, eine irgendwie sympathische, was meint ihr?“

Ich meinte: „Eine sehr sympathische sogar.“

„Und wenn du morgen um sieben Uhr kommst und das Zeug für den Tag und deine Kollegen portionierst und abholst", sagte Kubelka, „dann bist du der Fixanstellung einen ganzen Schritt näher!"

Ich sagte streng: „Sechs Uhr! Wir müssen es wie die Chinesen machen. Die stehen früher auf und duschen kälter! Schlüssel gibt's bei mir oben. Und he – den Rest legst du zurück in die Lade!"

„Okay, sechs", sagte Ku, während Toni das Zeug zurück in die Lade legte. „Und jetzt bring ich ihn nach Hause."

Wo immer das war.

Ich sagte: „Gute Nacht, Doc. Gute Nacht, Toni."

Und blieb mit Lemmy zurück. Drückte ihm wieder den *Playboy* in die Hand, blätterte nach vorne bis zu der Seite, wo sich Mandy wie ein Hündchen auf die Couch kniete, und sagte zu ihm: „Siehst du das hier? Sag Aaaaaaarsch ..."

Da glaubte ich, ein leises Zucken in seinen Mundwinkeln zu sehen.

Alter Doggystyler!

***

Als ich schlafen gegangen war, hatte ich mich richtig darauf gefreut, endlich – endlich! – meinen Rausch auszuschlafen, aber daraus wurde wieder nichts. Die Schelle läutete um 7.15 Uhr, ich ging ran. Es war Guttmann, und er sagte: „Schon wieder einer."

„Was?"

„Ein toter Zigeuner."

Ich musste mich erst ein wenig sortierten: toter Zigeuner, toter Zigeuner, ah ja, die toten Zigeuner! Ab drei ist es eine Serie, sagt man, ich fragte: „Wie viele haben wir denn schon?"

Er sagte: „Vier."

Ich war in meinem Geburtstagshemd eingeschlafen und stand in meinem Geburtstagshemd wieder auf. Die Frage war: Langsam ausnüchtern oder schnell nachkippen? Was war besser? Man verliert irgendwie die Sicherheit in den Entscheidungen, wenn man älter wird.

Ich entschied mich schließlich fürs Nachkippen, kam aber nicht mehr richtig in die Gänge, seit ich fünfzig war, auch nicht mit Russenschnaps, was früher immer funktioniert hatte. Noch ein paar schräge Erlebnisse, und ich würde mir selbst nicht mehr über den Weg trauen.

Ich wartete noch ein paar Minuten, denn Toni hatte bis jetzt nicht geläutet, um den Schlüssel für das Quattro Stazzione zu holen. Bei den ungelernten jungen Arbeitskräften muss man immer damit rechnen, dass sie am Schnuppertag noch Feuer und Flamme sind, während ihnen am nächsten Tag schon wieder der Kopfpolster näher ist als die Karriere in einer zukunftsträchtigen Branche! Das war ein herber Rückschlag, wenn auch keine Überraschung.

Ich verzichtete auf die nächste kalte Dusche und holte Guttmann vom Gemeindebau ab. Er sah fahl und klebrig aus, noch schlechter als ich, noch schmäler als am Tag zuvor. Der graue Blouson passte immer besser zu seinem Gesicht. Bei mir war es nur das bunte Hemd, das mich fahl aussehen ließ, bei ihm war es das Teiggesicht selbst. Er fröstelte und bibberte, während ich mit Schmetterlingen im Bauch unterwegs war, und zwar gleich mit der doppelten Portion. Da fiel mir ein: „Habt ihr denn noch Kontakt zu der Mutti in der Triple-A-Zelle, unter der man mich gefunden hat?"

„Was willst du denn von ihr?"

„Weiß ich noch nicht so genau, aber wenn sie Glück hat, will ich sie heiraten."

Guttmann zog sich beleidigt in sein Schneckenhaus auf dem Beifahrersitz zurück, wie eine Nebenbuhlerin, die nicht zum Zug kam. Er schaute beim Fenster hinaus und suchte nach etwas, aber man konnte nicht erkennen, nach was. Dabei blieb mir nicht verborgen, dass die Beule in seinem Nacken schon wieder größer geworden war. Mittlerweile sah sie aus wie ein Buckel, der langsam nach oben rutschte. Ich fragte: „Was ist denn das jetzt für eine scheiß Beule da hinten, darf ich die mal anfassen?"

Defekte an anderen Menschen interessierten mich. Ich kannte bisher niemanden, der Krebs hatte. Nun kannte ich endlich einen, also wollte ich den Krebs auch anfassen, aber er schrie: „Finger weg!"

Gähnend lenkte ich den Japaner stadteinwärts, im Tempo des noch nicht ganz Nüchternen. Nur nicht auffallen! Gegen die leise Angst, aufzufallen, rauchte ich einen zum Aufwärmen. Das Zeug lag ja jetzt wieder bei Lemmy in der Lade! So unglücklich war ich also gar nicht, dass Toni nicht mehr aufgetaucht war. Man konnte Zeug zwar verkaufen, aber besser war es, Zeug zu rauchen. Was sollte man sich für das Geld, das man für gutes Zeug bekam, auch kaufen? Noch besseres Zeug?

Dagegen ist Rauchen im Straßenverkehr eine super Sache, vor allem, wenn man Lemmys Zeug raucht. Während ich rauchte, redete Guttmann gegen seine Angst an. Irgendetwas muss man ja tun, wenn man so eine Beule hat, also erklärte er mir das Problem mit den Ausländermorden:

„Ich les dir mal ein paar *Gosse*-Schlagzeilen vor."

„Bitte nicht!“

„Bald nicht mehr Herr im eigenen Land!
Zigeunerbarone überschwemmen uns!
Macht Zigeuner-Schnitzel aus ihnen!

Was sagst du?“

Ich sagte: „Diese Leute reisen halt gerne, anders als wir.“

Ich hatte eine gewisse Vorliebe für die reisefreudigen Schmalzköpfe. Mir gefiel es, dass sie nicht immer nur hier lebten, sondern auch mal da, und dann wieder dort. Wer länger schlief, war sowieso mein Freund, und wer nichts arbeitete, erst recht. Ich fragte: „Wo kommen die überhaupt her?“

„Rumänien, Bulgarien, Serbien, Kosovo, die Gegend da unten. Sicher nicht: Norwegen, Schweden, Island, die Gegend da oben. Jedenfalls kommen immer mehr von denen, und einer tut gerade alles, damit er die Bilanz wieder ausgleicht.“

Ich fragte: „Ungarn auch?“

„Ungarn auch.“

„Erzähl mir mehr.“

Das war ungewohnt für mich.

„Die Schlechtmenschen wollen, dass wir die Leichen zerstückelt und im Paket dorthin zurückschicken, wo sie herkommen, Porto zahlt Empfängerland. Die Gutmenschen wollen, dass die verdammten Menschenrechte eingehalten werden, demonstrieren dafür und legen Unterschriftenlisten auf, damit sie alle hierbleiben und betteln dürfen. Und wir haben keine Ahnung, wer der Mörder ist, es könnte jeder verdammte Irre in diesem Land sein.“

„Na ja“, sagte ich. „Ich wohl eher nicht.“

„Und dann die EU!“, regte sich Guttmann über die EU auf. „Die hat überhaupt keine Freude mit solchen Morden. Man steht dann so da, als wäre man ein bisschen ausländerfeindlich.“

„Was wir erfahrungsgemäß ja sind“, sagte ich.

„Aber nicht stärker als andere!“, beharrte Gutti. „Nicht viel stärker jedenfalls.“

„Ein bisschen?“

„Okay, ein bisschen.“

Nun war auch er so weit, dass er einen Joint brauchte. Joints sind die beste Therapie gegen Krebs, hat mir Lemmy mal gesagt, man darf nur nicht zu wenig davon rauchen, das ist das Wichtigste. Guttmann lehnte sich in seinem Sitz zurück, zog kräftig, entspannte sich ein wenig und sagte: „Ich hab dieses Land so satt mit seinen ganzen verdammten Rechtsextremisten!“

„Vergiss nicht die mit ihren Kellern und Verliesen!“

„Keine Sorge. Die vergesse ich schon nicht.“

***

Wir stiegen aus und betraten die kleine Parkanlage, die ich bisher nicht kannte, gleich neben dem Rathaus, das ich bisher auch nicht kannte. Sah eigentlich ganz super aus!

Wir zwängten uns durch ein paar Büsche, zwischen denen alles Mögliche herumlag: Taschentücher, Gummis, Spritzen, Hunde- und Menschenscheiße.

Und dann halt auch ein Toter, auf dem Bauch liegend, Gesicht im Dreck. Und hinten im Nacken, da, wo Guttmann seine Beule hatte, sah man bei ihm ein tiefes, blutiges Loch. Man muss sich schon im Griff haben, wenn man so etwas sieht, oder zumindest einen Flachmann zur Hand. Bei Guttmann war beides nicht der Fall, also ging er ein paar Schritte abseits und kotzte. Nachdem er wieder geradeaus schauen konnte, kam ein Bulle aus der Nachwuchsabteilung zu ihm, er trug diese Gummihandschuhe, die mich nun für alle Zeiten daran denken ließen, wie der eine Bulle mich untersucht hatte, und reichte ihm mit der Pinzette ein Heftchen, das in einem Plastiksack steckte und auf dem „*Yummy Mummys Big Bouncing Jugs* –50 %“ stand.

Ich war noch besoffen genug, um zu sagen: „He, das ist meines!“

Damit war ich der Hit des Tages, und das schon um acht Uhr früh.

Es war ausgerechnet mein Freund Guttmann, der als Erster aussprach, was alle anderen dachten, und zwar mit einem gewissem Unterton: „Dann kanntest du ihn also?“

Ich schaute mir kurz das unglückliche Gesicht des Toten an, zuckte lässig die Schultern und sagte: „Ja, sicher. – Flüchtig.“

Die Biene Mayr, immer als Erste am Tatort, war nun auch auf mich aufmerksam geworden. Erfreulich war, dass sie langsam zu mir herkam, mir in die Brusttasche fasste und eine Zigarette herausholte. Unerfreulich war, dass sie dabei aussprach, was mich alle anderen auch längst fragen wollten: „Und warum genau kanntest du ihn flüchtig?“

„Ich hab ihn gestern vor Dirty Willis Pornhouse gesehen“, sagte ich. „Er hat dort gebettelt. Und weil ich keine Münzen dabeihatte, hab ich ihm dieses Heft gegeben. – Feuer?“

Sie nickte.

Ich gab ihr Feuer, und dann dachte ich, mit dieser Ansage müsste ich eigentlich aus dem Schneider sein, klang doch ganz vernünftig, was ich da sagte. Aber die Biene meinte angewidert: „Du bist gerade fünfzig geworden, Herrgott noch einmal! Woher hast du denn solche Hefte?"

Dabei blies sie mir den Rauch ins Gesicht, als käme sie selbst schön langsam wieder in Stimmung, und ihre eigenen Jugs hoben und senkten sich, während sie tief einatmete und den Rauch langsam ausblies. Ich erklärte es ihr, aber es klang nicht recht überzeugend, sie sagte, nachdem sie sich die Lippen angefeuchtet hatte: „Wie erbarmungswürdig muss man denn sein, dass man sich für seine Arbeit mit einem Abverkaufs-Tittenheftchen bezahlen lässt, hast du jede Würde verloren?"

Und es klang, als würde sie große Hoffnungen darauf setzen, dass es so wäre, ich sagte: „Interessant, dass mich das in letzter Zeit alle fragen."

Dann fragte ich, und ich weiß nicht, warum, den Jungbullen: „Hatte der Tote nicht noch ein anderes Heftchen dabei, eines für Schwuletten mit Namen *Monster Stallions*?"

Der junge Bulle wurde sofort rot im Gesicht. Der Titel des Heftchens schien ihm etwas zu sagen, aber er stritt rundheraus ab, dass er es bei sich hatte. – Dabei hatten seine Kollegen ihn schon länger in Verdacht, dass er nur deswegen Bulle geworden war, weil er nach dem Dienst gerne mit anderen Bullen duschte. Sie umkreisten ihn und sagten: „Gib es ihm schon zurück, du verdammte Schwuchtel, los!"

Mir war nicht ganz klar, warum er es an mich zurückgeben sollte, anstatt an den Toten. Und auch nicht, wer von den anderen es auch haben wollte. Während die sich also um ein Schwulenheft stritten, schrie Guttmann: „Jetzt lasst uns doch mal vernünftig sein!"

Dann hielt er mir angewidert mein Titten-Heftchen vor die Nase und fragte: „Willst du es wiederhaben?" Ich war selbst überrascht, als ich mich „Ja, sicher!" sagen hörte, zur allgemeinen Erheiterung. Nur Guttmann verband damit die Hoffnung, dass ich es ihm mal borgen würde.

Die Biene ging zu dem Toten, schaute auf ihn hinunter und sagte: „Der Mörder stellt ihnen ein bisschen Geld in Aussicht, verschwindet mit ihnen hinter einem Gebüsch, die Jungs knien sich hin, das Schwein besorgt es ihnen in den Mund …"

Sie wandte sich ab. Fasste mir wieder in die Brusttasche, nahm eine weitere Pall Mall heraus, ohne zu fragen, und schaute mir dabei resigniert in die Augen: „Wenn man so viele Tote sieht, fragt man sich, warum man gesund leben soll."

Ich fragte: „Was trinken?"

„Nein, vorerst nur rauchen."

Die gute alte Salamitaktik. Mit allem aufhören, und dann langsam wieder mit allem anfangen. Ich gab ihr zur Pall Mall noch etwas Gutes dazu, sie zündete es an, zog kräftig durch und sagte: „Aaaaah."

Frisch gestärkt, konnte sie uns ein paar Details über den Mord verraten: „Der Junge war auf den Knien, als er starb, darauf deutet der Dreck an den Hosenbeinen hin. Nachdem das hier als Bubenstrich bekannt ist, wie ich von dem Jungbullen erfahren habe, nehme ich mal an: Der Junge hoffte auf Bezahlung, nachdem er das Würstchen seines Mörders gemolken hatte. Stattdessen kriegte er die Klinge eines Messers ins Genick, womöglich eines

Jagdmessers, die ihm der Mörder bis ganz nach vorne in den Mund bohrte. Das ist eine sehr leise, sehr effektive Angelegenheit. Man muss nur aufpassen, dass man sich dabei nicht selbst den Schwanz abschneidet, wenn man ihn gerade dort hat, wo der andere normalerweise das Schnitzel kaut."

Ich fragte: „Mord auf Jägerart?"

„Ja."

„Dann war der Mörder also ein ... na, wie heißen die?"

Sie fragte: „Ein Jäger?"

„Nein."

„Bauer?"

„Nein. – Schwulenfeind?"

„Das eher nicht", sagte die Biene. „Im Mund des Opfers findet sich Sperma, so wie in den Mündern der anderen Opfer auch. Es muss dem Mörder also Spaß machen, sonst würde er nicht ejakulieren, oder wie siehst du das?"

Ich sagte: „Seh ich genauso."

Das war so ein bisschen die klassische Einstellung hier im Land: Erst lass ich die Ausländer die Drecksarbeit machen, und dann steche ich sie ab

„Dann war es ein Ausländerfeind?", fragte Guttmann.

„Alle vier Toten", sagte die Biene, „waren mit Sicherheit Ausländer. Aber das heißt natürlich nicht, dass sie alle vier auch schwul waren. Für Geld müssen heute sehr viele Leute sehr vieles tun, auch Sachen, die sie gar nicht tun wollen."

Ich sagte: „Wem sagst du das."

„Wenn er allerdings nicht Opfer eines abartig inzestuösen, weit verzweigten Familienkonflikts wurde, dann wurde er am ehesten Opfer eines Ausländerfeindes, ja.

Die Botschaft könnte lauten, dass der Mörder in den Opfern Freiwild sieht, das abgeschlachtet werden muss."

Guttmann fragte: „Gibt es Zeugen?"

Die Biene schrie: „Kainz!"

Kainz stellte sich zu uns und sagte: „Einer behauptet, eine Art Waldschrat gesehen zu haben."

„Einen vom Land?", fragte ich.

„Man kann das, muss es aber nicht annehmen", sagte er. „Es gibt auch in der Stadt ein paar, die sich so anziehen."

Ich sagte: „Ein paar Idioten."

Musste aber plötzlich an die Tochter der Buchhändlerin denken, die mich neulich auch an einen Waldschrat hatte denken lassen.

„Wir haben jedenfalls einen Schwarzen", sagte Kainz. „der da drüben geschlafen hat, zwischen den Hundehaufen unter dem Gebüsch, keine Schwuchtel, aber obdachlos."

Ich fragte: „Hast du ihn denn gefragt, ob er schwul ist?"

„Ja."

„Warum?"

Er konnte keine schnelle, überzeugende Antwort darauf geben, sodass ich schön langsam den Verdacht hatte, dass er das Heftchen hatte. Er merkte das, wurde rot im Gesicht und sagte: „He, ich hab's echt nicht, okay?"

Klang auch nicht überzeugend.

„Hat der Zeuge einen Aufenthaltsstatus?", wollte Gutti wissen.

„Ja, den amtlichen Tritt in den Arsch", sagte Kainz. „Der Staatsanwalt wird ihn also nicht als Zeuge akzeptieren, und er tut sich selbst keinen Gefallen mit dem, was er sagt."

„Was sagt er denn?"

„Der, den er gesehen hat, trug einen weiten Mantel."

Ich fragte: „Batman?"

„Nein, der trägt einen schwarzen Mantel. Der Blackie hat aber die ganze Zeit geschrien: ‚Green coat! Green coat!' Mit richtig viel Angst in seinen blutunterlaufenen Augen. Und ‚Short pants! Short pants!' hat er auch geschrien. Wir alle wussten zunächst natürlich nicht so recht, was er damit meinte, stellt euch das mal vor: grüner Mantel, kurze Hosen! Aber Stumper, einer von denen da drüben, die das Absperrband halten …" – er deutete auf die da drüben, die das Absperrband hielten – „… Stumper also will im Sommer zum Narzissenfest nach Altaussee fahren und hat sich dafür extra einen Trachten-Prospekt kommen lassen, damit sie ihn dort reinlassen. Und den trägt er nun immer bei sich."

Ich fragte: „Wie ein Heftchen?"

„Ja, wie ein Heftchen", sagte Kainz. „Er meinte, den könnten wir dem Schwarzmann mal zeigen, vielleicht erkennt er darauf einen grünen Mantel. Also haben wir ihm den Prospekt vor die platte Nase gehalten, und siehe da: Er kackte regelrecht ein, als er einen sogenannten Wetterfleck aus Loden darin sah, siehst du: den hier!"

Kainz zeigte ihn uns, und auch uns ließ dieses Teil nicht kalt, immerhin kostete es an die zweitausend Eier. Die Lederhose dazu war noch teurer, und das brachte mich auf eine Frage: „Mit ‚Short pants' meinte er die da?"

„Ja", sagte Kainz. „Er schrie wie am Spieß."

„Das würde ich auch", sagte ich. Denn der Modegeschmack eines Hawaiihemdenträgers konnte sich nicht stärker von dem eines Trachtenfreaks unterscheiden.

Der Schwarze belastete mit seiner Aussage also ein ganzes Volk, und wir suchten nun so was wie den

Posterboy der trachtenverliebten Einheimischen mit grünem Mantel und brauner Knickerbocker, der ausländische Stricher mit der Gabe aus seinem Wedel segnet, bevor er sie mit einem waidmännisch versierten Stich ins Genick tötet.

„Fragt mich nicht, ob er dazu Stutzen trägt", sagte die Biene. „Aber ziemlich sicher Bergschuhe, deren Profil wir hier gefunden haben. Und das mitten in unserer schönen Stadt."

Ich dachte an Happiness, meine wirklich verdammt scharfe nigerianische Nutte, die ich neulich verlassen hatte, weil ich mir sicher war, dass in meinem Leben noch etwas Besseres kommen würde. Kam aber nicht. Ich dachte an ihre wirklich geilen High Heels und die wirklich langen Beine und das süße Höschen über ihrem kleinen Eisenarsch, den sie immer nur für mich öffnete. Ich dachte sehr intensiv an sie, aber dazwischen tauchten trotzdem immer wieder Bilder der Buchhändlerinnentochter auf, die zwar Stadtbewohnerin war, aber sich ganz ähnlich kleidete, wie Kainz und die Biene den Verdächtigen beschrieben. Und die deswegen im Dauerstreit mit ihrer etwas zu weich geratenen Mutter lag, was ein paar Minuspunkte für sie gab. Und die was gegen Schmalzköpfe hat, genauso, wie das bei dem, der das hier angerichtet hatte, der Fall sein musste. Aber! Die konnte es ja wohl nicht sein, denn sie hat kein Sperma zu verschenken, und ich hatte erst recht keine verdammte Ahnung, ob sie ein Jagdmesser besaß.

Trotzdem waren es unangenehme Gedanken, die ich dringend loswerden musste, mit Rauch, mit Schnaps, mit heftigem Kopfschütteln, mit was auch immer. Aber sie gingen nicht weg.

Guttmann merkte, dass ich Probleme mit meinen Gedanken hatte, also schaute er mich komisch von der Seite her an und fragte: „Woran denkst du?"

Das war vielleicht von allen Fragen meine Lieblingsfrage. Aber ich hatte sie bisher noch nie aus dem Mund eines Mannes gehört.

***

„Wegen der Leiche im Sack!", hatte die Biene gesagt und uns hierher in die Autopsie gelotst. Die Leiche im Sack hatte ich schon fast wieder vergessen, weil ich ja hauptsächlich trank, um zu vergessen. Aber jetzt lag sie da außerhalb ihrer Tasche auf einem der Metalltische herum, und ich musste schon sagen: „Alle Achtung!"

Wie Thunfisch, wenn man ihn aus der Dose nimmt.

„Wir haben eine beachtliche Menge Schweißpartikelchen in ihrem Gesicht gefunden, die nicht von ihr stammen", sagte die Biene, um gleich ein wenig gute Stimmung zu verbreiten. Wer redet schließlich nicht gerne über Schweiß?

„Wobei wir beim Menschen zwischen ekkrinen und apokrinen Schweißdrüsen unterscheiden. Erstere sind praktisch über den ganzen Körper verteilt und können beträchtliche Mengen eines klaren, zunächst geruchlosen Sekretes produzieren, das zu mehr als 99 Prozent aus Wasser besteht und sonst vor allem Elektrolyte wie $Na^+$, $Cl^-$, $K^+$ und Aminosäuren sowie Harnstoff enthält. Daneben befinden sich im Schweiß noch Lactat, Zucker und Ascorbinsäure in geringen Konzentrationen. Der pH-Wert liegt im sauren Bereich bei pH 4,5 – bei Typen wie dir deutlich höher, würde ich sagen."

Sie konnte nicht aufhören, sich mir gegenüber

respektlos zu verhalten! Ich sagte: „Erzähl uns bitte mehr, wenn wir mehr wissen möchten.“

„Gerne. Erwachsene können bis zu vier Liter pro Stunde rausschwitzen. Ich würde sagen: Ihr schafft wesentlich mehr! Frischer Schweiß ist normalerweise geruchlos, ich sage: normalerweise. Erst der Abbau von langkettigen Fettsäuren zu kürzeren Ketten wie Buttersäure oder Ameisensäure sorgt für den typischen Schweißgeruch. Dafür sind verschiedene, zur natürlichen Hautflora zählende Bakterien verantwortlich, die man in den Griff bekommt, sobald man sich wäscht, am besten mit Seife. S-e-i-f-e! Tut man das nicht, riecht man wie du.“

Sie klopfte mir an die Brust und richtete den Kragen meines Hawaiihemdes.

„Jetzt zum Fall“, sagte sie, „im Gegensatz zu den ekkrinen kommen die apokrinen Schweißdrüsen nur in den behaarten Körperarealen der Achsel- und Genitalregion sowie an den Brustwarzen vor. Sie produzieren ein milchiges Sekret, das Proteine und Lipide enthält und annähernd pH-neutral ist. Im Gesicht der Toten haben wir genau dieses ekelhafte Zeug eines Fremden gefunden und ein paar sehr schöne Haare vom Typ Schamhaar. Und in ihrer Tasche eine Männerunterhose vom Typ Enge Weiße oder vielleicht sogar Zu enge Weiße, vor dem dringend benötigten Waschgang und nicht danach.“

Sie holte das Teil aus einem Plastiksack hervor, in dem es als Beweismittel mitsamt den Haaren dran lag, und sowohl Guttmann als auch ich schreckten ein wenig zurück, diesmal ich noch mehr als Guttmann. Nicht mal in einer Ausnüchterungszelle hätte man sich um diese Unterhose geschlagen!

Aber das war es nicht, was mir die kleine Kreislaufschwäche bescherte. Ich kämpfte mit der große Frage aller Besoffenen: Sollte ich weniger trinken, um mich genauer zu erinnern, oder doch lieber mehr, um endlich vollständig zu vergessen? Ich fragte mich: Wo hatte ich so eine Unterhose in letzter Zeit gesehen? Und dann dachte ich: Ja, genau! Als ich mit dem Duke auf dem Klo war, direkt vor meinem Gesicht.

Aber dem Duke konnte das Teil unmöglich gehören, denn seine Ex war Töpfern auf Kreta, und die hier war tot. Und seine Unterhosen waren – hoffentlich! – bei seiner Waschmaschine, wenn auf dem Weg dorthin nichts schiefgelaufen war. Also lieber nichts davon erzählen, denn man würde mich sicher fragen, was ich mit einem Mann in Unterhosen am Klo gemacht habe, und vielleicht sogar, ob ich meine Würde verloren hätte.

„Sind Spuren drauf?“, fragte Guttmann.

Das war die eine überflüssige Frage, die ihm immer irgendwann herausrutschte, und die Biene wusste auch sofort: „In und an einer Männerunterhose sind immer deutlich mehr Spuren als einem lieb sein kann, an der hier sogar sehr viel mehr, und glaub nicht, dass ich mich darüber gefreut habe. Allerdings sind die Haare an diesen Unterhosen leider nicht identisch mit jenen, die wir auf dem Gesicht und im Mund der Toten gefunden haben. Der Besitzer dieser sehr auffälligen Unterhose hat sie also nicht ermordet, wiewohl man jedem, der solche Unterhosen trägt, alles zutrauen muss, auch einen Mord. Interessant bleibt natürlich die Frage, wie die Unterhose in diese Tasche zu der Leiche kam, und warum – ein Versehen? Oder eine Botschaft?“

Um mich von ein paar schrecklichen Gedanken an diese Art von Unterhosen abzulenken, fragte ich: „Dann hat sie also jemand in seinen verschwitzten Achseln erstickt, willst du das damit sagen?"

„Oder er hat sich mit seinem schwitzenden Arsch auf sie draufgesetzt und in ihrem Gesicht und Mund die Leckereien von seinem Arsch hinterlassen. Der Mörder – wir ersparen uns bitte ‚Die Mörderin' als Möglichkeit, denn keine Frau hat so viele Haare am Arsch – muss sie gekannt haben. Es muss sogar eine gewisse Vertrautheit zwischen ihr und dem Mörder geherrscht haben, denn sie trug den Yoga-dress und die Wollsocken dazu, als sie getötet wurde."

Das Mitleid der Biene mit der Toten hielt sich in Grenzen.

„Sie hat also vielleicht gerade ihr angeberisches Programm mit dieser angeberischen Übung ‚Schlafstellung des Yogi' beenden wollen, in Anwesenheit des Mörders; vielleicht provozierte sie ihn damit, vielleicht wollte sie ihm zeigen: Sieh her, was ich kann, das kannst du nicht. Vielleicht sagte sie sogar: Sieh her, du schwitzender dreckiger stinkender Fettsack, was ich kann, das kannst du nicht! Und dann – Überraschung! – zeigte ihr der schwitzende Fettsack, was er kann: Er zog sich plötzlich die Hose runter, setzte sich mit seinem fetten, behaarten, verschwitzten Arsch auf ihr Gesicht, rauchte sich gemütlich eine an – hier, wir fanden ja Zigarettenasche und sogar Brandlöcher auf ihrem Sportdress – und wartete, bis sie aufhörte zu atmen, weil sie trotz ihres gesunden Nichtraucherlebens unter seinem fetten Arsch keine Luft mehr bekam. Irgendwann wurde sie schließlich rot im Gesicht, dann blau, dann kam ihr die Zunge raus, was ihm vielleicht sogar gefallen haben mag …"

„Reden wir hier von was Sexuellem?“, erkundigte sich Guttmann mit einer gewissen Hoffnung.

Auch ich mochte diese Meldungen in den Gratiszeitungen, wenn sich wieder einer von den Berühmtheiten dieser Welt selbst um die Ecke gebracht hat, weil er den Gürtel um den Hals nicht mehr aufknoten konnte, ohne den er beim Wichsen rein gar keine Lust mehr empfunden hat.

Die Biene aber musste Guttmann enttäuschen: „Wir reden hier von etwas viel Schlimmerem als Sex, wir reden hier von Yoga. Sex muss sie irgendwann allerdings trotzdem gehabt haben, wenn wir davon ausgehen, dass sie auf natürlichem Wege befruchtet wurde. Denn ihren Unterbauch schmückt eine Narbe, die von einer Sectio stammt, oder, um es für euch verständlich zu machen: von einem Kaiserschnitt. Sie muss also zumindest ein Kind zur Welt gebracht haben. – Seltsam, dass niemand sie vermisst.“

„Ich würde sie auch nicht vermissen“, sagte ich, und Guttmann: „Lässt sich denn von einer Männerunterhose auf das soziale Umfeld der Toten schließen?“

„Leider nein. Männerunterhosen waren und sind zu allen Zeiten und in allen gesellschaftlichen Schichten ein Problem. Man kann also nicht mit Sicherheit sagen, dass die Tote aus prekären Verhältnissen stammt, auch wenn die Unterhose oberflächlich darauf schließen lässt. Es gibt nämlich relativ wenige aus prekären Verhältnissen, die Yoga in diesem, nun ja …“ – sie wand sich, bevor sie es hervorwürgte – „… Meisterstadium beherrschen. Also kann ich mir nicht vorstellen, dass die Tote in der beschissenen Gegend gewohnt hat, in der sie gefunden wurde.“

Sie meinte damit im Wesentlichen die Gegend, in der ich wohnte. Der Autobus 48A fuhr nämlich vom Dr.-Karl-Renner-Ring in der Innenstadt hinaus in Richtung Irrenanstalt Steinhof auf der Baumgartner Höhe, und von dort wieder zurück in die Stadt – durch gute und schlechte Gegenden. In die eine Richtung war der Bus stets stärker frequentiert als in die andere, aber es gab in der Irrenanstalt nicht genug Platz für alle Irren, also blieben die meisten in der Stadt oder fuhren dann wieder retour. Die Biene vermutete nun, dass die Tote aus einem der nobleren Innenstadtbezirke stammte und es in der Umzugstasche hinausgeschafft hatte in die triste Vorstadt, bevor sie auf Guttmann deutete und mit Entsetzen fragte: „Du liebe Güte, was ist denn mit dem los?"

Guttmann wurde gerade halb wahnsinnig mit seiner Beule im Nacken, er rieb daran und haute drauf, rieb wieder daran und haute wieder drauf, immer wieder. Ich beugte mich zum Ohr der Biene hinunter und flüsterte: „Er hat wohl Krebs."

„Sagt wer?"

„Mein Gefühl. Ich dachte, ich sag's erst mal dir, um ihn nicht zu beunruhigen."

„Wenn der da hinten Krebs hat", sagte sie, und das nicht zu leise, „dann macht er es nicht mehr lange. Dann lebt er vielleicht noch vier Wochen, vielleicht sechs. Aber Krebs da hinten, das geht gar nicht."

Und ich: „Pssst! Nicht so laut!"

Zu spät. Guttmann schlitterte vor unseren Augen in eine tiefe Krise, er schlug um sich, biss sich in die Hände und schrie uns an: „Könnt ihr nicht endlich aufhören damit? Es ist mein Körper! Und wenn man es sagt, dann kriegt man es auch!"

Der gute alte Kinderglaube: Nur nicht über den Tod reden, dann wird er einen auch nie holen. Gutti war durch und durch der Katja-Ebstein-Typ, der in der Badewanne *Wunder gibt es immer wieder* singt. Und insgeheim machte er sich dabei sogar noch unbegründet Hoffnung, dass sein Leben doch noch irgendwie schön werden könnte. Zwar hatte er keine konkrete Vorstellung, wie. Aber so ein bisschen schön halt, und jedenfalls ohne Krebs.

„Soll ich's mir mal ansehen?", fragte ihn die Biene. „Ich bin Ärztin."

Aber Guttmann glaubte nicht an die Schulmedizin, und darum sagte er: „Ich lass mir das sicher nicht von einer Ärztin anschauen!"

Das ging leider frontal gegen die Biene und ihr ohnehin angeschlagenes Selbstbewusstsein. Erst diese Yoga-Lady, die sie mit ihrer Schlafstellung fertigmachte und sie glauben ließ, dass ihr eigener Körper nicht mehr fit genug war, um noch einen Mann zu finden. Und nun Guttmann, der sogar ihre beruflichen Fähigkeiten geringschätzte. War gerade noch er der mit der Krise, war es nun die Biene, und bei ihr war sie noch tiefer und unberechenbarer, weil weiblich.

Ich nahm Gutti am Arm und sagte zu ihm: „Mach dir keine Sorgen, Dicker! Wir finden eine Lösung!"

Und schickte ihn hinaus.

Einen Teil der Lösung hatte die Biene normalerweise in ihrer Handtasche deponiert, sie hieß Schottische Brühe und war das braungoldene Alternativprogramm zu ihren verdammten Green Smoothies. Ein anderer Teil der Lösung steckte in meiner Hosentasche und hieß *Vaya Con Dios*, das Zeug kam zwar direkt von Lemmys

Grasplantagen, war aber ein Geschenk Gottes. Es gab keine bessere Medizin. Man durfte sie nur keinesfalls teelöffelweise zu sich nehmen, sondern in großen, regelmäßigen Schlucken und Zügen.

Ich bot der Biene einen Schluck zur Heilung an, aber sie blieb dabei, dass sie auch an Tag 17 ihrer Green-Smoothie-Challenge nichts trinken wollte. Stattdessen schaute sie mich verzweifelt an und sagte: „Ach, Rock! Ich konnte doch mal die Krähe. Ehrlich!"

Und dabei kam ihr wieder einer aus.

Und ihr verächtlich-eifersüchtiger Blick auf die Tote verriet mir dann die vielen frustrierenden Schnupperstunden, die sie irgendwann mal selbst genommen hatte, und die vielen Demütigungen, die sie dort erfahren haben musste.

Ich nahm sie an ihren wackeligen Oberarmen, um sie zu trösten, aber das war kein Trost für sie, das war ein Angriff, den sie abwehren musste. Sie gab mir eine Ohrfeige, doch dann lehnte sie sich gegen mich, wie die Buchhändlerin, nur vertrauter und nicht so schwer. Und endlich sagte ich, halbwegs bescheuert: „Aber du musst doch keine Krähe können, damit wir dich lieben. Du hast doch genug andere Qualitäten!"

„Ehrlich?"

„Natürlich!"

Zum Beispiel konnte sie sehr gut die Gans. Jedenfalls, wenn sie sich vor mich hinhockte wie eine und mir den Hosenstall aufmachte. Darauf hatte ich wohl abgezielt, als ich Guttmann hinausschickte – eine Frau in der Krise war eine Gelegenheit für jeden Mann. Aber heute war das eine ziemlich würdelose Angelegenheit mit uns beiden, wir waren nicht in Form, ich vielleicht noch weniger als sie, und so mühte sich die Gans ohne recht viel Aussicht auf Erfolg. Lange Zeit ging gar nichts, aber nach und nach, als sie schon aufgeben wollte, als sie schon mehr sterbender Schwan war, schoss doch noch ein wenig Blut in den Schwellkörper des Superschnüfflers, und am Ende spendete ich sogar ein paar Tropfen Eiweiß mit sonst noch was. Auch wenn es ihr nicht viel gebracht zu haben schien, außer der Bestätigung, dass sie die Gans kann – ich fand es doch irgendwie spitze. Manchmal ist es nur die langweilige Routine, die einen glücklich macht, der verdammte elende Alltag, der einen in der Spur hält, und gar nicht die süßesten Früchte ganz oben am Baum, nach denen man sich sowieso immer sinnlos streckt. Es sind die guten alten Freunde, die wissen, dass man sich mit den Fingern den Popel aus der Nase holt, bevor man ihnen die Hand schüttelt, und die sich nicht groß daran stoßen. – In alter Vertrautheit fragte ich: „War ich gut?“

Sie verzog angewidert den Mund und murmelte etwas, das man mit viel gutem Willen für ein „Du Schwein!“ halten konnte. Dabei wirkte sie, als suche sie gerade verzweifelt nach einem Taschentuch, in das sie meine Gabe hineinspucken könnte. Ich merkte, wie sehr sie mit meinem Geschmack in ihrem Mund kämpfte, und war hilfsbereit genug, nach dem Flachmann in meiner rechten Brusttasche zu greifen, der noch schön voll war. Ich nahm zuerst selbst einen kräftigen Schluck, der ihr Laune machen sollte, und fragte dann noch, wie ihr mein neues Hemd gefiel, in das gleich zwei Flachmänner hineinpassten.

„Echt super, oder?“ Dann hielt ich ihr den Schnaps endlich vor die Nase und fragte: „Willst du nicht doch ein Schlückchen?“

Sie, kaum verständlich: „Waisdas?"

„Kartoffelsmoothie. Oder, wie der russische Volksmund sagt: Wodka. Aber zwingen will ich dich nicht."

Hastig griff sie danach und spülte sich damit den Mund, gurgelte und spuckte alles aus, was sie aber würdevoll vor mir zu verbergen versuchte. Frauen! Sie sind so einfühlsam und schamhaft und würdevoll. Den Mund endlich sauber, kippte sie dann einen schönen Schluck hinunter und sagte erleichtert: „Aaaah!"

Und ich war auch glücklich, denn ich hatte wieder eine geheilt, wieder eine bekehrt.

Half ihr auf, was ein wenig länger dauerte, da sie Probleme sowohl mit dem Rücken als auch mit den Knien hatte. Aber schließlich stand die Gans wieder aufrecht im Leben, sie wollte nicht mehr unglücklich und angespannt sein, nicht mehr Smoothies trinken und Gemüse essen, nur weil sie seit dem letzten Weihnachten und den vielen Weihnachten davor ein paar Kilos zu viel auf den Rippen hatte. Ich sagte: „Na siehst du, geht doch schon wieder! Und in deinem Alter ist es doch scheißegal, wie schwer man ist, Hauptsache, man ist glücklich!"

Ich bin zwar ein guter Heiler, aber an meiner Einfühlsamkeit muss ich vielleicht noch ein wenig arbeiten.

***

Der Leichengeruch mischte sich in meinem Hawaiihemd unter den Schweißgeruch, und den Gesamtgeruch wurde ich auch in meinem schnittigen Datsun mit seinen vielen Duftbäumen nicht mehr los.

Da war es gut, dass ich den Duke dort abholen musste, wo er am liebsten stand. Vor dem kleinen Rasierspiegelchen über dem kleinen Waschbecken machte er sich auf seinem Klo gerade schick für den geplanten Ritt in die Schule. Die Direktorin hatte in dem Brief darum gebeten, dass er mal vorstellig werden sollte wegen seinem missratenen Sohn, und heute fand er wohl, dass die Zeit dafür reif war. Er schnitt sich ein paar Augenbrauen weg, die das Zeug zum Ast hatten, aber mehr fiel ihm nicht ein, wie er seine Optik verbessern konnte. Schon gar nicht wollte er sich frische Wäsche anziehen. Während er schnitt, warf ich die Smalltalk-Maschine an und griff ein Thema von vorhin auf. Ich fragte: „Die Unterhosen von Mutti hast du wohl noch immer nicht zurückbekommen?“

Er gab sich zerknirscht und redete sich auf seinen Sohn raus, dem er die dieswöchige Lieferung anvertraut hatte. Und zwar, weil der auch mal was für ihn tun sollte, wenn er schon die ganze Zeit Zehner für Pizza kriegte. Aber: „Wenn man nicht alles selber macht, dann funktioniert es nicht! Weiß der Teufel, was er damit gemacht hat.“

Also Themenwechsel. Ich wollte wissen, ob er von drüben aus der Buchhandlung schon Signale empfangen hätte. Zum Beispiel, ob er schon mal was gesehen oder gehört hätte, dass ihre Tochter Waffen trägt.

„Was denn für Waffen?“

„Jagdmesser zum Beispiel.“

Ich wusste auch nicht, warum ich das fragte, aber wie gesagt: Smalltalk.

„Sie sieht zwar aus wie eine Jägerin“, sagte der Duke. „Sie ist aber keine, da schätzt du sie völlig falsch ein. Aber he! Ich weiß jetzt wieder, wie dieser Kurs heißt, in dem mein Blödmannsohn die Tuba bläst – Neigungsgruppe Volkslied! Kannst du dir so was Bescheuertes vorstellen?“

„Sehr schwer.“

„Ist eine Art Leistungskurs für volkstümliches deutsches Liedgut. Der Typ, der den Kurs leitet, trägt übrigens, hör zu: Knickerbocker! Und ihre Tochter da drüben zieht sich wegen dem so beschissen an, wegen der Vorbildwirkung, soweit ich das mitbekommen habe."

„Nein!"

„Doch. Er ist ihr Idol. Ihr Held. Kinder brauchen Helden, musst du wissen. Und nun will die Süße von ihrer Mutter Bergschuhe haben, weil der Lehrer auch welche trägt!"

„Nein!"

„Doch. Früher hieß das übrigens Neigungsgruppe Volksspeed, nicht wahr? – Nicht wahr?"

Das sollte wohl ein Witz sein. Ich lachte nur müde und sagte: „Hier hängt dein Spiegel, Alter! So super kommst du auch nicht mehr rüber!"

Und fragte mich besorgt: Haben denn diese Kinder noch nie was von den Ramones gehört? Von den Pixies? Von Alan Vega, Hüsker Dü oder den Go-Betweens? Was zum Teufel bringt man diesen Kindern heute bei?

Als wir nach vorne gingen, fragte ich mich, ob ich Guttmann vielleicht von diesem Lehrer erzählen sollte. Schließlich trug er Knickerbocker und Bergschuhe, und es sollte ein Leichtes sein herauszufinden, ob er auch Wetterfleck trägt. Jedenfalls beherrschte er deutsches Liedgut, und das unterschied sich traditionell stark von der Musik der Zigeuner. Wenn man obendrein dem Ferry glauben konnte, dann war er auch schwul. Also zehn von zehn Punkten. Andererseits …

Um mich von diesen dunklen Gedanken abzulenken, fragte ich den Duke, als wir an seiner Kellertür vorbeikamen, was denn da unten in seinem Keller wäre. Er blieb stehen, schaute mich wehmütig an und sagte: „Ich komme ja ursprünglich von der Musik. Du erinnerst dich?“

Ich sagte: „Mittlerweile dunkel.“ Zusatz: „Sehr dunkel.“

„Dann komm mit.“

„Nach Ihnen.“

Nur für den Fall, dass ich ihn hinunterstoßen musste. Wir leben schließlich in einem Land, in dem man am besten überall hingeht, nur nicht mit jemandem in den Keller. Im besten Fall leben dort Mäuse, im schlimmsten Fall ganze Familien, eingesperrt seit fünfzig Jahren. Wenn man zu schnell Licht hineinwirft, dann können sie erblinden. Dieses Land hat seine eigene Geschichte mit Kellern, daher war ich vorsichtig.

Als der Duke endlich die nackte Birne zum Leuchten brachte, war da unten so eine Art Proberaum zu sehen, an der Wand und an der Decke klebten Eierkartons. Mit Beleuchtung fiel mir das Atmen dann doch ein klein wenig leichter, der Druck um die Brust herum nahm ab. Ich sah ein Schlagzeug, einen Bass und eine weiße Gitarre, die verstaubt in der Ecke stand, einen Mikrofonständer samt Mikro und einiges an Soundequipment. Nur die späten Pink Floyd waren noch besser ausgerüstet. Man hatte Ambitionen gehabt, wie es so schön heißt, vielleicht wollte man sogar hoch hinaus. Aber nun lag hier knietief der Staub herum, ganz so, als hätte der Duke vergessen, dass er hin und wieder auch putzen musste, wenn er die Vergangenheit zum Glänzen bringen wollte.

„O Mann“, sagte er, als wäre er plötzlich Plattdeutscher geworden. „Das muss Jahre her sein.“

Und ich, während ich mir ein paar Spinnweben vom Hawaiihemd holte: „Wenn nicht Jahrhunderte!“

Rock'n'Roll war eine der schwierigsten Übungen, noch schwieriger als Würde. Wenn du nicht irgendwann *Street Fighting Man* geschrieben hast, wird es nichts mehr mit Ruhm und Groupies. Und hier sah alles so aus, als wäre einiges schiefgelaufen, also fragte ich: „Was ist denn schiefgelaufen?"

„Das ist eine etwas längere Geschichte."

„Solange der Aufbau stimmt und die Geschichte nicht langweilig wird … schieß los!"

Am Rock'n'Roll interessierte mich nämlich am wenigsten die Musik. Etwas mehr schon das Saufen und die Weiber. Aber am allermeisten interessierte mich das Scheitern. Der Duke sagte: „Wir waren Schulfreunde damals, der Pummel, der Wolfi, der Dschingi und ich."

Da fiel mir ein: „Wie heißt denn du überhaupt?"

„Duke."

„Ja, aber ich meine jetzt: richtig."

„Horst."

„Horst Duke?"

„Horst Graf!"

„Was für ein beschissener Name. Also, Horst, meine ich. Und Dschingi natürlich auch."

Er sagte: „Gut, dass du es erwähnst. Das Problem bei unserer Band war nämlich der Name."

„Von dir?"

„Von der Band! Nachdem ich aus US zurückgekommen bin, war ich angefixt von Mandy, und weil ich Mandy nicht bei mir haben konnte, war ich von allem angefixt, was mit dem *Playboy* zu tun hatte."

Ich sagte: „Man sieht's."

„Ich wollte das in der Folge auch in unsere Musik einfließen lassen, die Band sollte nach dem berühmten

*Playboy*-Gründer heißen, dessen Sachen ich hier verkaufe, du kennst ihn?“

„Nicht persönlich.“

„Von ihm hatte ich auch die Idee mit dem Bademantel, er trägt nämlich auch immer einen.“

„So ist’s gut.“

„Der Typ heißt Hugh Hefner, wie du sicher weißt, ausgesprochen wird das wie Hju.“

„Wie?“

„Hju.“

„Noch mal, bitte.“

„Hju. Aber einer von uns war ein totaler Idiot.“

Ich fragte: „Du redest von dir?“

„Nein, ich rede von unserem Schlagzeuger Pummel. Alle waren einverstanden, dass wir uns ‚The Hugh Hefners‘ nennen sollten, auch als Message an die Groupies. Der Pummel sah schon die Muschis, die er sonst nicht kriegte, und holte die Kanne mit der wasserunlöslichen Farbe. Damit schrieb der Idiot dann den Namen auf die Vorderseite seiner Basstrommel.“

Der Duke tippte mit dem Fuß gegen die Basstrommel und sagte: „Allerdings schrieb er ‚The Huge Hefners‘ drauf, wie du sehen kannst, ausgesprochen wird das wie Hjutsch, was so viel heißt wie ‚Die riesigen Hefners‘.“

Ich fragte: „Weil der Typ so riesig war?“

„Nein, Herrgott, nein! Weil der Pummel so schreibschwach war!“

„Und du konntest ihm keine in den Schritt verpassen und ihm sagen: ‚Pass mal auf, du verdammter schreibschwacher Pummel, er heißt Hugh Hefner, ausgesprochen wie Hju, und nicht Huge Hefner, ausgesprochen wie Hjutsch, jetzt mach das mal weg!‘?“

„Er wollte es nicht wegmachen, und ich wusste auch nicht, wie das wieder wegging."

„Danchlor?"

„Nein."

„Meister Proper?"

„Keine Chance."

„Cif?"

„Auch nicht."

Der Duke schaute einigermaßen bekümmert aus der Wäsche, als er sagte: „Ich konnte mich damals nicht durchsetzen, und ich kann mich heute nicht durchsetzen. Im Grund kann jeder mit mir machen, was er will, denn ich hatte keinen Vater, der mir zeigt, wie man stark ist. Und den Bademantel trage ich nur, um darunter meine Unsicherheit zu verstecken."

Ich sagte: „Dann zieh ihn aus."

Um die trübe Stimmung ein bisschen aufzuheitern, drehte ich uns was rock'n'rollmäßig Gutes zu rauchen, das obendrein seine Sicherheit ein bisschen steigern sollte. Wenn man sich an den Rock'n'Roll erinnert, will man das nicht ohne Drogen tun, vor allem, wenn die Story so beschissen ist wie seine. Der Joint machte ihn schön breit – und mich auch –, und immer, wenn man schön breit ist, wird man auch gefühlsselig, also fragte ich Idiot voll Mitleid: „Und deswegen seid ihr nie aufgetreten? Weil der scheiß Drummer so schreibschwach war?"

„Nicht direkt deshalb. Der Bassist ist dann auch noch kurz vor dem Schulball gestorben."

Ich zog kräftig am Joint und fragte hoffnungsfroh: „Drogen?"

Aber er sagte: „Radfahren ohne Helm. Er war einer der ersten wirklichen Radfahrer in der Stadt …"

„… und einer der letzten, die noch ohne Helm fuhren?“, fragte ich beinahe wehmütig. Dabei schloss ich ihn heimlich in mein Herz, als einen der letzten Helden, so wie ich Raucher von filterlosen Zigaretten in mein Herz geschlossen hatte und alle, die noch ohne Warnweste Auto fuhren.

Jedenfalls war es das mit seiner scheiß Band. Noch bevor der Duke einmal auftreten konnte, erstickte ein schreibschwacher Idiot die Karriere mit einem falsch geschriebenen Namen, und ein fehlender Fahrradhelm löschte für immer die Noten aus dem Gehirn des Bassisten. Keine kopierten scheiß Flugblätter, keine Stagedives, keine mit Bier angeschütteten Hosen oder Bänderrisse, wenn man beim Refrain mal zu schnell in die Knie ging. Nichts.

Er erzählte weiter: „Ich bin mit *500 Miles Away from Home* und *Mountain High* zurückgekommen aus US, wir hatten ein echt schönes Programm, und ich dachte: Das läuft jetzt.“

Und ich: „Du bist nicht mit Guns N’ Roses zurückgekommen?“

„He, ich war in Virginia! Nicht in L.A.! Es waren ein paar echte Schenkelöffner darunter, ein paar Groupies hatten sich bereits für uns interessiert.“

Dabei lachte er dämlich, und ich dachte: Du lieber Himmel, bitte jetzt keine Lovestory im Rock’n’Roll-Milieu! Aber bei meinem Negativlauf war natürlich klar, dass es genau so kommen musste. „Geblieben ist dann aber nur die eine, das Klassenelend.“

Ich wusste sofort, von wem er redete: „Vom Pizzaschlucker die Mutter?“

„Ja. Sie wäre mit allen in die Kiste gestiegen, solange in der Kiste nur ein Stück Schokolade drinnen lag.“

„So eine Art Uschi Obermaier eurer Schule?"

„Eher Typ kleines, fettes Heimchen mit Zöpfen, das keinen abkriegte. Es wollte ja schon niemand neben ihr sitzen."

„Weil man nicht genügend Platz neben ihr hatte?"

„Unter anderem. Leider ging der Pokal dann an mich. Ich war ein wenig aus der Übung, nachdem ich Mandy bestiegen hatte, kaufte also Schokolade, zartbitter wie das Leben, und knapp vor den Ferien – knapp, bevor wir uns alle nie wieder gesehen hätten – bestieg ich sie, ich Volltrottel. Wobei ich sagen muss: Sie mochte halt das Wilde, das Ungestüme an mir."

Ich sagte: „Muss lange her sein."

„Ein paar Wochen später kriegte ich die Nachricht, dass sie schwanger war …"

„Postkarte?"

„Brief ihres Vaters, eines Anwalts. Es ging um Vaterschaftsanerkenntnis, Festsetzung der Alimente, und, und, und."

Ich sagte: „Was wäre der verdammte Rock'n'Roll ohne die Weiber, die ihn ruiniert haben, nicht wahr? Allerdings, wie ich schon sagte: Es hätte Möglichkeiten gegeben."

„Man konnte sich damals nicht vorstellen, wohin ihre Reise gehen würde. Aber mittlerweile reist sie richtig viel."

„Zum Beispiel nach Kreta?"

„Kaum war sie schwanger, wurde sie echt schwierig. Entdeckte sich selbst, ihr wahres Ich, ihre scheiß Mitte und weiß der Teufel was noch. Weiberkram. Und nach dem Wurf hatte sie plötzlich den Ehrgeiz, das Fett wieder runterzukriegen, und sogar noch mehr, während ich selbst … na ja. Sie wurde echt fit, so richtig fit, und wusste sogar, wie sie anderen Müttern helfen konnte, die

Kilos purzeln zu lassen, bot Kurse an, dies und das, und irgendwann war sie dann Lebensberaterin, weil sie – wie sie sagte – so gerne hilft."

„Dann müsste sie ja Lebenshelferin heißen."

„Um nicht völlig abzustinken gegen sie, musste auch ich Geld verdienen. Also erinnerte ich mich an das, was ich wirklich liebte, und eröffnete diesen *Playboy*-Laden. Ich machte alles schick, schrieb ‚Neueröffnung' vorne drauf, und alles war super. Bis so ein Idiot drüben in Amerika eine noch bessere Idee hatte, als er das Internet erfand – schon mal gehört?"

Ich fragte: „Von Amerika?"

„Vom Internet! Plötzlich war es, als würde ich Eiswürfel neben einem italienischen Eissalon verkaufen. Sie verließ mich, weil ich ein vollkommener Verlierer war, wie sie sagte. Und meinen Sohn habe ich dann nie wiedergesehen, weil er mich, na ja, irgendwie an mein Scheitern erinnerte. Bis er vor ein paar Tagen bei mir auftauchte und seither jeden Tag Geld für Pizza möchte, und ich erinnere mich mit jeder Pizza, die er frisst, mehr an das Elend von damals."

Ich wollte mir das Gejammere nicht länger anhören, aber im Keller war es schwer, eine Ecke zu finden, wo man sich verstecken und die Ohren zuhalten konnte, ohne dabei von Mäusen gefressen zu werden. Ich suchte verzweifelt nach einer Exit-Strategie, denn es war Zeit, einen Schlussstrich unter diese Geschichte zu ziehen. Ich dämpfte den Joint aus und sagte: „Erzähl mir mehr, wenn ich mehr wissen möchte."

Aber jetzt, wo er den Erinnerungsblues hatte, war er nicht mehr zu stoppen. Er führte mich zur Eierkartonwand, in die ein paar teils recht verwackelte Fotos genagelt waren, und auf jedem sah man vier Idioten mit ihren Instrumenten, in der klassischen Aufstellung des Rock'n'Roll, Der Duke deutete auf den Bassisten ganz links und sagte: „Matthias. Der ohne Helm."

Ich sagte: „Sieht beschissen aus. Der hätte auch mit Helm nicht besser ausgeschaut."

Der Duke kicherte und deutete auf den Gitarristen ganz rechts: „Das ist Wolfi."

Ich sagte: „Sollte auch längst tot sein."

Um ein wenig Schwung in die Sache zu bringen, deutete ich auf den Idioten im Bademantel, der in der Mitte stand und sich um ein Mikrofon schlang, ich fragte: „Wer ist das?" Er sagte: „Na ich!"

Und ich: „Ach so."

Dann zeigte er noch auf den Schlagzeuger in der Mitte, der fett und gemütlich hinter seiner Basstrommel saß, anders als der asketische Charlie Watts. Der Duke sagte: „Das ist Pummel, der Schlagzeuger."

Ich sagte: „Sieht eher aus wie ein Pummel als wie ein Schlagzeuger. Die Fotos hat wohl ein Behinderter aufgenommen, die sind ja alle total verwackelt. – Gibst du mir mal die Lesebrille?"

Er gab sie mir und sagte: „Die hat Ferrys Mutter aufgenommen. Sie hatte ein Faible für Fotografie."

Ich sagte: „Vielleicht ein Faible, aber sicher kein Händchen."

Selten hatte ich eine elendere Geschichte über das Scheitern des Rock'n'Roll gehört. Und sie gehörte genau in diesen Keller, den man besser nie wieder öffnen sollte.

Mit der Lesebrille auf der Nase fielen mir dann auf einem Foto noch die verdammt fetten, verdammt weißen

Elefantenfüße des Drummers auf, die mich an die vom Ferry erinnerten.

Die haben so überhaupt nichts mit den dürren Beinchen des Duke zu tun, dachte ich, als er vor mir die Treppe hinaufstakste. Aber als er endlich die Tür hinter uns ins Schloss fallen ließ, dachte ich schon wieder: Wen interessiert's!

***

Endlich stand der Duke vor seinem Laden, und als er an sich herunterblickte, im Licht der Sonne, da leuchtete ihn das Weiß seiner Beinchen mit den vielen schwarzen Haare dran und den blauen Adern dazwischen unerwartet grell an, sodass er unsicher fragte: „Wie sehe ich denn überhaupt aus? Kann ich so rausgehen?"

Ich sagte: „Eigentlich nicht."

Während mein Motor auch noch mit fünfzig schnurrte wie ein Kätzchen, stotterte bei ihm alles. Jemand musste ihn rausziehen aus dem Loch und ihm etwas Hoffnung geben. Ich sagte: „Noch kannst du die Abwärtsbewegung stoppen."

Er fragte: „Wie?"

„Noch hast du Mandy, und niemand räumt sie dir von deinem Nachtkästchen. Also halt die da drüben raus aus deinem Leben – hol sie keinesfalls rein! Mach es wie im Kino. Du lehnst dich zurück und siehst es dir auf der Leinwand gerne an: Er steckt ihn hinein, er zieht ihn heraus, er steckt ihn hinein, er zieht ihn heraus, sie schreit, sie stöhnt, sie schreit, sie stöhnt, und so weiter. Super Sache das alles, aber auch die reine Schwerarbeit. Willst du das wirklich selbst noch haben? Neunzig Minuten lang das volle Programm?"

Er fragte verzweifelt: „Fünf Minuten?“
Ich sagte: „Nein.“
„Drei?“
„Vergiss es!“
„Eine?“
Ich schüttelte streng den Kopf und sagte: „Wie heißt es so schön: Ich bin kein Gynäkologe, aber ich schau es mir gerne an. Verstehst du? *Anschauen*! Du hast doch genug Heftchen hier, und vor allem hast du Mandy. Und wenn du ein Tischchen mit zwei Sesseln vor deinen Laden stellst, kannst du sogar hinüberschauen zu ihr, sooft du willst, und ich verspreche dir, dass ich dich ab und zu sogar besuchen komme. Aber geh bloß nicht hinüber!“

Ich hatte den Satz noch nicht fertiggesprochen, ging drüben die Tür auf, und sie machte Winkewinke. Dann rief sie „Huuuuhuuu!“, was wirklich peinlich war, und schaute nach links und rechts. Wie ein Fass, das von Mäusen getragen wurde, trippelte sie endlich zu uns herüber. Auch bei ihr sah die Sache noch mal ganz anders aus, wenn sie sich bewegte. Ich stellte mir vor, was meine Freunde sagen würden, wenn ich mit der ins Pornokino käme? – Nichts Gutes!

Der Duke wirkte leicht nervös, die Farbe in seinem Gesicht veränderte sich in Richtung Dünnschissgrün. Er rieb seine nassen Hände und flüsterte mir zu: „Was jetzt? Ich brauche einen coolen Spruch. Dringend!“

Er klang verzweifelt, und gegen Verzweiflung half am besten Lachen sowie die Ruhe und Gelassenheit des Alters. Um lachen zu können, halfen wiederum am besten die langen Papers der Firma Riz-Abadie, von denen man drei zusammenklebte, um dann in aller Ruhe das gute Zeug von Lemmy hineinzutun. Während er immer hibbeliger wurde, formte ich alles nach Vorschrift zu einem konischen Geschenk der Natur, leckte das Ergebnis ab und sagte endlich vollkommen gelassen: „Versuch es mal mit ‚Hallo, ich bin der Horst, aber alle nennen mich Duke'."

Schon bog ich mich vor Lachen.

Als die Tonne endlich herüben war, streckte der Duke ihr den Grußlappen entgegen, den sie aber ignorierte. Stattdessen fasste sie mir an den starken Oberarm, was ich gestern noch irgendwie geil fand, heute aber überhaupt nicht mehr ausstehen konnte.

Und der Duke auch nicht. Er schaute mich böse an, während ich ihr meinen Rauch ins Gesicht blies, sodass sie erst mal hustete, bevor sie mir eine Art Prospekt entgegenhielt und sagte: „Weil Sie ja neulich bei mir drüben etwas zum Thema Wunderheilung gesucht haben …von der berühmten Wunderheilerin Renate."

Ich fragte: „Wie noch?"

„Frau Renate. Einfach nur Frau Renate, die Wunderheilerin von oben an der Grenze mit dem Wunderwasser aus der Wunderquelle."

Da wurde der Duke hellhörig und schaute uns beide an, mit ganz vielen Fragen in seinen Augen: „Soso, du hast also neulich was zum Thema Wunderheilung gesucht. Was denn genau?"

Ich sagte: „Oooch, nichts Bestimmtes, nur so im Allgemeinen."

Und bat ihn um seine Lesebrille, damit ich den Prospekt lesen konnte, aber er wollte sie mir nicht geben: „Kauf dir doch selbst eine!"

Also konnte ich zunächst nur die großen Buchstaben lesen, und wenn man die zusammenbaute, dann stand da drauf: „Sin City – Neueröffnung".

Ich sagte: „Wow, für mich? Danke!“

Und war dann doch ein bisschen überrascht, dass ausgerechnet sie mich in ein Laufhaus einladen wollte, an dem ein Bekannter von Kubelka beteiligt war.

Aber die Lady lächelte verschämt und nahm mir den Prospekt aus der Hand. Ich hatte nämlich die Rückseite gelesen, wo nur die Werbung draufstand. Das ihrer Meinung nach Wichtige stand vorne:

Frau Renates Wunderquelle
Heilung durch Wunderwasser
Frühlingsaktion
20 % Günstiger!

Das war bei 56 Euronen für den halben Liter immer noch nicht ganz billig.

Trotzdem dachte ich plötzlich an Guttmanns Beule und an Willis hängendes Fleischstück. Ich dachte an Lemmy, der sich nicht mehr bewegte, und an meine Kopfschmerzen sowie an die ganzen anderen Probleme, die ich mittlerweile hatte, wenn ich drei Tage lang durchsoff. Dann dachte ich: Wenn es denn hilft!

Sagte aber: „Bei diesen Preisen müsste zuerst mein Freund Willi seinen Schwanz hineinhängen, damit er ihm wieder steht. Und mein Freund Guttmann müsste sich anschließend den Nacken damit einreiben, damit sein Krebs weggeht. Und erst dann könnte mein Freund Lemmy die Reste von der Suppe trinken, damit er wieder von innen heraus in die Gänge kommt, ich überleg’s mir.“

Sofort nahm sie etwas Abstand von mir, und der Duke sagte: „Verdammt, was bist du überhaupt für ein Freund?“

Das war die Gelegenheit, um klare Fronten zu schaffen: „Bin nicht dein Freund, bin nur dein Detektiv, der da drüben Wanzen für dich angebracht hat!“

Da ging der Buchhändlerin was durch den Kopf. Sie überlegte ein bisschen und fragte dann: „Wanzen? Detektiv?“

Auch Frauen hörten sich nicht besser an, wenn sie wiederholten, was sie ohnehin verstanden hatten.

Ich sagte: „Jetzt macht doch mal einen Punkt, alle beide.“

Und wollte ihr alles erklären, aber es gelang mir nicht, denn die Mäuse trugen das Fass schon wieder zurück in die Buchhandlung . Dort bunkerte sie sich ein und drehte Natalie Imbruglia auf, sodass ich gleich hören konnte, wie es ihr ging.

*… The conversation has run dry*
*That's what's going on*
*Nothing's fine, I'm torn …*

Und der Duke sagte beleidigt: „Ich brauch dich echt nicht mehr. Ich kann auch alleine in die Schule gehen!“

***

Kaum mochte ich mal eine, ließ sie schon wieder die Rollläden herunter und tat, als wären wir im Krieg. Ich kriegte Liebeskummer, und dagegen half nur das gewisse Wunderwasser, das zwar aussah wie Wasser, aber viel besser schmeckte. Und wenn man bei Wasser gar nichts spürt, dann spürt man bei Wodka immerhin eine Verbesserung des schlechten Zustands. Ich kippte ein wenig davon, fühlte mich gleich besser, und – o Wunder! – es schmeckte!

Ich stieg in den Datsun und fand den Duke ein paar Meter weiter an einer Straßenecke, wo er wie eine alte Nutte, die kein bulgarischer Fernfahrer mehr einsteigen lassen wollte, herumstand. So als müsste er schon wieder pissen! Dabei schien er sich zu fragen, ob der verschweißte *Playboy* nicht doch das Beste war, das er je besessen hatte. Und ob ein Leben, wo er das Heft einfach auf Nachtkästchen liegen lassen konnte, ohne Angst haben zu müssen, dass es eine fand und wegwarf, wirklich so schlecht war.

Ich hielt den Wagen an, dreht das Fenster hinunter, lehnte mich hinaus und sagte: „Na? Musst du schon wieder pissen?"

Er sagte: „Mhpf."

„So kannst du aber unmöglich in die Schule gehen, da wächst dir ja noch ein langes Haar aus der Nase!"

Das war insgesamt keine Überraschung, denn er war der behaarte Typ, und das wusste er selbst. Er sagte: „Ich hab wohl echt viele Haare."

„Ja, das hast du. Aber das hier ist perfekt. Also halt endlich still."

Ich riss es ihm aus, dabei schrie er: „Aua! Perfekt wofür denn?"

„Für meine Sammlung."

„Für was für eine scheiß Sammlung denn?"

Ich steckte mir das Haar in die Brusttasche und fragte mich, wie ich mit so einem Idioten in Zukunft vor seinem Geschäft sitzen und glücklich werden sollte.

Ich fand ja, dass Schule etwas für Mädchen war, jedenfalls nichts für mich. Aber es ist immer interessant, etwas Neues kennenzulernen.

Ich parkte den Wagen vor den dicken Mauern, und wir gingen hinein. Um diese Tageszeit war hier nicht viel los, jedenfalls nicht auf den Gängen. Einer mit Putzlappen, ein Flüchtling, der es hier zu was bringen wollte, kam uns entgegen. Er war vielleicht der einzige Mensch auf der Welt, der noch stärker behaart war als der Duke. Den fragten wir, wo das Klo war, und wo die Direktorin, in dieser Reihenfolge. Er zeigte zunächst dahin, dann dorthin, und wir liefen dahin. Der Typ schlug sich gegen den Kopf, denn dort, wo wir hinliefen, hatte er gerade geputzt. Das musste er erst noch lernen: dass Arbeit sinnlos war.

Während wir gingen, gab der Duke den Druck an mich weiter und fragte: „Wo ist denn jetzt das verdammte Klo? Ich glaube, der Typ hat uns reingelegt, na warte, den bringe ich um!"

Ich sagte: „Geduld, Geduld."

Das ist das Schlüsselwort, wenn man dringend pissen muss.

Er ging schon nicht mehr ganz aufrecht, als wir um die Ecke bogen, und da konnte ich ihm endlich Hoffnung machen, als ich ein WC-Schild entdeckte. Aber nicht überall, wo WC draufsteht, ist ein Herren-WC drinnen. Ich sagte: „Das ist für Mädchen."

„Mir scheißegal!"

Früher ging man aufs Klo, um eine zu rauchen oder eine flachzulegen. Heute geht man aufs Klo, um auf den letzten Drücker noch sein Geschäft zu verrichten, bevor man sich vor allen anderen nass machte. Was für ein Elend!

Der Duke kriegte gerade noch einen Türgriff zu fassen, stützte sich daran ab, schob die Tür auf, drehte sich hinein, setzte sich drauf, und kaum, dass er die Tür zugeknallt hatte, hörte ich schon sein befreiendes „Aaaah!".

Ich fragte: „Du musst doch wieder nur klein, oder?“

Aber: „Nein, diesmal muss ich groß.“

Nachdem der erste Schub erledigt war, redete er weiter: „Ich frag mich, was die Direktorin mir über den Ferry sagen wird. Was ist, wenn er mit Drogen handelt?“

Ich fragte: „Was, wenn nicht?“

Ich fand, dass es hoch an der Zeit war, endlich damit anzufangen, und fragte ihn, während ich uns einen Schönen drehte: „Kannst du dich noch an Lemmy erinnern?“

„Der immer ‚Das kann ich auch!‘ geschrien hat, wenn Jack Schleck geschleckt hat?“

„Genau der. Dem ist ein Mitarbeiter abhandengekommen, ungefähr im Alter vom Ferry. Vielleicht hat er ja Lust, bei uns einzusteigen, ich sehe nicht viel, was er sonst noch machen könnte in seinem Leben.“

„Gute Idee.“

„Aber sag's nicht gleich der Direktorin, okay? Und auch nicht seiner Mutter. Mütter können mit dieser Berufswahl oft wenig anfangen.“

Da sagte er: „Apropos. Gestern hat sie mir noch geschrieben, dass sie tatsächlich Töpfern auf Kreta ist. Wörtlich: ‚Bin Töpfern auf Kreta.‘ Nicht mehr, nicht weniger, nur die nackten Fakten.“

Ich schob ihm den Joint unten durch und sagte: „Genau, wie du es gesagt hast, genau deine Worte! Du kennst dich wirklich aus mit den Frauen!“

Damit wollte ich das Selbstvertrauen unter seinem Bademantel stärken.

„Irgendeine konkrete Zeitangabe, wann sie wieder zurückkommt?“, fragte ich, während ich mir selbst einen drehte.

„Nein, verdammte Scheiße, nein! Und wäre der Pizzafresser nicht, dann würde ich sagen: Bleib für immer! Aber wegen der Umstände habe ich ihr natürlich zurückgeschrieben, dass sie irgendwann auch mal wieder zu Hause auf der Matte stehen muss, so viele Zehner hab ich dann auch wieder nicht! Aber bei dem Pech, das ich habe, hängt sie sicher noch zwei Wochen Yoga dran!"

Ich verschluckte mich kurz, fing mich wieder, und kriegte gerade noch raus: „Yoga?"

Fragte mich, wie viele Frauen es denn eigentlich gab, die Yoga machten.

„Ja, Yoga!", schrie er. „Kennst du Yoga? Verdammt, diese Weiber machen einen wahnsinnig mit diesem scheiß Yoga. Meine Ex kann sogar die Krähe!"

Ich sagte: „Das ist gar nichts! Ich hab erst unlängst eine gesehen, die sogar die Schlafstellung des Yogi konnte. Weißt du, was das ist?"

„Klar, Alter! Sobald ich hier fertig bin, kann ich es dir zeigen, aber verdammte Scheiße, das hört ja überhaupt nicht mehr auf heute!"

„Witzig war", sagte ich, während ich langsam in einen guten Flow geriet, wie man ihn jedem Schüler nur wünschen konnte, „dass diese Yoga-Lady dabei in einer Umzugstasche lag, auf einer dreckigen Männerunterhose drauf, und tot war sie auch."

Der Duke verstummte keine Sekunde lang, als ich die Unterhose erwähnte, er lachte nur dreckig und meinte dann: „Wäre schön, wenn du von meiner Ex reden würdest, hähä! An der Schlafstellung des scheiß Yogi hat sie nämlich auch gearbeitet, jedenfalls lag sie immer mit den Füßen hinter dem Kopf und den Händen unterm Arsch herum, wenn ich zu ihr in die Praxis kam und was von ihr wollte, meistens einen Aufschub für die Alimentenzahlungen oder so was."

Ich fragte: „Was war die Botschaft?"

Und dachte daran, was die Biene zu dem Thema gesagt hatte, während ich den Duke reden hörte: „Die Botschaft war immer: Sieh her, was ich kann, das kannst du nicht! Aber die ist ja leider gerade Töpfern auf Kreta, also kann sie es nicht sein. Und jetzt gib mir mal Papier rein, hier ist nämlich keines mehr, oder soll ich's mir mit der Hand machen?"

Was man seinem schlimmsten Feind nicht wünscht: ein Übermaß an Ausscheidung, und dann kein Klopapier. Ich sagte: „Darin hast du ja sicher Übung, aber hier ist leider auch keines."

„Machst du Witze?"

Man muss nichts geraucht haben, um alles witzig zu finden, aber man findet es dann noch witziger, wenn einer beim Scheißen kein Papier hat. Wir waren richtig gut am Lachen, und ich trank noch ein bisschen aus dem Flachmann, um mir keine unnötigen Fragen stellen zu müssen, auf die ich keine Antworten haben wollte, als der Duke von innen die Tür aufmachte und mich mit heruntergelassener Hose wie ein Dackel anschaute. Er wollte es nun selbst erledigen, stand auf, kam herausgestiefelt, beugte sich unter das Waschbecken, wo er einen Kasten öffnete, und sagte: „Meistens ist es irgendwo da unten. Komm und hilf mir suchen!"

Als er da unten kniete, um nachzuschauen, wo Klopapier war, ging die Tür auf, und eine ältere Frau kam herein. Als sie den Duke sah, von hinten, mit allem Drum und Dran, was noch nicht weggewischt worden war, fasste sie sich ans Herz, weil sie dringend atmen wollte, aber nicht konnte, und sackte leblos über ihm zusammen. Während er unter ihr hervorkroch, sagte ich: „Siehst du. Es ist doch ein Damenklo."

***

Was für ein Tag!

Ich lenkte den Datsun in Richtung Heimat, parkte mich vor dem Quattro Stazzione ein und ging hinüber zu Jolanda ins Hard & Heavy, das nichts Hartes mehr hatte. Jolanda hatte sich dem Druck ergeben und eine Nichtraucher-Serbengulaschbude daraus gemacht, was nicht vorgesehen war im Plan des Lebens, mit dem entsprechenden Ergebnis: Die Penner standen nun vor der Tür und drückten ihre Zigarettenstummel in den Asphalt, und das Gulasch drinnen wurde kalt. Es gab keine Chance, sich in einer Wirtsstube, in der nicht geraucht werden durfte, noch irgendwie wohlzufühlen. Es gab sie nur noch, damit man durch sie hindurch aufs Klo gehen konnte

Trotzdem ging ich hin, denn Jolanda und ich waren befreundet, und man traf dort immer den einen oder anderen, dem es noch beschissener ging als einem selbst. Ich bestellte ein Großes gegen den Durst und ein Kleines zum Trinken, und ging damit hinaus, wo sie freundlicherweise ein kleines Stehtischchen mit einem Aschenbecher drauf hingestellt hatte. Darum herum standen all die Sozialhilfeempfänger, sodass es jetzt vor dem Hard & Heavy aussah wie vor dem Sozialamt. Ich genoss hier Hausrecht, also schob ich die Penner zur Seite, um wenigstens den Stehtisch und den Aschenbecher für mich alleine zu haben. Einer von den Sozialhilfeempfängern kam zurück und lehnte sich besoffen gegen meinen Tisch, er zeigte mir sein teures Telefon und wollte, dass ich ihm beim Eintippen von Sportwetten behilflich war. Ich trat ihn in den Arsch und sagte: „Verpiss dich!"

Man musste nicht völlig besoffen sein, um sich zu fragen, wie bescheuert das Leben mittlerweile war. Als er endlich weg war, kam der Nächste, mit seinen Zeitungen diesmal, und wollte Folgendes von mir: „Bitte kaufen, bitte, bitte!"

Und ich: „Nein, danke!"

„Bitte fünfzig Cent."

„Nein."

„Bitte."

„Verpiss dich!"

„Bitte geben."

„Nein."

„Bitte."

„Nein."

Man gab ja gerne, wenn man hatte, aber hatte man nichts, dann gab man auch nichts. Da fiel mir doch noch ein: „He! Kennst du den Toni? Ungefähr so groß wie du, schwarze Haare, dunkle Haut …"

Das war nicht besonders originell, die Beschreibung traf auf sie alle zu. Ich musste also ein bisschen ins Detail gehen und sagte: „Er trägt das gleiche Hemd wie ich, allerdings im dominierenden Farbton Rot."

Der Kerl musste richtig lachen: „Hemd ist echt scheiße, musst du mal gehen zu Arzt für Augen. Aber wenn du meinst die Toni, was heißt Köbölkö Toni, musse ich sage: Sicher kenn ich den! Alle kennen die Toni. Ist er Sohn von Chef."

Mit dem Wissen, das ich mir mittlerweile durch den Doc zu dem Thema angehäuft hatte, wollte ich schon sagen: „Vom abwesenden Chef, oder?"

Aber da fiel mir etwas anderes ein: „Hast du Köbölkö gesagt?“

„Sicher hab ich gesagt Köbölkö.“

„Klingt ungarisch.“

„Ist ungarisch.“

„Hm.“

Kratzte mich am Arsch, weil ich mir einbildete, dass ich den Namen schon mal in einem anderen Zusammenhang gehört hatte, oder zumindest einen ähnlichen. Aber es fiel mir gerade nicht ein, denn ich war zu müde für Einfälle.

Ich gab ihm fünfzig Cent für seine Info und einen Tritt in den Arsch, denn für heute würde ich sagen: Mir reicht's mit guten Gesprächen!

Ich wollte die Rollläden runterlassen wie die Buchhändlerin, da kam Fink vom *Schmetterling* auf einen Absacker vorbeigewackelt, mit der frischen Ausgabe seiner Stadtzeitung für Leser unterm Arm. Bei ihm war es gut, dass wir heraußen stehen mussten, denn er war ein Journalist der alten Schule, und so roch er auch. Er trug seit zwanzig Jahren das gleiche Sakko, ein kariertes mit Schulterpolstern, wie es Don Johnson früher getragen hat, was mich auf die Frage brachte: „Was gibt's Neues, Alter? Gibt's was Neues?“

Wenn er es nicht wusste, wer dann?

Er machte einen auf dramatisch und sagte: „Ich sollte eigentlich eine große Story über ‚Migrationsströme in der EU 2013‘ schreiben, hab aber grade eine ziemliche Blockade.“

Ich sagte: „Lass mich in Ruhe mit dem Scheiß.“

Mir schliefen immer gleich die Füße ein, wenn mich einer volllaberte mit seinen Problemen, und das war nicht gut, wenn man gerade irgendwo herumstand.

Aber Fink wollte die Chance trotzdem nützen und reden, weil er niemand anderen zum Reden hatte. Und ich war ja, wie gesagt, zum Mülleimer für alle geworden, die reden wollten, irgendwie musste man mir das mittlerweile anmerken, oder es machte ein entsprechendes Gerücht die Runde, und einer erzählte dem anderen davon. Also füllte auch Fink kräftig in mich hinein, und bald schliefen mir nicht nur die Füße ein, sondern ich hing als Ganzes im Halbschlaf gegen den Tisch gelehnt und konnte meine Äuglein nur noch schwer offen halten.

Dann wachte ich plötzlich auf, als er sagte: „Angeblich gibt es da oben an der Grenze eine Schlepperroute. Man möchte ja meinen, die kommen von unten aus dem Süden zu uns, aber man beobachtet halt in letzter Zeit, dass sie von oben aus dem Norden einfallen."

Ich sagte: „Meinst du mit ‚oben' den beschissenen Fernfahrerstrich?"

Er sagte: „Ja, aber ich würde nicht sagen beschissen. Insgesamt ist das keine schlechte Gegend, vor Kurzem hat dort das Sin City eröffnet. Also ich weiß das von meinen Recherchen über die Schlepperroute – nicht weil ich Konsument wäre."

„Natürlich."

Er wusste sogar, dass dieses Puff zu Teilen einem geheimnisvollen Rumänen gehörte und zu anderen einer gewissen geheimnisvollen Gräfin, die dort in der Gegend in einem finsteren Seitental ein Schloss mit richtig viel Wald drum herum haben musste.

„Sie hat sehr früh das geschäftliche Potenzial erkannt, das die abgelegene und unbeobachtete Lage im Eiskasten des Landes an der Fernfahrerroute hat", sagte er.

Und ich: „Mit Potenzial meinst du jetzt was genau?"

„In dem Wald, den sie besitzt, gibt es gehörig viel Holz, das sie nach Rumänien verkauft. Und wie man hört, kauft sie es dann wieder zurück."

Ich sagte: „Gute Idee eigentlich. Aber wo bleibt der scheiß Sinn?"

„Keine verdammte Ahnung. Auffällig ist, dass das Puff voll ist mit jungen rumänischen Nutten und das Land insgesamt voll mit jungen rumänischen Bettlern, von denen, wie du weißt, in letzter Zeit ein paar ermordet wurden."

Ich sagte: „Ja, ich weiß. Und du meinst, es gibt einen Zusammenhang zwischen Holzhandel und Nuttenimport?"

„Wie gesagt: Keine Ahnung, ich bin ja blockiert. Aber Kopf des ganzen verdammten In- und Exportwahnsinns scheint ein Rumäne mit seiner Firma ‚Lazarus In- und Export' zu sein. Lazarus, wie du weißt, ist eine biblische Figur, der Typ war mal tot, ist aber wiederauferstanden, deswegen heißt er in der Überlieferung auch ‚Der Auferstandene'."

Ich fragte: „Wurde er niedergeschossen?"

„Vor zweitausend Jahren gab es noch kein Schießpulver."

„Oh."

Gar nicht mal unwitzig, was Fink da erzählte. Ich begann innerlich mitzuschreiben und nahm mir fest vor, bei Gelegenheit Kainz davon zu erzählen. Der würde Augen machen, wenn ich ihm erzählte, dass die Einfallsroute für Flüchtlinge vielleicht nicht über den Süden, sondern über den Norden führte, und dass es sogar richtige Tote gab, die wiederauferstanden sind.

Dann fragte ich Fink: „Hört man auch, ob man in diesem Land vielleicht irgendwann mal wieder normal rauchen darf?"

Er überlegte: „Ich denke, nicht. Aber vielleicht wäre die Einführung eines totalen Rauchverbots eine Möglichkeit, die Flüchtlingsströme von uns fernzuhalten. Die meisten Flüchtlinge rauchen nämlich, weil sie gestresst und nervös sind."

Ich sagte: „Ich bin nicht gestresst und nervös, rauche aber trotzdem. Wir wollen da übrigens mal rauffahren in den Norden, weil Gutti sich einen leichten Sommerblouson im Outlet kaufen möchte, kommst du mit?"

Fink hatte aber nicht nur eine verdammte Schreibblockade, sondern auch Angst vor der Fremde, seit er in letzter Zeit immer öfter von Wildfremden auf seinen strengen Geruch angesprochen wurde.

„Können wir es nicht so machen: Wenn ihr da oben was erfährt, was meiner Story einen Kick geben könnte, sagt ihr es mir?"

„Natürlich."

„Versprochen?"

„Versprochen. Aber hör zu, wir kaufen dort oben auch Wunderwasser, hast du Interesse? Vielleicht hilft das Wunderwässerchen ja gegen deine scheiß Blockade?"

Ich zeigte ihm den Prospekt mit der Wunderwasser-Lady vorne drauf, und er sagte: „Sie hat stechende Augen, wie heißt sie denn?"

Ich sagte: „Renate."

„Wie noch?"

„Frau Renate. Einfach nur Frau Renate."

Er sagte: „Weißt du, was lustig ist? Angeblich heißt auch die, der das Puff gehört, Renate, und zwar auch einfach nur Frau Renate. – Nehmt ihr mir ein Fläschchen mit von dem Wasser?"

Seit ich fünfzig war und nicht mehr richtig nüchtern, aber auch nicht mehr richtig besoffen wurde, passierten mir immer mehr solcher lustiger Zufälle, ich sagte: „Natürlich nehmen wir dir was mit. Ist aber nicht ganz billig, der Scheiß, kostet 67 den halben Liter."

„Cent?"

„Euronen!"

„Aber Moment!", schrie er. „Es ist doch nur Wasser!"

„Da verstehst du etwas nicht ganz richtig", korrigierte ich ihn. „Es ist Wunderwasser!"

Natürlich war ich mit dem Wiederverkaufspreis ein wenig in die Höhe gegangen. „Buy low, sell high", wie mein Kumpel Lovegod in Bratislava immer sagte. Aber da Fink nicht mal Geld für ein neues Sakko hatte, meinte er: „Uuuhm, das ist ganz schön viel Geld. Wollen wir zusammenlegen?"

Und ich: „Siehst du, das wäre auch meine Idee gewesen."

***

Ich verzichtete auf die längst überfällige Dusche, schlüpfte in die Latschen und ging im gleichen Hemd hinaus. Lemmy? Der musste heute mal warten. Ich hatte nämlich Guttmann am Ohr, der verdammt aufgeregt klang, als er sagte: „Weißt du was …"

Ich fuhr im Datsun in Richtung Präsidium und latschte dort durch die Gänge zu Guttmann, der auffällig weit hinten saß, abgeschnitten von den anderen, als hätte er keine Freunde. Kaum hatte ich sein Büro betreten, fragte ich: „Darf man denn hier noch rauchen, seit du Krebs hast?"

Damit wollte ich einen Rest Würde bewahren, bevor

er mich völlig fertigmachen konnte, denn das war ohne Zweifel seine Absicht. Er sagte: „Setz dich!"

Er klang streng und angepisst wie eine alte Direktorin, und schaute mich auch so streng und angespisst wie eine an. Er schob mir zunächst die aktuelle *Gosse* herüber und dann die *Posse* – die beiden Drecksblätter hatten Folgendes zu berichten:

BELIEBTE DIREKTORIN IM KOMA!
bzw.
ANSCHLAG AUF BELIEBTE DIREKTORIN!

Und dann fragte er: „Was sagst du jetzt?"

Mir fiel nichts anderes ein als: „Oh."

Er zog die beiden Blätter wieder zu sich hinüber und sagte: „Du musst wissen, ich hatte heute früh eine Abordnung des Elternvereins dieser Schule bei mir zu Besuch, die war schlimmer als Krebs. Die haben mir brühwarm erzählt, dass diese Direktorin in der Schule irgendetwas verbieten wollte, was dort nicht allen gefiel, eine gewisse Neigungsgruppe, frag mich jetzt nicht, wie noch."

„Volkslied?"

„Genau!"

Ich sagte: „Wichtig ist doch, dass die Direktorin noch lebt."

„Mit Betonung auf ‚noch'. Die Lady war überraschend beliebt bei ihren Schülern, außer bei einer gewissen rechtslastigen Minderheit, die keine Ausländer an der Schule haben will, kannst du dir so was vorstellen? Fangen die auch schon an mit dem Scheiß! Und jetzt habe ich diese Guteltern am Arsch, die das, was du hier auf diesen beiden Zeitungen siehst, als Mordversuch mit rechtsextremem

Hintergrund untersucht haben möchten, unter ihnen eine fette Buchhändlerin. Das eine sag ich dir: Ich hasse diese Eltern!"

Da waren wir uns einig: „Ich auch."

„Mordversuche mit rechtsextremem Hintergrund", sagte er, „gibt es in diesem scheiß Land so viele, dass mich das nicht weiter interessieren würde. Was allerdings gegen einen Mordversuch mit rechtsextremem Hintergrund an der Direktorin spricht, ist das" – Gutti schlug die *Gosse* jetzt auf und tippte mit dem Finger auf ein paar verwackelte Fotos: „Es gibt Videoüberwachungsaufnahmen, auf denen zwei Idioten zu sehen sind, die auf einem Damenscheißhaus normalerweise nichts zu suchen haben, auch wenn der eine von den beiden einen Bademantel trägt und wie ein verdammtes Weib aussieht. Frag mich nicht, was die beiden Idioten in Bademantel und Hawaiihemd auf dem Damenscheißhaus einer Schule getrieben haben."

Ich sagte, schon recht leise: „Frag mich bitte auch nicht."

Gutti schaute mich nun noch strenger an, fast schon wie eine Mutter, die einen beim Wichsen überrascht hat. Aber ich erwiderte seinen Blick nicht, sondern schaute lieber zu Boden, während er weiterredete: „Der andere trägt übrigens ein Hawaiihemd, siehst du? – Siehst du?! Leider sind die Fotos in Schwarzweiß, sodass man nicht sehen kann, was der dominierende Farbton von diesem scheiß Hemd ist, aber ich würde mal sagen: türkis."

Dabei deutete er auf mein Hemd, das ich nun schon einige Tage durchgehend trug, aber noch immer hatten nicht alle verstanden, dass es grün war und nicht türkis.

„Könnten Fotos riechen", sagte Gutti weiter, „würde man das Hemd wahrscheinlich am Gestank erkennen.

Und apropos Gestank. Gott sei Dank fanden wir Kotspuren von einem der beiden Schweine am Kleid der Direktorin, leider nicht in Schwarzweiß, und ‚Gott sei Dank' natürlich unter Anführungszeichen. Das sind nämlich ganz schön schlimme Kotspuren, wenn ich offen mit dir darüber reden darf, was sagst du dazu?"

Ich sagte: „Vielleicht bald nichts mehr ohne meinen Anwalt."

„Früher oder später werden wir diese verdammten Dreckschweine also auf jeden Fall an den Eiern kriegen, wir müssen nur die Scheiße von allen in diesem Land, die Hawaiihemden tragen, einsammeln und sie mit der auf dem Kleid von der Alten vergleichen."

Ich fragte: „Und die von denen, die Bademäntel tragen, wollt ihr nicht einsammeln?"

Guttmann drosch die *Gosse* nun auf den Schreibtisch und schrie mich an: „Herrgott noch einmal, was hast du dort gemacht? Und wer ist dieser verrückte andere?"

Nach dem Pornoheftchen am Tatort des ermordeten Schmalzkopfes war das nun schon die zweite unerfreuliche Begebenheit in Zusammenhang mit mir, und ich versuchte auch diese, so gut es ging, zu erklären: „Ein Klient von mir, der einen Schweinekramladen im 8. Bezirk betreibt und wegen seinem Sohn, der dort in die Schule geht, einen Termin bei der Direktorin hatte, ich sollte ihn dorthin begleiten. Aber weil er ständig pissen muss, ging er vorher noch schnell aufs Klo, allerdings leider aufs Damenklo. Und dann musste er groß statt klein, und zwar richtig groß, und richtig lange. Und du weißt ja, wenn eins zum anderen kommt …"

Nun erzählte ich mehr, als Guttmann eigentlich wissen wollte. Er winkte ab und sagte: „Jaja, ich weiß."

Jetzt war aber ich noch nicht fertig: „Er hatte kein Klopapier, brauchte jedoch dringend welches. Da kam die Alte rein und sah ihn, wie er die Hose unten hatte, als er sich gerade zwischen meinen Beinen nach Klopapier bückte. Ich schaute nämlich gerade mein Gesicht im Spiegel an, das, wie du weißt, auch schon besser aussah. Es war irgendwie … wie soll ich sagen … es war ein verdammtes Unglück."

„Okay", sagte Guttmann. „Okay, okay. Okay! Aber jetzt sag mir mal, wie du aus diesem Schlamassel wieder rauskommst, ohne dass ich euch zwei Idioten wegen versuchten Totschlags verhaften muss?"

Langsam wurde mir das alles ein bisschen zu viel, und was sonst gar nicht meine Art war, ergriff nun von mir Besitz: der dringende Wunsch, einfach zu verschwinden. Ich wollte mir nur noch eine Decke über die Ohren ziehen und alles um mich herum vergessen. Oder noch besser: zwischen die Schenkel meiner Zigeunermutti kriechen, und zwar richtig tief hinein. Zurück an den Anfang. Also fragte ich Gutti kleinlaut: „Habt ihr noch Kontakt zu der Zigeunerin, unter der ihr mich gefunden habt?"

Er sagte: „Im Moment nicht."

„Das ist schade."

Ich überlegte, und dann fiel mir ein: „Ich könnte dich hinauf ins Outlet bringen. Wir kaufen dort ein paar schöne Blousons für dich, und du lässt einfach Gras über die Sache wachsen, im Gegenzug. Was meinst du?"

Er aber winkte ab und sagte: „Scheiß auf neue Blousons! Der hier tut es eigentlich noch locker ein Jahr lang!"

So positiv sah ich die Sache mit meinen Hemden auch.

„Dann willst du vielleicht dort oben ins Puff gehen? Ich lade dich ein."

Gutti war nämlich ein leidenschaftlicher und talentierter Puffgänger, und was das betraf, schämte er sich nicht einmal dafür. In seiner realistischen Selbsteinschätzung ging bei ihm ohne Bezahlen nichts mehr, jedenfalls nicht in der Qualitätsklasse, die ihm vorschwebte. Denn auch wenn er selbst herumlief wie Onkel Fritz auf dem Weg in die 60er-Jahre-Sommerfrische, wusste er genau, was er von den Ladys wollte: Blond und hellhäutig mussten sie sein mit hohen Wangenknochen, Typ: ukrainische Erntehelferin. Alles, was von südlich des Wörthersees kam, machte seiner Meinung nach nur Probleme, und Orientalinnen lehnte er sowieso rundheraus ab.

Aber diesmal interessierten ihn die Huren nicht, er rieb sich nur den schmerzenden Nacken und sagte: „Scheiß vor allem und insbesondere aufs Puff! Ich muss endlich an meine Karriere denken und hier ein paar Fälle klären, bevor ich krepiere."

Das war ein sicheres Zeichen, dass es ihm richtig schlecht ging, wenn er nicht einmal mehr ins Puff wollte.

Ich musste also die letzte Waffe auspacken – ich zog den Prospekt von dem Wunderwasser aus meiner Brusttasche. Dabei bot ich ihm an, das Nützliche mit dem noch Nützlicheren zu verbinden: „Da oben im Norden gibt es auch heilendes Wunderwasser zu kaufen, wie du siehst. Wenn du dich damit einreibst, geht sogar dein Krebs da hinten weg, versprochen. Und hör zu: Fink vom *Schmetterling* meint, dass dort oben im Norden auch das Einfallstor für die Flüchtlinge ist, nach dem ihr schon so lange sucht, und nicht unten im Süden, wie Kainz immer sagt. Außerdem gibt's dort oben einen, den sie ‚Der Auferstandene' nennen, weil er Lazarus und irgendwie noch heißt. Also wäre das vielleicht sogar für

Kainz eine Reise wert, wenn ihr dort oben das Rätsel lösen könntet …“

Guttmann fragte: „Was meinst du jetzt genau mit Norden? Schweden?“

Ich sagte: „Ich meine den Fernfahrerstrich oben an der Grenze.“

Guttmann überlegte, und dann sagte er: „Ist vielleicht ganz gut, wenn du ein, zwei Tage aus der Stadt verschwindest. Sonst findet dich am Ende diese fette Buchhändlerin, und dann kann ich dir auch nicht mehr helfen.“

Dann drehte er sich um und schrie bei der Tür hinaus: „Kainz! Dienstfahrt!“

Und ich: „Was denn, jetzt gleich?“

***

Schon saßen wir in meinem Datsun und cruisten hinauf Richtung Norden, dorthin, wo Bäume wachsen und es finstere, unzugängliche Täler gibt. Du meine Güte, wie ich Bäume hasste! Und unzugängliche, finstere Täler!

Bald reihte sich eine „Grosny Creditsky“-Filiale an die andere, dazwischen lagen Wettbüros und Matratzengeschäfte. Ich wollte das alles nicht, aber andererseits: Was soll's!

Ich kippte ein paar Becher Russenschnaps und die Welt sah schon viel besser aus. Dort oben gab es relativ nette Stundenhotels, in denen man sich normalerweise die Feiertage um die Ohren schlagen konnte. Man traf dort auch nette Typen in netten Bars und nette Mädels in netten Tanzclubs. Und irgendwann wachte man irgendwo mit gebrochener Nase wieder auf, was dann manchmal nicht so nett war, aber man hatte davor zumindest gut geschlafen.

Der verdammte Fernfahrerstrich da oben mit all den vierzehnjährigen Mädchen, die auf Dreizehn-Zentimeter-Absätzen ihre vierzig Kilos anboten, hatte sich zu einem beliebten Ausflugsziel gemausert, und wie mein Brotha Lovegod sagte, gab es dort auch jede Menge billiges Meth. Wenn man also etwas sagen konnte über die heutigen Zeiten, dann vielleicht, dass sie immer verrückter wurden.

Ich richtete den Rückspiegel, wobei ich den rechten Arm heben musste, was bei Guttmann etwas auslöste. Er fragte: „Verdammt, kannst du das Auto mal in die Reinigung bringen? Oder bist das du? Heilige Scheiße, lass bitte die Hände am Lenkrad und heb bloß nicht den Arm!"

Ich war für einen Themenwechsel und fragte: „Glaubt ihr, es gibt dort oben Wölfe?"

Kainz konnte mir die Angst vor den Wölfen nehmen: „Das ist Rotwildgebiet, dort gibt's keine Wölfe."

Abwechslung ist das Salz des Lebens, und Rotwild hatte ich schon lange keines mehr gesehen. Also drückte ich aufs Gas, während Kainz vom Wald erzählte. Frische Landluft und hohe Tannen machten ihn glücklich, was man ihm auch anmerkte. Das Unglück seines Lebens war, dass er irgendwann in die Stadt gegangen war, nachdem er sich davor als Waldgendarm versuchte. Für uns erinnerte er sich noch einmal an die guten alten Zeiten: „Rasende Autofahrer, Wirtshausschlägereien, Schmiergeldzahlungen an korrupte Bürgermeister, vergrabene Leichen im Wald, vergrabenes Geld im Wald. Messerstechereien …"

Ich fragte: „Im Wald?"

„Überall! Dazu Ehestreitigkeiten und Weihnachtsabende, an denen ganze Familien ausgelöscht wurden – es war, wie soll ich sagen, übersichtlich und schön."

„Hattest du auch einen Gummiknüppel?“

„Ja sicher.“

„Geile Scheiße.“

Je weiter wir hinaufkamen in Richtung Norden, desto seltsamer wurde es dort: wie Schwarzweiß-Fernsehen, in das man nicht einmal mit sehr guten Rauchwaren Farbe hineinkriegen konnte. Trotzdem taten wir unser Bestes.

Ich parkte meinen Wagen schließlich vor dem Club Skandalös, für den wir noch Gutscheine hatten. Aber Guttmann ging lieber hinüber ins Blouson-Outlet, und Kainz sollte drüben im Titti-Fucker anfangen zu recherchieren, ob man dort vielleicht etwas von einer „Einfallsroute für Flüchtlinge aus dem Norden“ gehört hatte. Wir gaben ihm aber genügend Zeit, um sich nebenher auch ein wenig zu entspannen, allerdings ohne Gutscheine. In zwei Stunden würden wir uns alle wieder beim Wagen treffen.

Ich selbst nahm mir nur vor: schlafen!

Und ging hinüber zum Sin City, für das ich auch noch Gutscheine hatte und das meine Aufmerksamkeit mit einem leuchtenden Schild auf sich zog, auf dem „Neueröffnung!“ stand. In meinem Alter darf man solche Gutscheine nicht wahllos verschwenden, man muss sie je nach Bedarf gezielt einsetzen. Mittlerweile war ich so gerädert von dem Wahnsinn um mich herum und dem tagelangen Schlafdefizit, dass ich aufpassen musste, nicht durchzudrehen. Zu viele schräge Erlebnisse in letzter Zeit, und zu viele Überraschungen: Wer hätte gedacht, dass eine Yoga-Lady auf einer Unterhose gefunden würde, gerade, als mich ein Typ verpflichtete, der genau die gleichen Unterhosen trägt, aber eben nicht dieselben? Ich nicht! Und dass der Typ ausgerechnet dann keine Unterhose anhat, als diese Direktorin aufs Damenklo kommt? – Ich nicht! Ganz zu schweigen davon, dass ich nicht damit rechnen konnte, überhaupt jemals wieder eine Schule zu betreten.

Ich wollte jetzt nur noch eine scharfe, gerne auch etwas stärkere Nutte, in deren Armen ich sofort einschlafen und alles um mich herum vergessen konnte, sobald ich mit ihr in einem richtig großen, richtig weichen Wasserbett lag. Und nach zwei Stunden sollte sie mich wieder aufwecken, am besten mit einem leise ins Ohr gehauchten „Gugugugugu".

Das war mein Plan.

Aber der Fernfahrerstrich zog außer mir manch andere schräge Vögel an, denen auch alles zu viel wurde. Solche aus ganz weit östlich, die noch nie eine Muschi gesehen oder noch nie ein gutes Bier getrunken hatten. Wenn die mal hier einen Halt einlegten, konnte das für sie lebensverändernd sein. Kannten sie eine Nutte, wollten sie gleich alle kennen; hatten sie ein Bier gesoffen, wollten sie bestimmt nie wieder Tee. Manche warfen den Gebetsteppich einfach weg und übersiedelten für immer ins Hey Gay!, einen Laden für schwule Fernfahrer, nachdem sie ihre „andere Seite" entdeckt hatten. Andere probierten alle Nutten durch, wie bei der Fleischtheke, und waren erst recht mit keiner zufrieden, weil irgendwie der Kümmel fehlte.

Und wieder andere standen zufrieden vor dem Sin City in der Gegend herum und hielten ihr volles, schwarzes Haar und ihre buschigen, schwarzen Augenbrauen den Strahlen der Sonne entgegen, die man aber hinter der durchgehend grauen Wolkendecke nicht sehen konnte. So wie der eine, der sich da vor den Eingang hingestellt hatte wie ein Marktschreier und plötzlich nach mir rief, und zwar so laut, dass sich alle nach mir umdrehten: „He, Rock! Bist du hier, um deine Gutscheine einzulösen?“

Ich hatte meine Sehwerkzeuge durch das viele Schauen beim Duke ein wenig verschlissen und musste sie erst wieder auf scharf stellen: Endlich sah ich helle Wildlederschuhe, die mir bekannt vorkamen, und einen Trenchcoat, der farblich genau dazupasste, und der mir auch bekannt vorkam. Nur das braune Gesicht, das ich auch von irgendwoher kannte, das aber bisher von blonden Haaren eingerahmt war, nun aber von astrein schwarzem Gestrüpp, ließ mich kurz zögern, ob es wirklich der war, von dem ich glaubte, dass er es war. Ich nahm einen kräftigen Schluck aus der mitgebrachten Flasche und schrie zurück: „Doc! Ich meine: Ku! Bist du das? Du siehst ja aus wie ein verdammter Zigeuner! Also im Gesicht, meine ich, nicht von der Kleidung her.“

Und zwar so laut, dass es alle hören konnten.

Ku lächelte sanft und nachsichtig und schrie zurück: „Weißt du was? Genau das bin ich, ein verdammter Zigeuner. Und das ist auch gut so!“

Ich ging zu ihm hin und wir schüttelten einander die Hände, und schon erzählte er mir fröhlich, dass er gerade vorhin einen kurzen Frisörbesuch bei Frau Erika neben dem Bikers Inn eingelegt hatte, was ihn keine fünf Euro gekostet hatte. Während diesem Besuch hatte er sich „alle Produkte“, wie er das Zeug nannte, das ihn all die Jahrzehnte zuvor wie eine sehr blonde ukrainische Nutte aussehen ließ, aus seinen Haaren und Augenbrauen entfernen lassen. Und so wie er dabei strahlte, schien er nun endlich mit sich im Reinen zu sein. Er sah aus wie eine zufriedene alte Töpferin auf Kreta: endlich in der verdammten Mitte von sich selbst angekommen, wie man das wohl nennt. Ich fragte: „Und deswegen bist du hier? Ehrlich? Ich möchte nämlich keine Überraschungen mehr mit dir erleben, von denen hab ich langsam genug."

Er sagte: „Na gut, nur noch eine einzige ..."

„Okay, eine letzte. Schieß los!"

„Ich bin mit dem Toni hier."

Diese Überraschung war gelungen.

„Du musst entschuldigen, dass er heute nicht zur Arbeit gekommen ist. Aber sein ehedem abwesender Vater hat ihn hier heraufbestellt, um ihm vorübergehend die Familiengeschäfte zu übertragen. Ihm gehört nämlich die Hälfte vom Sin City."

Schon wieder eine Überraschung.

„Der Vater vom Toni ist also der, von dem du immer die Gutscheine für das Sin City kriegst?"

„Na ja, um genau zu sein, ist er sogar ein entfernter Verwandter von mir, wir sind Großcousins."

Ich sagte: „Dann hast du doch sicher noch mehr Gutscheine?"

Er gab mir noch ein paar, und ich steckte sie mir in die Brusttasche, bevor ich ihn tadeln musste: „Das waren jetzt aber insgesamt drei Überraschungen!"

Ku breitete seinen Trenchcoat vor den Stufen zum Sin City aus, als wäre es sein Zuhause. Wir setzten uns drauf, und die anatolischen Stiefelknechte, die ins Puff hineinwollten oder gerade aus dem Puff herauskamen, stiegen über uns hinweg, als wären wir ihre Fußabstreifer. Der Doc brauchte aber nur mit den Fingern zu schnippen, und schon lenkten ein paar Bodyguards den Besucherstrom mit ein paar kräftigen Arschtritten an uns vorbei. Ich war beeindruckt und sagte: „Ich bin beeindruckt."

Dann sortierte ich mich ein wenig und dachte daran, wie Ku hieß, bevor er Doc genannt werden wollte. Und dann dachte ich daran, wie der Toni mit Nachnamen hieß, jedenfalls laut Info des Zeitungsverkäufers vor dem Hard & Heavy. Ich schüttelte all diese Gedanken ein wenig durch in meinem Oberstübchen, dann klingelte es schön langsam, und ich sagte: „Vielleicht hast du ja noch eine Überraschung für mich auf Lager und du heißt gar nicht Kubelka, sondern Köbölkö?"

Er stritt es gar nicht erst ab, sondern breitete seinen Familienstammbaum vor mir aus: „Früher hieß ich tatsächlich Köbölkö, aber du musst verstehen: Keine frustrierte Vegetarierin Mitte vierzig kommt zu einem Psychotherapeuten namens Köbölkö in die Praxis und klagt ihm ihr sexuelles Leid, also musste ich meinen Namen ändern. Natürlich sind wir nach wie vor alle irgendwie miteinander verwandt, und vielleicht hätte ich dir das auch früher sagen sollen, aber ich wollte nicht, dass du den Toni anstellst, nur weil er mit mir verwandt ist."

„Und auch nicht, weil er Zigeuner ist, nehme ich an."

„Natürlich nicht, das wäre diskriminierend."

„Warum also dann?"

Er sagte: „Mein EU-Subventionsbetrugmodell für ‚Gipsies on Couch' funktioniert nur, wenn ich denen in Brüssel reguläre Arbeitsverhältnisse für meine Klienten vorlegen kann. Ich brauchte also Arbeitnehmer – die ich mit Leichtigkeit unter meinen Verwandten fand. Und ich brauchte Arbeitgeber – die aber gar nicht so leicht zu finden sind, weil ihr fremdenfeindlichen Idioten ja keine Zigeuner einstellt. Falls du dich also ein wenig missbraucht fühlst, entschuldige ich mich im Nachhinein dafür, ich hätte dir das vielleicht früher sagen sollen."

Ich fühlte mich tatsächlich ein wenig missbraucht und wollte ihm auch sofort eine reinhauen, war aber zu schwach dafür, also sagte ich nur: „Hast du was zu zwitschern?“

Wenig überraschend hatte er richtig gute Schottische Brühe dabei. Ich kippte einen Schluck, spürte sofort die wohlige Wärme in mir aufsteigen, und schon bald ging es mir wieder so gut, dass ich mich zu fragen traute, ob sein Großcousin, dem die Hälfte vom Sin City gehörte, vielleicht sogar einen gewissen Lazarus den Auferstandenen aus Rumänien an der Grenze zu Ungarn kannte, der im Holz-Ein- und -Verkauf tätig war und von dem man munkelte, dass er nebenher auch Menschenschmuggel betrieb.

„Weißt du was“, sagte er, „mein Großcousin kennt diesen Lazarus nicht nur, er ist dieser Lazarus!“

Ich hatte es mir fast schon gedacht.

„Und er heißt auch Köbölkö?“, fragte ich. „Lazarus Köbölkö, der Auferstandene?“

„Richtig. Aber er ist nicht im Menschenschmuggel tätig, dafür lege ich meine Hand ins Feuer!“

„Das wäre meiner Meinung nach eine Überraschung, wenn das stimmen würde. Sagst du mir noch, wofür er das ganze Holz einkauft und wieder zurückverkauft?“

„Aber du darfst niemandem davon erzählen.“

„Versprochen.“

„Es geht um Geldwäsche, mein Lieber. Die illegalen Gewinne aus dem Sin City werden über den Holzhandel in den legalen Geldkreislauf eingespeist.“

Ich war beinahe ein wenig enttäuscht und sagte: „Das ist alles?“ Mit solchen Informationen würde ich Fink nicht zum Hüpfen bringen, wenn ich ihm davon erzählte.

Aber Ku sagte: „Nicht ganz. Wie so oft beim Holzhandel, sind sich Ein- und Verkäufer näher gekommen, als dies geplant war, und zwar an einer Quelle mitten im Wald."

Ich sagte: „An einer Quelle? Wie romantisch!"

„Ja, Großcousin Lazarus will die Waldbesitzerin sogar heiraten. Ob Zigeunerhochzeit mit Zigeunermusik oder heimische Hochzeit mit Tracht und Volksmusik, soll bald entschieden werden."

Ich sagte: „Mir ist beides recht."

„Der Toni soll während der geplanten Hochzeitsreise die Geschäfte führen. Deswegen hat ihn sein Papa vor einer Stunde mit einem Mercedes hier abgeholt."

„Hat er ihn denn mit einem alten Mercedes abgeholt?"

„Mit einem nigelnagelneuen schwarzen SUV. Siehst du, da drüben steht übrigens meiner."

Wir gurgelten den Rest von seinem guten Zeug. Und dann schauten wir beide dorthin, wo sein Benz stand, am Rande des Puffparkplatzes nämlich, auf den nun ein ziemlich großer LKW zufuhr mit ziemlich viel Holz drauf und mit ziemlich überhöhter Geschwindigkeit. Gerade wollte ich Ku noch eine Wette anbieten, dass sich das nie und nimmer ausgehen wird, da kippte der LKW schon auf seinen Wagen drauf und begrub ihn unter sich.

Ich kicherte, genau das hatte ich mir heimlich gewünscht!

Aber Ku wackelte nicht einmal mit den Ohren, also fragte ich: „Dein Angeberwagen ist dir wohl scheißegal?"

„Scheißegal vielleicht nicht gerade. Aber ich bin ziemlich sicher auch einer der ersten Zigeuner mit Vollkaskoversicherung. Für einen Zigeuner bin ich relativ gut aufgestellt, und das nicht nur im Vergleich zu dir."

Nun war es Zeit, dass ich das Problem mit seinen Zahnzwischenräumen löste. Ich schlug ihm mitten in seine Schmalzkopfvisage hinein und schrie: „Du hörst jetzt endlich auf mit dem Scheiß, okay!“

„Dann entschuldige dich endlich, dass du mir ständig mit den dümmsten und widerwärtigsten Vorurteilen begegnest!“, schrie er zurück.

Ich war alt und besoffen genug, um selber zu wissen, dass ich ein Problem mit Vorurteilen hatte, aber natürlich: Als Mann, als richtiger Mann, spricht man eine Entschuldigung nicht einfach so offen aus. Ich wand mich darum herum und drückte mich davor, schließlich war ich gerade fünfzig geworden, und ich hatte mich in dieser ganzen langen Zeit nie für etwas entschuldigt.

Andererseits musste ich auch fünfzig werden, um mich in den Armen einer Buchhändlerin und unter dem Kittel einer streng riechenden Zigeunermutti wohlzufühlen. Es gibt für alles ein erstes Mal, also presste ich es endlich aus mir heraus: „Enpfgnpung.“

Ku umarmte mich, und – du lieber Himmel! – ich ließ es zu. Vielleicht war ich ja wirklich gerade dabei, mich in ein völlig neues Tier zu verwandeln. Aber dann löste ich seine Umarmung rechtzeitig, bevor ich mich auch in seinen Armen wohlzufühlen begann, und sagte: „Verdammt, was ist denn das?“

Ich beobachtete gerade, wie sich das viele Holz vom Lastwagen nicht nur über den ganzen Parkplatz und die Autos der Parkenden verteilte, sondern wie dabei auch ein Container herunterkippte, der sich unter dem Holz befunden hatte.

Nun lag er am Asphalt, nachdem er sich ein paar Mal überschlagen hatte, und blieb mit aufgebrochener Tür liegen. Heraus stiegen ein paar zerknautschte, bärtige und blutende Gestalten, denen aber keiner hier helfen wollte, weil sie wie Ausländer aussahen. Nur die jungen, gut aussehenden Mädels schleppten die beiden Schläger vom Sin City sofort zu ihrem neuen Arbeitsplatz, was mich dann doch die Frage an den Doc richten ließ: „Bist du dir wirklich sicher, dass dein Großcousin nichts mit Menschenschmuggel zu tun hat?“

***

Wir gingen zu meinem guten alten Japaner zurück, den es in Schwarz gar nicht gab, nur in Mintgrün. Dort wartete schon Guttmann in seinem neuen, schicken Blouson auf mich, und als er Kubelka neben mir sah, wollte er wissen: „Wer ist er?“

Der erklärte es ihm, so gut es halt ging, und dann fragte Guttmann besorgt, ob wir jetzt nicht zur Quelle fahren würden, weil Kubelka auch sagte, dass er mit uns nach Hause fahren wollte. Aber ich konnte ihn beruhigen und sagte wie eine gute Mutter: „Wir fahren auf jeden Fall zur Quelle.“

Ich machte Tempo, denn ich wollte dann echt mal schlafen. Verteilte ein paar Joints an die Mitreisenden und fragte, wo denn diese scheiß Quelle ihrer Meinung nach überhaupt war. Guttmann tippte mal: Osten, und er wusste auch, wo ungefähr Osten war. Als wir alle dort hinschauten, nach Osten, sahen wir irgendwo in der Ferne, inmitten von dem ganzen beschissenen grünschwarzen Nichts, einen sehr schmalen, neckisch hoch aufragenden Berg. Und links und rechts davon zwei niedrigere, dickere, mit stacheligen Bäumen dran, und ich sagte sofort: „Sieht aus wie ein Sack-Schwanz-Gedeck, was meint ihr?“

Wir fingen an zu kichern, wie ein kalter Motor, der langsam auf Touren kommt. Dabei holten wir ein paar Rauchwarenrückstände aus den Lungen heraus, spuckten sie aus und machten dadurch Platz für neue. Wir pissten uns fast an vor Lachen, und alle sagten immer wieder: „Wie ein Sack-Schwanz-Gedeck, hihi!"

Der Joints wirkten nämlich langsam und wärmten uns ein bisschen, aber die Kälte wirkte natürlich auch und kühlte uns wieder ab. Also zitterten wir alle, rieben uns die Hände, traten auf den Füßen herum und drehten uns im Kreis.

Als ich schon fast schwindelig war, sah ich, dass da schon länger einer neben uns stand. Der Typ trug ein grünes Mäntelchen, dazu Knickerbocker, Bergschuhe und Stutzen. Ich schob es auf meine Kreislaufschwäche und auf den Rauch, dass mir nicht sofort einfiel, wo und wann ich so was Beschissenes schon mal gesehen hatte. Dann fiel es mir ein: Natürlich! Im Prospekt des Polizeischülers Stumper! Du lieber Himmel, dachte ich, schwappt der Trend aus der Stadt schon aufs Land über? – Falsch! Hier laufen alle so herum und sehen aus wie dieses rotbackige, blonde Landei mit Seitenscheitel unter einem schief sitzenden Trachtenhut, den er obendrein noch tief ins Gesicht gezogen hatte. Er war im selben Alter wie der Duke, aber ein ganz anderer Typ, und als ich schon dachte, der kann sicher nicht reden, sagte er plötzlich: „Osten ist übrigens da drüben."

Und deutete dabei in die genau andere Richtung, wo eine seltsam schwarze, gleichzeitig grüne, seltsam entfernte und gleichzeitig nahe, vor Feuchtigkeit triefende Landschaft ruhte.

Jetzt, wo es zu dämmern anfing, fiel mir auf, fiel uns allen auf, dass dieses Tal dort drüben aussah wie eine faltige, alles verschlingende Spalte zwischen zwei dicken Schenkelbergen, die der Volksmund wohl Waldrücken nannte und die mit stacheligen Haaren bewachsen waren, die Baumstämme hießen. Wie ganz schlecht rasiert! Ich lachte, zitterte aber auch vor Ekel, denn dieser Teil machte mir ein wenig Angst. Es war vielleicht sogar die erste Mumu, in die ich nicht unbedingt sofort hineinwollte, sie sah nämlich richtig finster und richtig stark bemoost aus.

„War ja irgendwie klar!", sagte ich, „dass die Quelle zwischen diesen Schenkeln liegt und nicht drüben beim Sack-Schwanz-Gedeck!" Als ich Guttmann deswegen streng anschaute, schämte er sich auch ein bisschen dafür, dass er uns in die falsche Richtung schicken wollte. Und dass er endlich mal die Himmelsrichtungen lernen musste, darüber brauchten wir nicht zu diskutieren. Nur der Typ in den festen Schuhen wollte weiter in Guttis Wunden bohren, er sagte: „Ich weiß jedenfalls, wo diese Quelle ist, Magnum."

Und mit „Magnum" meinte er mich.

Er hatte wohl zu viel ferngeschaut in seinem Leben und dachte, dass jeder, der ein Hawaiihemd zu einem dicken Schnauzer trägt, auch Magnum heißen und Privatdetektiv sein müsse. Immerhin – mit Privatdetektiv lag er nicht ganz falsch. Ich wollte ihm gerade einen Tritt in den Arsch geben, da fing er an zu weinen und sagte: „Mutti hat mir versprochen, dass sie mich abholt, aber sie hat mich nicht abgeholt."

Ich dachte: in einem Mercedes?, sagte es aber nicht, denn Kubelka mischte sich ein und machte einen auf

Mutter Teresa: „Und jetzt musst du zu Fuß da rein in dieses Tal, das wie eine glitschige, alles verschlingende Vagina aussieht?"

Der Typ schnäuzte Rotz in ein weißes Taschentuch und sagte: „Ja."

Ich drehte mir einen weiteren Joint, weil es ohne einfach nicht mehr ging. Dabei schaute ich mir den Kerl etwas genauer an, von oben nach unten, von vorne, hinten und von der Seite. Und was mich dann ein bisschen an ihm störte, und warum ich dringend noch einen Schluck zum Gurgeln brauchte, war, dass in der rechten Außentasche seiner Knickerbockerhose der hornige Griff eines Jagdmessers zu sehen war und er mit einer Umzugstasche unterwegs war, die richtig übel nach Unterhosen roch. War auch er unterwegs zu Mutti, um sie waschen zu lassen? – Und das Messer?

Mir kamen ein paar üble Gedanken, von denen der am wenigsten üble war, dass er bald mit Toni die Brautjungfer spielen würde, falls seine Mutter Renate hieß. Wundern würde es mich nicht, denn mich wunderte schon lange nichts mehr, seit ich zwischen den Schenkeln meiner Zigeunerin hervorgekrochen war. Aber ich behielt meinen Gedankencocktail für mich, denn Guttmann war gerade so glücklich mit seinem neuen Blouson, und Kubelka war noch glücklicher mit seiner neuen Identität. Und Kainz, der nun auch zu uns stieß? Der war mir scheißegal. Aber auch sein Glück, sollte er eines haben, wollte ich nicht mit meinen Überlegungen trüben. Lieber gar nichts sagen. Lieber den Joint über die Zunge gleiten lassen und ihn noch ein paar Mal in meinen Fingern drehen, bevor ich zu ihm sagte: „Hüpf rein!"

Ich fühlte mich bereit für den Showdown.

***

Das war der gute alte Rock'n'Roll – Wenn du nicht zu Hause bleibst in deinem Zimmer, kann dir wirklich alles passieren.

Wir saßen nun also zu fünft in meinem Wagen, der für zwei zugelassen war, und fuhren zwischen die dicht behaarten Schenkel hinein. Der Zigeuner neben mir auf dem Beifahrersitz feilte sich die Fingernägel. Der Bulle hinter mir rieb sich die Beule im Nacken. Kainz knüllte seine Zettel zusammen, auf denen er sich Notizen zu seinen Nachforschungen gemacht hatte. Und der Waldmann verschwand beinahe zwischen den beiden da hinten unter seiner Tasche.

„Sagt nichts! – Spricht kein Deutsch! – Keine Hinweise auf irgendwelche Besonderheiten! – Keine Ahnung, wer diese Leute hereinschmuggelt!"

Während Kainz uns das Ergebnis seiner Nachforschungen mitteilte, schaute mich Ku von der Seite her an und gab mir zu verstehen, dass ich ihm versprochen hätte, niemandem von irgendwas zu erzählen. Ich nickte unmerklich zurück und gab ihm damit zu verstehen, dass ich mich an mein Versprechen halten würde, allerdings nur so lange, bis ich Fink treffen würde. Denn diesem hatte ich ja versprochen, alles zu erzählen, was ich über den Menschenschmuggel im Norden in Erfahrung bringen würde. Und versprochen war versprochen.

Ich fuhr beschwingt, wie das die Art der Besoffenen war, während der Regen gegen die Scheiben prasselte, sodass man eine leise Idee davon kriegte, warum Muschis immer so verdammt nass waren und womit sich die Quelle da drinnen füllte. Die Luft im Wagen wurde immer schlechter, und ich hasste es, wenn die Luft im Auto so sauerstoffarm war. Die Joints zündeten dann nicht mehr richtig, und wenn man Pech hatte, kam man nur noch durch den Sauerstoffmangel in den Flow und nicht mehr durch das Dope selbst. Also sagte ich: „Fenster runter!"

Aber je weiter wir in den Schlund hineinfuhren, desto feuchter wurde er – was üblich war. Aber er wurde auch immer kälter – was unüblich war. Also sagte ich sehr bald wieder: „Fenster rauf!"

Sollten die mich doch für launisch halten!

Ich raste vorbei an einem Abstellplatz, auf dem ein LKW geparkt war mit rumänischem Kennzeichen dran. Der Fahrer saß oben auf seinem Kran und lud Baumstämme auf, die hier überall herumlagen. Kubelka winkte ihm, aber er winkte nicht zurück.

Mich trieben Gedanken um, während wir an ersten Schneeflecken vorbeikamen, die, je weiter wir vorankamen, hier noch überall herumlagen, und neuer Schnee kündigte sich an. Ich dachte: Warum hab ich Idiot mein Hawaiihemd an, das vollgesogen war mit Schweiß, der bald gefrieren würde?

Wie ein Fischstäbchen fühlte ich mich, und jeden Augenblick rechnete ich mit einem von den wilden Tieren, die Kainz beschrieben hatte, und die nichts lieber fraßen als Fischstäbchen, sobald sie aus dem Wald heraus auf die Straße gesprungen waren.

Um mich von diesen wilden und angstvollen Gedanken abzulenken, redete ich, was mir gerade einfiel: „Übrigens, Doc. Der Freund von deinem Toni wurde neulich ermordet. Auf Jäger-Art, mit einem Stich in den

Hals. Vorher hat ihm der Mörder aber noch in den Mund gespritzt."

Er fragte: „Womit?"

„Mit Sperma. Schön langsam glaube ich, dass ihr alle miteinander schwul seid. Er hatte nämlich ein Heftchen bei sich, das *Monster Stallions* heißt."

Ich stellte den Rückspiegel auf den Zwerg hinter mir ein und sah, wie er schreckensweite Augen kriegte, als ich das erzählte. – Hatte ich irgendwie erwartet. Aber die Reaktion auf meine Heftchen-Geschichte kam aus der Ecke rechts hinter mir: „Und bei dir hat man neulich ein Heftchen gefunden, das *Yummy Mummys Bouncing Jugs* heißt, also *Der leckeren Mutter baumelnde Brüste*, wenn man es übersetzt. Und jetzt frag ich dich: Bist du deswegen ein uneingeschränkter Mutterbrustfan?"

„Das bin ich nicht!", sagte ich empört.

Und Guttmann: „Na siehst du."

Ich schaute ihn böse im Rückspiegel an, und dieser Blick sollte ihm sagen: Vom Wunderwasser wirst du nur den Rest kriegen, in dem Willi vorher sein Sack-Schwanz-Gedeck gebadet hat.

Der Zwerg verschwand immer weiter unter seiner Tasche, während er mit weit aufgerissenen Augen daran herumkaute, als müsste er mal ganz dringend aufs Klo. Dieser Blick war mir schon aufgefallen, als ich „auf Jäger-Art" und „in den Mund gespritzt" sagte. Er entspannte sich auch nicht, als Kubelka uns Folgendes vorschlug: „Wenn ihr eine Art psychologisches Gutachten zum Thema Morde mit ausländerfeindlichem Hintergrund von mir haben wollt, erkläre ich euch gern, wie das so läuft."

„Schieß los!"

Die Fahrt war schließlich langweilig, und wir wussten alle nicht, wohin mit unseren Füßen.

„Der Typ, also der Mörder", sagte Ku, „wird irgendwann Zeuge, wenn seine Mutter mit dem Konkurrenten seines Vaters, der, jetzt sag ich einfach mal: Südstaatenneger ist, kopuliert. Und wenn dabei noch, sagen wir: Südstaatenblues als musikalische Untermalung für das Liebesspiel läuft, kehrt sich obendrein der Musikgeschmack des Beobachters ins Gegenteil um, und statt Südstaatenblues liebt er dann eben das genaue Gegenteil, nämlich *Hoch auf dem gelben Wagen* oder so einen Scheiß. Wollen wir uns übrigens Musik meiner fahrenden Landsleute anhören? Style hongrois in Dur gehalten und mit nicht zu wenigen Blechinstrumenten?"

Ich fragte: „Hackbrett auch?"

„Hackbrett natürlich auch!"

„Dann hau rein!" – Und stellte den Rückspiegel so, dass ich nun wieder verlässlich den Fremden hinter mir im Blick hatte, der mir langsam die Fassung zu verlieren schien. Über seine Tasche hinweg funkelten seine Augen den Doc neben mir an, als ginge es ihm schwer gegen den Strich, dass der neugeborene Schmalzkopf auch mit uns im Auto sitzen und sogar seine Musik reinschieben durfte. Irgendetwas beschäftigte ihn, aber ich konnte nicht genau sagen, was, weil Guttmann halb auf ihm drauflag, während er von Kainz die Verhörunterlagen entgegennahm. Ich fragte Kubelka: „Was aber, wenn, sagen wir mal: Django Reinhardt läuft während dem Liebesspiel, und es kein Schwarzer ist, mit dem Mutti fickt, sondern ein Zigeuner. Kann es dann sein, dass der Mörder dann keine Zigeuner mehr mag?"

Der Doc feilte ein wenig an seinen Nägeln herum, schaute beim Fenster hinaus, dachte nach, feilte weiter und sagte schließlich: „Das kann sogar sehr gut sein."

Da fing der Zwerg an zu schreien und mit seinen Füßen auf meinen Autoboden zu trampeln, bis Guttmann ihm die Knarre gegen die Schläfe hielt und sagte: „Ganz ruhig, Arschloch. Sonst blas ich dir die Graumasse raus und male das Auto von innen rot an. Wenn ich etwas nicht leiden kann, dann ist das übertriebener Lärm beim Autofahren!"

Es kam immer unerwartet bei Gutti. Aber wenn es kam, dann sah es richtig gut aus.

Die geheimnisvolle Grotte war tiefer, als sie von außen wirkte. Sie war wie ein sehr langer Schlauch, der nicht enden wollte, und ich hatte mehr und mehr ein ungutes Gefühl dabei. Denn wie immer, wenn man tief in die faltige, alles verschlingende Spalte der Ladys eindringt, trifft man früher oder später auf Blut.

Und richtig! Wir mussten gar nicht lange warten, da schrie Kubelka: „He! Pass auf! Da vorne! Das Auto!"

Er war nun ganz ängstlicher Horrorfilmbesucher, der seine Knie anzog und die Hand ausstreckte. Ich hatte eine leichte Rechtskurve mit Schwung genommen und war dabei sogar ein wenig ins Driften geraten, als der Lichtkegel meines Datsun auf einen großen, schweren, schwarzen Mercedes vor uns stieß, aber eben nicht nur.

In der Windschutzscheibe des Wagens, der da vor uns mitten auf der schmalen Waldstraße zu stehen gekommen war, steckte Kopf voran etwas, das einen richtig dicken Arsch hatte. Man muss einfach hinschauen, was passiert ist, wenn man an einem Unfallort vorbeikommt, aber natürlich will man nur hinschauen, nicht helfen. Ich ließ den Datsun langsam ausrollen, und als wir sahen, was da drinnen steckte im Benz, da sagten wir alle: „Du lieber Himmel!"

Es war ein gewaltiger Hirsch, der auf der Motorhaube des Luxusschlittens lag, als würde er ihn für eine besonders geile Hirschkuh halten. Er hatte alle viere von sich gestreckt, und sein Geweih steckte tief drinnen im schwarzen Monster.

Bei „Zwei!" waren wir alle aus meinem Wagen – außer der Waldschrat, der zitternd und wimmernd unter seiner Tasche sitzen blieb. Und bei „Drei!" standen Kubelka und ich um den Wagen herum, während Guttmann etwas abseits blieb und kotzte, wie es seine Art war. – Kainz? Der lief seinen Unterlagen hinterher, die ihm der Wind davontrug. Es war Kubelka, der die Fassung als Erster wiederfand, als er leise, kaum hörbar „Toni" sagte.

Der saß vorne am Beifahrersitz und trug immer noch mein Hemd, aber das war nun voller Blut. Und seine schönen schwarzen Schmalzlocken hingen ihm tief ins Gesicht hinein, aus dem ihm die Zunge heraushing. In seiner Brust steckte ein Ende des Hirschgeweihs, ich sagte: „Schade um das schöne Hemd."

Neben ihm am Steuer saß einer, von dem ich annehmen musste, dass es sein Vater war: Lazarus Köbölkö, genannt der Auferstandene. Ob er das Kunststück noch einmal schaffen würde? Bei all dem Blut, das ihm mittlerweile fehlte, und mit den verdrehten Augen im durchbohrten Kopf würde ich eher sagen: nein.

Auf der Rückbank lag eine Frau, der mitsamt ihren Tränen auch alles Funkeln aus den Augen lief, während ihr Atem immer schwächer wurde. Kubelka schüttelte den Kopf und sagte: „Das kriegt man einfach nicht aus diesen Zigeunern raus, dass die Frau bei denen immer hinten sitzen muss!"

Ich sagte: „Willst du uns nicht vorstellen?"

„Rock, das ist Renate."

Ich fragte, ohne dass es mich wirklich interessierte: „Wie noch? Nein, Moment! Lass mich raten. Sie heißt Renate, nur Frau Renate und sonst nichts? Hab ich recht?"

Er sagte: „Woher weißt du das?"

In Gedanken schrieb ich schon die Schlagzeile für eine Frauenzeitschrift: *Zigeunerkönig Lazarus wollte Frau Renate heiraten – beide tot!*

Sagte dann aber nur: „Ich könnte es dir aufzeichnen, wenn du eine sehr große Serviette bei dir hättest. Du würdest lachen, wie viele Zufälle und Überraschungen auf so einer Serviette Platz haben."

Aber er hatte keine Serviette dabei, und die Lady war noch nicht ganz tot, also wollte ich sie noch fragen, wo denn hier diese Quelle war, deren Wasser sie verkaufte. Gerade noch rechtzeitig, bevor sie starb.

Aber da tauchte plötzlich der Waldmensch auf, den ich über dem ganzen Schlamassel kurzzeitig aus den Augen verloren hatte, und bohrte ihr sein Jagdmesser tief in den Nacken hinein, dabei hörte er nicht mehr auf, sie als „Zigeunerfickerin!" und „Dreckshure!" zu schimpfen.

„Da hat sich wohl einiges aufgestaut", sagte Kubelka und schüttelte den Kopf. Als der Kerl endlich aufhörte und mit blutverschmierter Lodenkleidung neben dem Wagen stand, zögerte Gutti, ihn festzunehmen, denn er wollte sich seinen neuen Blouson nicht schmutzig machen. Das Waldmännchen nutzte seine Unentschlossenheit und sprang auf die Motorhaube, und von dort weiter aufs Dach hinauf. Nun standen wir um ihn herum und versuchten ihn einzufangen wie ein störrisches Zirkustier, während er dort oben herumsprang und uns seine ganze beschissene Geschichte erzählte. Als hätte auch er schon gehört, dass ich der Mülleimer war, in den man alles hineinstopfen konnte!

Ich hatte es so satt und wollte ihn erschießen, da meinte der Doc: „Lass ihn reden. Es ist wichtig für ihn, dass er jetzt redet."

Also redete ein Lehrer, der während der Woche in der Stadt arbeitete und seiner Mutti jedes Wochenende die Leibwäsche brachte.

„Musiklehrer?", fragte ich.

„Ja."

„Neigungsgruppe auch?"

„Ja, Volkslied."

Natürlich. War ja klar.

Aber: „Alles war anders, seit sie diesen Rumänen fickte, den sie ‚Den Auferstandenen' nannte. Ich möchte nicht wissen, was bei dem immer gestanden ist! Und heute hat sie mich nicht einmal mehr abgeholt, weil nur noch *er* ihr wichtig war!"

Das „er" hörte sich an wie brechendes Eis, wie zermalmter Fels. Der Zwerg spuckte durch die zerbrochene Windschutzscheibe hinein auf den Lazarus, immer wieder. Kubelka nahm mich zur Seite und erklärte es mir so: „Subjektiv hat er das Gefühl, dass mein Großcousin Lazarus ihm seine Mutter weggenommen hat, was objektiv kompletter Blödsinn ist. Wäre er reif genug gewesen, hätte er in dieser Patchwork-Familie durchaus seinen Platz finden können."

Ich stellte es mir so vor: Wäre nicht der Hirsch in den Mercedes hineingelaufen, wären irgendwann alle miteinander nach Italien in den Urlaub gefahren, der Lazarus und seine neue Frau, die Frau Renate, sowie ihre beiden Söhne, der Toni und der da. Und irgendwo dort unten wären sie irgendwann in einer Pizzeria auf eine andere Familie getroffen, die dort Pizza mampfte, und dann hätte einer gerufen: Hallo, wir sind die Dukes! Wollt ihr euch nicht zu uns setzen? Bevor der Ferry seine Pizza wieder ausgespuckt und geschrien hätte: He, das ist ja unser Lehrer! Der setzt sich sicher nicht zu uns, der ist schwul!

Über all diesen düsteren Gedanken durfte ich das eigentliche Ziel unserer Reise nicht aus den Augen verlieren, also fragte ich den da oben auf dem Autodach, nachdem er endlich fertig war mit Erzählen: „Sag mal, wo ist denn jetzt genau diese scheiß Quelle?"

„Lasst ihr mich laufen, wenn ich es euch sage?"

„Aber natürlich."

„Ein paar Flaschen liegen sicher hinten im Kofferraum vom Benz."

Guttmann fand, da hätten wir auch selbst draufkommen können, und ich hätte ihm ein bisschen voreilig die Freiheit versprochen. Denn seiner Meinung nach wäre der Typ ein Verdächtiger für die Zigeuner-Morde.

Meiner Meinung nach war er sogar dieser Zigeuner-Mörder. Aber wir waren ja wegen dem Wasser hier, und man musste in unserem Alter schon wissen, was gerade wichtiger war: mit einem Verdächtigen im Datsun wieder nach Hause fahren oder mit dem Datsun voller Wunderwasser.

Also sagte ich ruhig: „Mach dir mal keine Sorgen, Gutti, bleib ganz locker. Die Welt ist gerecht, und er wird seiner verdienten Strafe nicht entkommen."

„Meinst du?"

„Meine ich unbedingt!"

Keine Sekunde später knallte ein Schuss, und der Schädel des grünen Männchens da oben explodierte. Der Rest von ihm sackte hoch auf dem schwarzen Wagen zusammen. Wenn bisher nicht viel passiert war seit meinem Geburtstag – nun ging es richtig zur Sache!

Es war still, nachdem der Schuss verhallt war. Ich zog dem Kerl das Jägermesser aus der Hose und trennte damit die Sohle von seinem Schuh, schnitt sie in die Hälfte und steckte mir je eine davon in die Brusttaschen meines Hemdes. Für die Biene Mayr, die ja nie genug Beweise haben konnte.

Da kam schwer atmend ein alter Jäger aus dem Wald herausgestiefelt, und als er die bluttriefende Sauerei sah, die hier vor ihm auf der Straße angerichtet war, fragte er: „War das ich?"

Gutti sagte: „Dreimal darfst du raten."

Man konnte gleich sehen, wie sehr ihm das alles zu schaffen machte. Er schaute verzweifelt zum Himmel hinauf, wo er wohl glaubte, dass sein Gott zu Hause war. Dabei bekreuzigte er sich und sagte: „Jessasmarandjosef."

Ich fragte: „Was?"

„Jesus, Maria und Josef", wiederholte er, aber ich musste ihm sagen:

„Da liegst du falsch, mein Freund. Das sind Renate, Lazarus und Toni."

Bevor die Sache noch komplizierter wurde, bevor Guttmann ihn also wegen fahrlässiger Tötung oder so was Ähnlichem hätte verhaften müssen, fragte ich den Jäger: „Schon mal eine nackte Frau bei Lichte betrachtet gesehen?"

Er wandte schamhaft seinen Blick ab, hielt sich die Hand vor die Augen und murmelte: „Nein, niemals!“

Also holte ich eines meiner Minus-dreißig-Prozent-Heftchen aus der Arschtasche heraus – wo sie immer noch steckten – und hielt ihm zwei geöffnete Schenkel vors Gesicht, in deren Mitte es noch dunkler und nasser war als hier, wo wir gerade standen. Dann sagte ich: „Überraschung!“

Er riss die Augen auf und freute sich, und während er vor- und zurückblätterte und wieder alles nach vorne, da sagte ich zu ihm: „In Zukunft bitte nur schauen, okay? Nicht schießen, nur schauen. Und jetzt Abmarsch!“

Mit seinem Heftchen unter dem Arm verschwand er hinein in den Wald und hinauf auf seinen Hochsitz, wo die Tage und Nächte lang und kalt waren. Da konnte man ein wenig Zerstreuung durchaus gebrauchen, und schon bald würde er das alles hier vergessen haben.

Der Kofferraum war dann eine wirkliche Überraschung, und zwar eine schöne. Da lagen nicht nur jede Menge Flaschen drinnen, sondern auch jede Menge Cash. Die Hälfte davon war zwar nass vom vielen Wasser, das aus den zerbrochenen Flaschen lief, die andere Hälfte aber nicht.

So sieht also gewaschenes Geld aus, dachte ich und köpfte eine Flasche, die noch intakt war. Nahm mir aber fest vor: Nicht trinken, nur gurgeln. Ich hatte seit meinem Geburtstag nämlich so ein pelziges Gefühl auf der Zunge, und – o Wunder! – es war weg, sobald ich gurgelte. Ich war also zuversichtlich, dass auch Willis Schwanz gut auf das Wasser reagieren würde und er vielleicht die Nachfolge von Lazarus als „Der Auferstandene“ antreten würde. Und wenn der Wassersprit den Motor von Lemmy noch einmal zum Laufen bringen würde, wäre er sein Geld unbedingt wert gewesen. Auch Guttmann hoffte das Beste. Er schüttete sich das Zeug gleich literweise in den Nacken, aber seine Beule ging nicht weg, soviel er auch schüttete, und das machte mich wieder skeptisch.

Was das Geld betraf, waren wir uns einig, dass es keinesfalls hierbleiben sollte, und nur der Form halber fragte Guttmann: „Sieht uns jemand?"

Wir schauten in den Wald hinein, aber niemand sah jemanden, der uns sehen konnte. Auch Kubelka bestärkte uns darin, das Geld an uns zu nehmen: „Es wäre aus psychologischer Sicht grundfalsch", sagte er, „diese Gelegenheit nicht zu ergreifen. Wir würden alle Schuldgefühle bekommen, wenn wir es nicht tun würden, will das jemand?"

Ich sagte: „Ich nicht. Guttmann?"

Der sagte: „Ich auch nicht. Wie sieht's mit dir aus, Kainz? – Kainz!"

Aber Kainz war noch nicht wieder zurückgekommen von seiner Suche nach den Unterlagen, sodass man sich langsam Sorgen machen müsste, wenn man nicht genug andere Sorgen hätte. Andererseits brauchten wir nicht durch vier zu teilen, wenn er nicht hier war – was wir aber sowieso nicht gemacht hätten.

Nachdem niemandem einfiel, was wir mit den Leichen tun sollten, bevor jemand sie finden und dumme Fragen stellen konnte, riskierte ich verschämt einen Schluck, vielleicht meinen ersten Schluck Wasser seit vierzig Jahren, und dann warteten alle gespannt, wie ich darauf reagieren würde.

Wie der kleine Wickie mit einer brillanten Idee!

Wir luden die Leichen auf meinen Wagen, und dann fuhren wir beschwingt hinaus aus dem Wald, weg von diesem blutigen Schlamassel. Auf halber Strecke parkte ich mich bei der Ausweichstelle hinter einem Holztransporter mit rumänischem Kennzeichen ein, den wir bei der Herfahrt passiert hatten. Ich stieg aus, ging nach vorne zu dem Kerl, der oben auf seinem Kran saß und noch immer Holzstämme auflud, die hier überall herumlagen. Typ rumänischer Ringkämpfer mit Vergangenheit im Sicherheitsapparat seines schönen Landes oder so was Ähnliches, der jeden von uns mit einem Spock-Griff erledigen könnte, wenn er schlecht gelaunt war.

Um seine Laune zu heben, holte ich ein paar Scheine aus meiner Brusttasche und deutete ihm, dass er mal kurz herunterkommen sollte, was er auch gerne tat, und zwar umso lieber, je mehr Scheine ich auspackte. Bevor ich sie ihm gab, zeigte ich ihm unsere Leichen, und Ku, der ja seine Sprache beherrschte, schlug ihm vor, dass er sie zwischen seine Holzstämme laden und zu Hause irgendwo in den Wald schmeißen sollte. Der Typ war, wie gesagt, Rumäne, also stimmte er dem Vorschlag zu, denn er kannte die Welt nur in ihrer ganzen Schlechtigkeit und wollte sie keinesfalls besser machen. Aber er war auch noch Rumäne, als er die Leichen längst aufgeladen hatte, und hielt die Hand noch so lange auf, bis ich ihn schon beinahe wieder unsympathisch fand und am liebsten zu den Leichen dazugelegt hätte. Am Ende gab ich ihm noch eine Flasche Wunderwasser mit für die Familie und sagte: „Wascht euch damit die Haare, dann bleiben sie schön geschmeidig! Und jetzt ist's genug mit Geld, das ist ja unwürdig! Schließlich hast du Zigeunerkönig Lazarus auf dem Transporter, der würde sich schämen."

Nachdem Ku übersetzt hatte, stammelte der Ringkämpfer: „Lazarus?"

Als er kapierte, wen er da aufgeladen hatte, ging ihm einer in die Hosen, denn Lazarus hatte einen Ruf weit über die rumänisch-ungarische Grenze hinweg. Und irgendwie wartete der Typ nur darauf, dass Lazarus zwischen seinen Holzstämmen hervorgekrochen kam, in der Hauptrolle von *Der Auferstandene Teil 2*. Kurz dachte er dann wirklich, dass es so weit war, aber es war nur Kainz, der hinter dem Lastwagen hervortrat und auf uns zukam, mit seinen Unterlagen in der Hand, geschwächt und voller Angst. Er hatte sich restlos verirrt in diesem Wald aus Bäumen und war nun richtig froh, dass er uns wiedergefunden hatte. Aber wir waren das nicht, denn schließlich wollten wir das Geld nicht durch vier teilen, also sagte ich: „Du gehst zu Fuß!"

Das Leben war hart, und im Wald war es noch ein bisschen härter. Wir stiegen ein und ließen ihn stehen.

An der Tankstelle neben dem Sin City mussten wir dann alle sehr dringend pissen, weil wir mittlerweile ein paar Flaschen Wunderwasser gesoffen hatten. Aber es gab dort nur eine Muschel, die funktionierte, und die teilten wir uns. Wir hatten schließlich keine Geheimnisse voreinander. Der von Guttmann war viel kleiner als meiner, und meiner war viel kleiner als der von Kubelka, der so lang war, dass er ihn zwischen uns durchstecken konnte, sobald wir uns gemütlich aneinandergedrängt hatten.

Hätte ich Enkelkinder gehabt, ich hätte ihnen wirklich mal was erzählen können!

***

Auf der Fahrt zurück teilten wir die Kohle brüderlich unter uns auf, jedenfalls den Teil, der trocken war. Zurück in der Stadt, warf ich Kubelka raus, und Guttmann und ich fuhren zur Biene Mayr in die Asservatenkammer. So steifgefroren und unterkühlt, wie wir waren, brauchten wir dringend einen Arzt. – Auch mit der Hoffnung im Handgepäck, dass sie ein paar Tricks kannte, wie man nasses Geld wieder trocken kriegte. Wir knallten die Scheine vor ihr auf den Tisch, und wie erwartet sagte sie: „Oh, là, là, Geld!"

Denn letztlich ist es Geld, das einen Mann für eine Frau so richtig attraktiv macht, und nicht Schuhsohlen. Die knallte ich ihr aber auch auf den Tisch, und die Erklärung, die ich ihr dazu lieferte, gipfelte in dem Satz: „Der Fall mit den ermordeten Zigeunerstrichern ist somit gelöst. Frag aber nicht, wo der Täter ist, wir werden ihn nie finden."

Entspannt wie wir nun waren, und ohne finanzielle Sorgen, brachte uns die Biene sogar ein wenig Respekt entgegen, auch dann noch, als wir ihr halfen, die nassen Geldscheine wie alte Waschweiber an einer Wäscheleine zu befestigen. Eine Idee zum Geldtrocknen, auf die wir, wie ich fand, auch selbst hätten kommen können.

Dabei fragte die Biene, wo wir das ganze Moos denn herhätten, und was wir den ganzen Tag getrieben hätten, während sie den Fall mit der Leiche in der Umzugstasche weiter bearbeitet hatte. Aber Gutti sagte nur „Och!" und „Dieses und jenes!" und pfiff dabei in die Luft, denn die geheimnisvolle Art macht den Mann für die Frau noch attraktiver.

Die Biene kümmerte sich aber nicht weiter um unsere geheimnisvolle Art, sondern drehte die Heizung auf Vollgas, damit wir endlich wieder auf Temperatur kamen und unsere Scheine bald pflücken konnten. Und als es dann immer wärmer wurde in ihrer Bude, stellte sie dankenswerterweise sogar eine Flasche zum Feiern auf den Tisch. Sie hoffte wohl, dass die Schottische Brühe unsere Zunge lockern würde und wir unsere Geheimnisse preisgaben. Ihre Chancen dafür standen gar nicht schlecht.

Wir setzen uns auf die drei Sessel, die um ihr Tischchen herumstanden, und machten es uns gemütlich. Ich drehte uns ein paar Joints, wir kamen langsam in die Gänge, und es hätte ein netter, entspannter Abend unter Freunden werden können, wenn nicht Guttmann plötzlich angefangen hätte zu reden. „Man glaubt es ja kaum", sagte er, „dass dieser reiche Mann hier neben uns gestern noch die Titelseite der *Gosse* zierte. Und der andere da im Bademantel, das ist sein neuer Freund."

Damit die Biene auch verstand, wovon er redete, schob er ihr kichernd die *Gosse* hinüber, ein Drecksblatt, das die Biene normalerweise nicht mal aufs Klo mitnahm, weil sie ein anständiges Mädchen war und nichts auf Tratsch und Gerüchte gab.

Als sie aber die Fotos der Überwachungskamera sah, blieb ihr der Mund weit offen stehen, und sie sagte zu Guttmann: „Du lieber Himmel! Für den im Hawaiihemd hab ich erst neulich die Gans gemacht, ich könnte echt kotzen!" Und dann zu mir: „Sag mir nur eins: Warum genau läuft dieser neue Freund von dir im Bademantel herum?"

Ich sagte: „Er ist nicht mein neuer Freund. Und das ist halt sein Stil. Das verdammte Symbol seiner Individualität, wie er es nennt."

Die beiden brüllten vor Lachen, als ich das sagte. Und dann kippte ich selbst in die Tratsch- und Gerüchteküche hinein, als ich ihnen sogar noch verriet: „Ist übrigens der gleiche Typ, der ständig seine dreckigen Unterhosen zu seiner Mutter bringt, die er übrigens Waschmaschine nennt."

Und wo ich schon am Reden war, erzählte ich ihnen auch noch, dass dieser Typ einen Sohn mit einer Lebensberaterin hätte, die in ihrer Freizeit hin und wieder ein bisschen Yoga macht.

Da spitzte die Biene plötzlich die Ohren und sagte: „Sagtest du Lebensberaterin?"

Und ich: „Man kann auch Life Coach sagen."

„Wisst ihr, was lustig ist?", fragte die Biene, die es gerne lustig hatte. „Die Kollegen aus Wien VII haben gestern einen ziemlich verwahrlosten Typ aufgegriffen, der dort vor einer Lebensberatungspraxis saß, und zwar schon seit einigen Tagen."

Wir lachten über diesen Idioten, ich schenkte mir nach, und Gutti sagte: „Das ist wirklich lustig. Was hat er denn dort gemacht?"

„Er hatte einen Termin bei seiner Lebensberaterin. Aber nachdem sie die Tür nicht aufmachte, wusste er nicht so recht, was er tun sollte. Also blieb er einfach sitzen, weil ihn ja niemand beraten hat, was er tun soll, versteht ihr?"

Ich sagte: „Nur so ungefähr." Denn ich hatte mir schon wieder nachgeschenkt und füllte nun auch die Becher der anderen.

„Irgendwann hat dann doch jemand die Bullen gerufen, und von denen hat dann schließlich einer die Tür zur Praxis aufgemacht, weil man ja mit dem Schlimmsten rechnen muss, wenn jemand so lange die Tür nicht öffnet. Und wisst ihr, was sie dort drin gefunden haben?"

Ich prostete ihr zu und sagte: „Verdammt geile Story. Eine Leiche?“

Sie aber sagte: „Nein, Unterhosen!“

Die beiden lagen nun fast unter dem Tisch vor Lachen, nur ich wurde wieder ein wenig kreislaufschwach, als ich das hörte.

„Einen riesigen Haufen dreckiger Männerunterhosen der gleichen Bauart, wie wir sie in dieser Umzugstasche unter der Leiche der Yoga-Lady gefunden haben, mit reichlich Schamhaar dran. Soll ich sie euch zeigen?“

Ich fragte sorgenvoll: „Die Yoga-Lady?“

„Die Unterhosen!“

Aber ich konnte mir auch so vorstellen, wie der Haufen aussah, schenkte mir lieber nach und sagte: „Heute nicht.“

„Die Lebensberaterin heißt übrigens … Moment … mir fällt es gleich wieder ein … irgendwas Kaiserliches …“

Ich war schon wieder so weit besoffen, dass ich fragte: „Franz-Ferdinand?“

„Nein.“

„Dann vielleicht Rudolf?“

„Auch nicht.“

„Na dann … Elisabeth?“

„Schon besser, aber auch noch nicht ganz.“

„Sissi?“, fragte Guttmann.

Die Biene schlug begeistert mit der Hand auf den Tisch und schrie: „Guttmann hat recht, sie heißt Sissi Horny!“

Und ich hatte wirklich gehofft, dass sie Franz-Ferdinand heißt! Wollte zusammenpacken und zu Hause weitersaufen, da fiel mir ein, wie der Ferry mit Nachnamen hieß. Ich bat um eine neue Flasche, und mit der verband ich die Hoffnung, dass das ja alles auch nur

Zufall sein konnte. Am besten war es, wenn ich gar nicht viel darüber nachdachte, und wichtig war, dass ich mit niemandem darüber redete. Sonst würde man mich wieder fragen, ob ich meine Würde verloren hätte, nur weil ich mich mit solchen Idioten wie dem Duke abgab. Aber da wollte Guttmann wissen: „Passen denn die Haare auf den Unterhosen zu den Haaren im Mund der Yoga-Lady?"

Das war genau die Frage, vor der ich ein bisschen Angst hatte. Ich führte sorgenvoll mein Glas an die Lippen und wartete die Antwort der Biene ab. Sie ließ mich länger zappeln, als mir guttat, sagte aber endlich: „Leider nein. Aber sie passen zu der Unterhose, die wir unter der Leiche in der Umzugstasche gefunden haben."

Ich leerte mein Glas, verabschiedete mich von der Biene und wankte zur Tür. Guttmann folgte mir, und als wir draußen waren, sagte er: „Möchte echt wissen, wem diese scheiß Unterhosen gehören."

***

Ich hätte es ihm natürlich sofort sagen können, denn ich hatte nun keine Zweifel mehr, dass die Ex des Duke nicht Töpfern auf Kreta war, sondern tot bei der Biene auf dem Metalltisch lag. Auch keine Zweifel hatte ich, dass seine Unterhose bei ihr in der Praxis lag. Allerdings hatte ich ein paar Fragen zu dem Thema, wobei die eine war: Warum?

Es war jetzt wichtig, Ruhe in die Sache zu bringen, und das Wichtige vor dem Richtigen zu tun. Endlich hatte ich genug Geld, um in Richtung Manni dem Mann abzubiegen, anstatt ihn wie in den letzten Tagen zu meiden. Ich parkte mich ein, als wäre ich ein beschissener Türke mit einem spritschluckenden Geländewagen, der ihm gleich eine Menge Umsatz bescheren würde, und ging zu ihm.

Manni stand vor seinem Häuschen in der Morgensonne, wie er früher immer dort gestanden war, aber eben in letzter Zeit nicht mehr. Dabei wirkte er ein wenig verloren, als hätte er vom Internet vorerst genug. Als er mich sah, ging ihm einer in die Hose vor Freude, und er strahlte mich an wie ein Mondkalb: „Rock! Alles klar bei dir?"

Ich blieb cool und sagte: „Könnte nicht besser laufen. Habe gerade einen wichtigen Fall geklärt, und ein weiterer steht kurz vor der Klärung."

Da wollte er nicht zurückstehen und sagte: „Wir von der Oil Company haben gerade Duftbäume im Angebot."

„Scheiß auf eure Duftbäume."

Er klang wie ein Tankwart, der die Wirtschaftskrise spürte. Und ich hörte mich an wie ein Schuhputzer, der über Nacht reich geworden war. Ich holte meinen Packen Geld aus der einen Brusttasche, zählte sorglos ein paar Scheine herunter und beglich damit meine Schulden. Dann legte ich noch mal die gleiche Summe drauf und sagte: „Der Rest ist für dich."

Manni schluckte ein paar Mal und wollte wissen, woher ich plötzlich so viel Geld hatte.

„Ach weißt du", sagte ich. „Der Mensch erlebt nichts, wenn er immer nur in der warmen Stube vor dem Internet sitzt. Geht er aber hinaus, passieren ihm manchmal die unglaublichsten Sachen. Ich könnte dir was erzählen, wenn du Zeit hättest, aber du hast ja keine Zeit mehr, also kann ich dir nichts mehr erzählen. Und offen gestanden wüsste ich auch nicht, wo ich mich hinsetzen sollte, wenn ich dir was erzählen würde, denn du hast ja deine Sessel und dein Tischchen weggeräumt."

Es tat mir richtig weh, als ich das mit dem Tischchen erwähnte, denn wir hatten wirklich schöne Jahre um dieses Tischchen herum verbracht. Jahre, die man so sinnlos nur mit richtigen Freunden verbringen kann. Oft, wirklich sehr oft, sind wir einfach nur um das Tischchen herumgesessen und haben ziellos geschaut, was vielleicht die höchste Meisterschaft überhaupt ist. Alles zusammengenommen sind Schauen, Rauchen und Trinken die Dreifaltigkeit einer gelungenen Männerfreundschaft.

Aber nun war ich beleidigt, und wenn ich schon beleidigt war, dann richtig beleidigt. Ich ging also um die Ecke zu den Mülltonnen, klemmte mir das Tischchen und die zwei Klappstühle unter die Achsel und legte ihm noch einen Hunderter auf die Kralle für seine Möblage, die bei viel gutem Willen keine zehn Euro wert war. Wenn schon erniedrigen, dann richtig erniedrigen, das war mein Plan. Aber er lehnte überraschend ab und sagte: „Nein."

„Nein?"

„Ich verkaufe nicht. Ich werde sie wieder aufstellen."

„Wirst du nicht!"

„Doch!"

Er kämpfte um unsere Freundschaft wie ein ersaufendes Tier um sein Leben, und das rührte mich beinahe zu Tränen. Aber ich brauchte dringend einen Sessel für diesen Idioten Duke, also stritten wir uns darum wie zwei Nutten um einen Freier. Bis wir uns endlich darauf einigten, dass ich einen mitnehmen durfte und er den anderen samt Tisch wieder aufstellte, damit ich mich setzen konnte, falls ich vielleicht doch wieder mal kam, um ihm was zu erzählen. Was ich ihm aber nicht versprechen konnte. Das war wie alles im Leben ein fauler und beschissener Kompromiss, aber so ist nun mal das Leben.

Als sein Tischchen wieder stand, fragte er: „Wieder Freunde?“

„Schalt mal einen Gang runter, mein Lieber. Ich hab jetzt einen anderen besten Freund da drüben im Achten, das ist die schlechte Nachricht für dich. Die gute ist, dass ich mit ihm noch nie vor seinem Geschäft gesessen bin und stundenlang nur geschaut habe. Also mal sehen, wie er sich dabei macht.“

Damit ließ ich Manni ein Fenster offen, durch das er wieder zurück in mein Herz kriechen konnte, am besten auf Knien. Aber er stand weiterhin aufrecht da, denn er wusste sofort, dass der andere keine Chance gegen ihn haben würde. Keiner konnte besser nur dasitzen und stundenlang schauen wie er. Insgeheim schien er zu wissen, dass ich sehr bald wieder mit dem Sessel zurückkommen würde. – Beziehungsweise war ich beinahe so weit, ihn zu dem anderen dazuzustellen und mich zu setzen. Bevor das passierte, sagte ich streng: „Bring ihn hinüber zu meinem Wagen. Es ist der japanische Dreitürer dort drüben, ich muss noch kurz zu Willi.“

Es ist wichtig, dass man einen Freund demütigen kann, bevor man ihm wieder die Hand zur Versöhnung reicht. Eine verdammte Freundschaft muss so etwas einfach aushalten.

Ich schnappte mir ein paar Flaschen Wunderwasser und lief damit hinüber zum Pornhouse. Wenn mich nicht alles täuschte, hatte Willi die Philosophen-Festwochen aus dem Programm gekippt und versuchte es nun mit Sandwich-Filmen, Meisterwerken also, bei denen immer zwei Männer eine Frau befriedigten. Gerade lief *Double-Burger* mit den Brüdern Rory und Tory Burger in den Hauptrollen, später stand dann noch *Zwei Würstel mit Saft* auf dem Programm, eine bayerische Produktion.

Ich lief hinauf zu Willi ins Büro. Er saß an seinem Tisch und hatte einen neuen Stabmixer vor sich stehen, den er versuchte in Gang zu bringen. Ich fragte: „Wofür brauchst du denn einen Mixer?"

„Brauch ich ja gar nicht", sagte er. „Aber die haben mich angerufen und gefragt, ob ich einen haben will …"

Leider wird auch der stärkste Vater irgendwann schwach. Aber sollte ich ihn deswegen im Waschbecken ertränken wie eine überzählige Katze? Ich nahm ihn an der Hand und führte ihn dorthin, machte es mit Wunderwasser voll und sagte, dass er seinen Schwanz da hineinhängen sollte. Und wenn es dann nicht klappte, dann wüsste ich auch nicht mehr weiter. Ich fragte: „Weißt du eigentlich, wie die Kraft heißt, die mich dich alten Sack ertragen lässt?"

„Wie viele Buchstaben?"

„Fünf."

„Whiskey?"

„Ich sagte fünf!" – Schenkte uns Wodka ein aus der Flasche, die auf dem Tisch stand, und prostete ihm zu.

Während er seinen Schwanz auspackte, verlangte er auch ein Glas, und dann umarmte er mich wie eine Mutter, drückte mich aber wie ein Vater. Eine Weile standen wir nur so da, und bevor wir zu weinen anfingen, sagte er: „Danke, mein Sohn. Danke für alles."

Na gut.

***

Hatte sich in die Buchhändlerin verschaut! – Musste dafür aber seine Ex aus dem Weg räumen, um ein neues Glück beginnen zu können! – Und zog mich in den ganzen Schlamassel mit hinein!

So ungefähr waren meine Gedanken, als ich mit dem Klappstuhl im Kofferraum zum Duke fuhr. Unregelmäßiger Sekundenschlaf unterbrach dabei mein Denken. Jedenfalls schreckte ich hoch, als ich mich vor dem Bunnys einparkte und kurz nicht mehr wusste, wo ich überhaupt war. Als ich mir eine anzündete, wusste ich auch wieder, warum es der Duke nicht gewesen sein konnte. Ein verdammter Nichtraucher hinterließ keine Brandspuren im Yogadress seiner Ex. Und seine Haare waren nicht die in ihrem Mund.

Als ich ausstieg, hatte ich die Hoffnung, dass wenigstens Buchhändlerinnen keine *Gosse* lesen, aber auch diese Hoffnung erfüllte sich nicht. Ich hatte den Wagenschlüssel noch nicht eingesteckt, da ging drüben schon die Tür auf, und die Mäuse trugen die Tonne wieder herüber. Früher war ich recht gut in Menschenkenntnis, ich erkannte jede Nutte sofort an ihrem Gang, und jeden Zechpreller an den nervösen Augen. Aber in der hier hatte ich mich so richtig getäuscht. Dass sie zu Schnappatmung und hohem Blutdruck neigte, hätte ich ihr im Leben nicht zugetraut. Sie brachte kaum über die Lippen, was ihr auf der Zunge lag, als sie mich am Ärmel meines Hemdes zog und zurückhielt. Es klang irgendwie nach „Sie … das Hemd! Und der da drüben … der Bademantel!“

Ich hätte ihr auch *Life's hard* vorsingen können –

*Life ain't easy*
*It's a long, hard, rocky road*

*Well it's dog, dog eat dog*
*And survival of the fittest so I'm told*
*No matter how you try*

– in der Version von Johnny Winter, und damit sie endlich kapierte, dass das Leben keine Chance war, sondern hart. Sagte aber stattdessen einfach: „Das hätte echt was werden können mit uns beiden, Süße. Aber jetzt muss ich wirklich dringend pissen."

Fertigte sie ab wie eine alte Geliebte, die man nach Jahren zufällig wieder mal auf der Straße trifft, aber nicht mehr erkennen will, weil sie zwar mal geil ausgesehen hat, nun aber nicht mehr. Die Liebe kommt, die Liebe geht.

Ich verschwand im Bunnys, wo ich von innen her die Tür verriegelte. Den Sessel hatte ich im Kofferraum gelassen, denn ich konnte mir immer weniger vorstellen, dass ich mit dem Duke vor seinem Geschäft sitzend glücklich werden konnte. Der Typ war mir insgesamt zu sprunghaft, und die Aussicht hinüber zur Buchhandlung konnte mich erst recht nicht locken. Als ich nach ihm schrie, kam er aus dem Keller rauf, mit einem alten Walkman um den Hals und ein paar Kassetten in der Hand, auf denen „The Hugh Hefners" stand. Werkzeug aus einer Zeit, als die Musik noch nicht aus dem Telefon kam.

Er fragte mich: „Möchtest du hören, wie wir geklungen haben?" Und wartete die Antwort erst gar nicht ab, sondern setzte mir die Kopfhörer einfach auf. Dann drehte er auf laut, und ich dachte, gleich muss ich sterben.

„Na?", sagte er.

Und ich: „Wie Hunde, denen man auf den Schwanz steigt!"

Mit dieser Musik konnte man töten. Ich fragte mich also: War jetzt ich an der Reihe? Hat der Typ seine Ex mit dem Arsch erledigt und erledigt er jetzt mich mit seiner Musik? Ist er – entgegen aller Wahrscheinlichkeit! – ein kranker Serienmörder, wie ihn die Welt noch nicht kennt?

Ich war ein wenig nervenschwach geworden, seit ich fünfzig war. Also riss ich mir die Kopfhörer herunter und drosch sie ihm in einem Akt von Notwehr über den Schädel, dann schrie ich ihn an: „Hast du dich eigentlich schon mal gefragt, warum deine scheiß Unterhosen nie zurückgekommen sind?"

Er lag jetzt unter seiner Kiste und stammelte von dort unten herauf: „Bist du verrückt geworden? Nein!"

„Man hat sie im 7. Bezirk gefunden, falls dich das interessiert. In der Praxis einer gewissen Lebensberaterin namens … Moment, mir fällt es gleich wieder ein … irgendetwas Kaiserliches …"

„Sissi?"

„Ja! Sissi Horny!"

Der Duke rappelte sich hoch und sagte: „Weißt du was? Meine Ex heißt auch Sissi Horny. Und sie hat ihre Praxis auch im 7. Bezirk."

Wollte der Kerl mich verarschen?

Ich schlug ihn noch einmal nieder, aber er blieb auf Kurs.

„Lass mich mal überlegen", sagte er. „Wenn wir von der gleichen Sissi Horny reden und möglicherweise sogar von meinen Unterhosen …"

„Dann?"

„… Dann müsste mein Sohn sie zu ihr gebracht haben anstatt zu meiner Waschmaschine."

Da hakte ich ein: „Dein Sohn?"

„Ja. Die letzte Lieferung Leibwäsche habe ich ihm anvertraut, damit er auch mal was für mich tut und nicht immer nur die Hand beißt, die ihn füttert. Allerdings frage ich mich, warum er sie zu meiner Ex gebracht haben sollte?"

Ich korrigierte ihn: „Zu deiner toten Ex."

Da hakte er ein: „Wieso tot?"

„Jemand hat ihr das Licht ausgeblasen. Mit Schweiß und Haaren und einem richtig fetten, behaarten Arsch, mit dem er sich auf ihr Gesicht gesetzt hat. Na?"

Ich erwartete so was wie Schamesröte auf seinem Gesicht, aber die kam nicht.

„Das ist ja widerlich!"

Er rappelte sich wieder hoch und fasste sich an den Arsch. Dann drehte er sich zu mir, zog wütend die Hose hinunter und schrie: „Ich hab überall Haare, aber nicht am Arsch! Falls du mit der Idee zu mir gekommen bist, dass ich so etwas Krankes getan haben könnte!"

Und wirklich: Ausgerechnet am Arsch war er glatt wie ein Pfirsich! Nicht, dass ich es mir anders gewünscht hätte, aber anders vorgestellt hatte ich es mir schon.

Also schämte ich mich und fragte: „Wie sieht's beim Ferry aus? Hat der Haare am Arsch?"

„Keine verdammte Ahnung! Aber der bringt doch niemanden um, der ihn füttert! Was glaubst du, wie sehr ihn das anstrengt, wenn er wegen einem Zehner zu mir kommen muss! Und verdammt, wie kann sie denn überhaupt tot sein, wenn sie Töpfern auf Kreta ist!"

Ich sagte, ein wenig überfordert: „Das kapiere ich ja auch nicht!"

Ein paar Minuten lang dachten wir beide sehr angestrengt nach, wie das funktionieren konnte, kamen aber auf keine Antwort.

Die Antwort stand vielleicht in seinem kleinen Telefon. Der Duke kramte es aus dem Bademantel und zeigte mir ihre kurze Nachricht. Ich borgte mir seine Lesebrille und sah, dass der Text tatsächlich vorgestern bei ihm eingegangen war. So etwas kann man als Beweis werten, dass sie zu dem Zeitpunkt tatsächlich noch lebte. Oder man liest die Nachricht noch einmal genau und fragt dann: „War sie denn schreibschwach?"

Er sagte: „Nicht, wenn sie mir Briefe wegen der ausstehenden Alimente schrieb. Warum fragst du?"

„Weil hier ‚Pin Töpfarn auf Greta' steht und nicht ‚Bin Töpfern auf Kreta'."

Der Duke wusste aber auch darauf eine überzeugende Antwort: „Rock! Du musst dir das bei diesen Kreta-Fans so vorstellen: Töpferkursleiter Yannis mit dem schwarzen Ramones-Shirt wird mit ihr nach dem Töpfern noch auf einen Ouzo in eine Bar gegangen sein, und später wird er dann am Strand noch an ihr herumgetöpfert haben, und irgendwann dazwischen wird sie mir unter wunderbarem Sternenhimmel diese Nachricht geschrieben haben, total besoffen, aber glücklich, mir wieder eins auswischen zu können."

Klang einleuchtend, aber auch wieder nicht. War ich zu besoffen für den ganzen Scheiß, oder schon wieder zu nüchtern? Zu müde, zu wach? Und vor allem: War die Alte jetzt tot oder auf Kreta?

Ich brauchte was zu nuckeln und genehmigte mir einen. Als ich dem Duke auch einen Schluck anbot, lehnte er überraschend ab und machte einen auf seriös.

„Wichtig ist jetzt", sagte er, „dass der Ferry endlich einen richtigen, guten Vater hat."

„Wenn er schon keine Mutter mehr hat!"

Der Duke legte die gestrige *Gosse* auf den Wühltisch und schaute zerknittert aus den Brusthaaren, als hätte er einen Plan, wie er die Vergangenheit hinter sich und die Sonne über einer glorreichen Zukunft aufgehen lassen könnte.

„Was glaubst du", fragte er, „wie lange es noch dauern wird, bis die da drüben draufkommt, dass du der im Hawaiihemd bist und ich der im Bademantel? Und wie lange es dann noch dauert, bis es die ganze Welt weiß?"

„Nicht mehr allzu lange, vermutlich."

„Eben! Und wie stehe ich dann vor meinem Sohn da?" Das fragte mich einer, der gewohnheitsmäßig in Unterhosen und Bademantel vor einem herumstand. „Er war total geknickt, als er erfuhr, was mit der Direktorin passiert ist. Er mochte sie nämlich. Sie gab ihm Halt und Struktur, wie er sagte, und ich würde ihm das nicht geben."

„Aber du gibst ihm dafür ständig Zehner", sagte ich. „Das ist doch viel mehr wert als Halt und Struktur!"

Der Duke winkte ab, und ich sah in seinen Augen deutlich, dass er jetzt eine Mission hatte: Aus dem Stand heraus wollte er ein guter Vater sein.

„Ein Sohn braucht etwas anderes als Zehner", sagte er feierlich. „Er braucht Anerkennung und das Gefühl, wahrgenommen zu werden. Glaub mir, ich weiß, wovon ich rede. Ein Sohn braucht einen Helden, auf den er stolz sein kann, einen richtigen Vater, verstehst du?"

„Nein."

Natürlich ist es heute schwer für den jungen Mann, Aufmerksamkeit zu ergattern. Dieser Markt ist verdammt eng in einer Zeit, wo jeder dem anderen den Kopf abschneiden und dabei ein Filmchen drehen kann. Und wenn du nichts zu bieten hast, womit du angeben kannst, bist du bei deinen Kumpels schnell unten durch. Anders war das früher. Da ging der Trend mehr in Richtung Nasenbohren und große Klappe. Wir hatten unsere Wichsheftchen, und nicht jeder wusste sofort, dass man gar keine Dagmar hatte, wenn man den anderen stolz erzählte, dass man bei einer übernachtet hat. Jeder glaubte es einem. Heute aber haben alle diese kleinen Dinger, und wenn du kein Foto von der Dagmar draufhast, auf dem sie dir gerade einen bläst, dann glaubt dir einfach keiner mehr, dass du bei ihr übernachtet hast!

Ich fragte: „Was also ist der Plan?"

Er nahm den Walkman samt Kassetten in beide Hände und sagte: „Damit werden wir die Direktorin wieder aufwecken."

Ich fragte: „Wir?"

***

Zur Not, falls er sie mit seinem Walkman nicht aufwecken konnte, hatte ich ein Fläschchen Wunderwasser bei mir. Gut ausgerüstet betraten wir das Allgemeine Krankenhaus der Stadt Wien am Währinger Gürtel, und so wie wir beide aussahen, hatte man nicht gleich die große Freude mit uns. Aber es standen auch jede Menge fetter Weiber mit Schleier vor dem Gesicht herum, und mit denen hatte man hier auch keine Freude. Die Freude wohnte woanders, nicht im Krankenhaus.

Am Info-Schalter fragte ich die Lady, die vielleicht 26 war und eine Spur zu blond, wo wir denn diese Direktorin finden könnten, und dabei erzählte ich, dass wir ihre Söhne wären. Ihr Blick traf uns beide hart, und dann sagte sie: „Die hat aber keine Söhne."

„Sicher?“

„Ganz sicher.“

Dann also Themenwechsel: „Hier darf man doch sicher rauchen?“

„Im zwanzigsten Stock.“

Wenn der Duke seinen scheiß Bademantel zumachte, dann ging er zwar nicht als Arzt durch, aber immerhin als Patient, der irgendwas mit dem Kopf hatte und sein Zimmer nicht fand. Er hakte sich bei mir unter, und wir betraten den Lift. Dort erfasste ihn die Höhenangst, also musste ich ihm schon ab Etage 2 ganz fest die schwitzende Hand halten, was uns beide ein bisschen schwul aussehen ließ, ihn vielleicht noch mehr als mich. Ab Etage 5 half dann nur noch ein guter Joint gegen seine Höhenangst, was aber auch nicht bei allen gut ankam. Im allgemeinen Gedränge beherzigte ich den Ratschlag von Kubelka: Wenn dich jemand nicht mag, dann stelle ihn dir nackt vor. Als die leckere Krankenschwester, der ich dabei ein wenig zu nahe gekommen war, auf Etage 10 den Lift verließ, gab sie mir eine Ohrfeige.

Ich sagte zum Duke: „Weißt du, was mir neulich eine Wahrsagerin vorhergesagt hat? Dass ich viele Probleme haben werde. Und weißt du was? Sie hatte recht!“

Da wollte er wissen: „Wann und wo hast du denn eine Wahrsagerin getroffen?“

Und ich: „Neulich im Gefängnis.“

„Heilige Scheiße, wann warst du denn im Gefängnis?“

„Ein bis angeblich drei Tage nach meinem Geburtstag.“

„Du hattest Geburtstag?“

Bloß nicht wieder damit anfangen!

Das Gedränge um uns herum lockerte sich, und im zwanzigsten Stock war dann nur noch eine schwarz gekleidete Nonne bei uns, sie hielt ihr Kreuz fest umschlossen und sagte: „Ich kenne euch zwei Halunken. Ihr habt die arme Direktorin auf dem Gewissen, die im vierzehnten Stock liegt!“

Alte *Gosse*-Leserin!

Ich steckte ihr ein Tütchen Gras zu und sagte: „Danke für den Tipp, Schätzchen!“

Und drückte auf 14.

Wir schlichen uns in ihr Zimmer, und so wie wir die Direktorin am Bett liegend vorfanden, wünscht man sich jede Frau: gefesselt, damit sie nicht davonlaufen kann. Ich fragte den Duke: „Und jetzt?“

Er schaute sich ein paar Mal um, setzte ihr dann den Sony-Kopfhörer auf die Ohren und legte das Band ein. Sein Gedanke: Alte Leute kann man nur mit altem Equipment aufwecken! – Er drehte auf, drehte noch lauter, aber es passierte nichts. Zwar wurden ihre Nippel hart, wie man durch das Nachthemd sehen konnte, und ein paar Schamhaare stellten sich auf, aber wach wurde sie nicht.

Ich schob ihn zur Seite, wie das Olli immer mit Stan machte, und holte das Fläschchen Wunderwasser heraus. Ich schüttete es ihr ins Gesicht, und sie schnappte nach Luft und schlug die Augen auf.

Begeistert von dem guten Zeug, sagte ich zum Duke: „Job done, let's go!“

Wollte schnellstens hier abhauen, bevor sie uns wiedererkennen würde. Aber der Duke zog den Brief heraus, den er dem Ferry abgenommen hatte, und fragte die Direktorin: „Was soll denn der Scheiß, bitte? Ist vielleicht irgendwas mit meinem Sohn nicht in Ordnung?“

Als wäre es völlig ausgeschlossen, dass irgendwas mit seinem beschissenen Sohn nicht in Ordnung war!

Sie deutete langsam zum Nachtkästchen, dort lag ihre Lesebrille. Und auch ihr sogenanntes To-do-Heftchen, in dem sie sich alles notierte, was ihr wichtig war. Der Duke gab ihr beides, sie blätterte darin, und endlich las sie laut vor: „Neigungsgruppe Volkslied auflösen! Hm?"

Schien dabei selbst nicht recht zu wissen, was sie damit meinte, also las sie weiter: „‚Wegen politischer Umtriebe des Neigungsgruppenleiters. Befragung durch die Polizei andenken. Möglicherweise rechtsextreme Agitation in und um das Schulgebäude.' Hm? Hä? Hab ich das geschrieben?"

Ich sagte: „Falls ja, dann machen Sie sich mal wegen dem Neigungsgruppenleiter keine Sorgen mehr, der ist auf dem Weg nach Rumänien und kommt bestimmt nicht wieder."

Und zum Duke: „Erklär ich dir alles später, jetzt lass uns gehen."

Den aber hatte die Sehnsucht nach Wissen befallen, er wollte unbedingt wissen, warum er zu ihr kommen sollte. Also schaute sie sich den Brief an, schaute sich den Duke an, und schaute schließlich mich an.

„Ferdinand Horny also … Aaaaha! … Nun gut, hier steht: Seine Eltern verständigen, da Ferdinand für sein Alter extrem schreibschwach ist. Erst neulich hat er mir einen Zettel zugesteckt, da stand HUHRRE! drauf." Sie zeigte es uns. „Nun mag ich einiges sein, aber bestimmt keine Hure."

Ich zuckte zusammen, als ich das hörte, und fragte mich: Noch einer mit Schreibschwäche?

„Hier steht weiters: ‚Vergisst alles! Findet keinen Anschluss! Leidet unter extremem Aufmerksamkeitsdefizit.' Sind Sie der Vater?"

Das ging Gott sei Dank in Richtung Duke, und der nickte. Da fing sie an zu kichern und flüsterte mir ins

Ohr: „Dann muss er die Beine wohl von seiner Mutter haben. Er hat nämlich schrecklich hässliche Beine."

Ich sagte: „Ich weiß. Fesseln wie eine Elefantenkuh."

Sie kicherte noch ein bisschen mehr und schlug das Heftchen zu, dann seufzte sie tief und ließ es raus: „Ich habe diese verdammten Kinder so satt. Sie sind so blöd, dass sie nicht einmal zum Straßenkehrer taugen, denn dafür müssten sie die Straßennamen lesen können!"

Ich sagte: „He, schön langsam, okay! Straßenkehrer ist ein ehrbarer Beruf. Viele meiner besten Freunde sind Straßenkehrer. Das Wichtigste, das man dafür braucht, sind stramme Beine."

Und da fiel mir etwas ein, was ich für immer vergessen wollte.

***

Ich drängte den Duke hinaus auf den Gang, als die Direktorin plötzlich sagte, dass sie uns von irgendwoher kennen würde. Am Gang zählte ich dann eins und eins zusammen – ein Paar furchtbar weißer Waden und noch ein Paar furchtbar weißer Waden, die zusammen einen furchtbaren Verdacht ergaben. Und plötzlich schwebte mir so etwas wie Anita Pallenberg mit Keith und Mick in Südfrankreich vor Augen, als sie dort *Street Fighting Man* aufnahmen und sich Anita zunächst mit Mick, dann eine Zeitlang mit beiden, schließlich aber nur noch mit Keith ins Bett legte, woraufhin Keith „Glenda" zu Mick sagte, was nicht sehr nett war von Keith, aber ihn und Anita halt zum Lachen brachte. Ich frage mich, ob ihr die beiden Grastütchen ins Bett gelegt haben, damit sie bei ihr andocken konnten? Jedenfalls war das purer Rock'n'Roll damals, und eine verdammt geile Story. Nur dass es eben Keith und Mick von den

Stones waren, und nicht der Duke und der Pummel von den Hugh Hefners, ausgesprochen wie Hju! Und dass die Lady Anita hieß und nicht Sissi.

Ich hatte also zwei Fragen an den Duke, deren ehrliche Beantwortung für ihn womöglich lebensverändernd sein konnte. Erstens: „Lebt der scheiß Drummer noch?"

„Ja, warum denn?"

„Schreibschwach, du Idiot! Schreibschwach! Hju? Hjutsch? Klingelt's noch immer nicht bei dir?"

„Nein."

Dann die zweite Frage: „Hat der Pummel der Mutter vom Ferry vielleicht auch Schokolade ins Bett gelegt, als ihr damals eure scheiß Band hattet?"

Der Duke sprang noch nicht wirklich auf den Zug auf, den ich ihm für die Flucht aus seiner beschissenen Lebenssituation zwischen „Hast du mal einen Zehner?" hier und dem Brief von der Schule da bereitstellte.

„Meinst du …", dämmerte es ihm schön langsam, aber dann zog er wieder den Vorhang zu. „Nein, um Gottes willen, das kann ich mir nicht vorstellen, dass sie damals auch mit dem Pummel … Also nein, wirklich! Hast du auf dem Foto nicht gesehen, wie der aussieht?"

Und ich: „Das hab ich allerdings! Und weißt du, was mir ein bisschen Sorgen macht, wenn ich daran denke, wie er aussieht: dass er wie dein verdammter Sohn aussieht! Oder besser gesagt: Dein Sohn sieht wie er aus, als er so alt war wie dein Sohn jetzt. Allerdings hat die Sache auch eine gute Seite, denn dann wäre er ja gar nicht mehr dein Sohn, sondern seiner, und du würdest dir in Zukunft ein paar Zehner sparen."

Die gute Nachricht aber schmeckte ihm gar nicht, jetzt, wo er sich gerade daran gewöhnen wollte, ein guter

Vater zu sein. Ich sah, wie ihm langsam die Luft ausging, und dann stammelte er: „Du meinst … du meinst also … du meinst also wirklich …?“

Es ist das alte Leiden der Menschen, dass sie lieber weg- als hinschauten. Ich fragte streng: „Hast du Pfeife noch nie was von der Vererbschaftungslehre gehört oder wie der Scheiß heißt? Wenn der Alte dicke Fesseln hat, dann kriegt sie der Nachwuchs auch. Und nun dreh es, wie du willst, aber deine Beine sind okay, auch wenn du sonst beschissen aussiehst. Hast du denn eine Ahnung, was der Pummel heute beruflich macht?“

Der Duke musst nicht lange überlegen: „Er betreibt einen Pizza-Service namens Pizza-Flizzer.“

Da war ich fassungslos und fragte: „Hat es denn keiner von euch Idioten zu irgendetwas gebracht?“

***

Kaum hatte der Duke „Pizza-Flizzer“ gesagt, kriegte ich plötzlich so richtig Hunger. Also bog ich ab zu Don Claudio, einem alten Kumpel von Willi, und Pizzakönig aus ganz weit südlich, der noch wusste, wie man Pizza ohne Mais zubereitet. Wir shakten die Hände, und dann bestellte ich „fünfmal Quattro Stagioni, macht insgesamt zwanzig, hahaha“, denn ich hatte mir angewöhnt, bei ihm immer in einzelnen Jahreszeiten zu bestellen. Weil er ein guter Kumpel auch von mir war, lachte er sogar zu diesem müden Witzchen freundlich.

Während die runden Dinger im Holzofen für den Essgenuss vorbereitet wurden, und während wir beim Warten auf einem kleinen Tischchen sitzend einen Ofen durchzogen, und während ich dabei so viel Knoblauchbrot aß, dass ich bald keinen Hunger mehr hatte, fragte er mich, ob Lemmy seinen Laden endlich umbenannt hätte, denn es stand immer noch „Quattro Stazzione" bei ihm über der Ladentür, was sein Ladenvormieter da falsch drauf geschrieben hatte. Aber ich sagte Nein, das wäre sich in all den Jahren einfach nicht ausgegangen, und jetzt würde Lemmy sich überhaupt nicht mehr bewegen, also würde das auch so schnell nichts mehr werden. Don Claudio verstand, warum sich das nie ausgegangen war, kam er doch aus einer Gegend, wo ganze Autobahnen nie fertiggestellt wurden, weil es sich einfach zeitlich nie ausging. Und als die Jahreszeiten dann den perfekten Duft verströmten, holte er sie eine nach der anderen heraus, stapelte die Kartons übereinander und schob sie mir herüber. Und weil wir Freunde waren und seine Pizzeria noch keinem Konzern gehörte, ließ er es sich nicht nehmen, mir, bevor wir uns mit ein paar Arrivederci und Ciao Bello voneinander verabschiedeten, wie immer noch ein Fläschchen Grappa zu schenken, das ich aus reiner Höflichkeit nie ablehnte, obwohl ich das Zeug zum Kotzen fand und damit nicht einmal den Wagen putzen würde.

Man kann also wirklich sagen, dass wir Freunde waren.

Ich parkte den Wagen vor dem Polizeigebäude, und mit dem Duke zusammen und den Italienerfladen unterm Arm ging ich hinunter zur Biene Mayr, wo wir Guttmann hinzuriefen. Die Biene erschrak, als sie den Kerl im Bademantel sah, man ist einfach immer überrascht, wenn man jemanden aus der Zeitung wiedererkennt. Aber die Überraschung legte sich mit dem Anblick der Pizzaschachteln. Was ich nun in ihren Augen sah, war die Abweichung vom festgelegten Kurs, die Abkehr vom sinnlosen Verzicht.

Sie fragte: „Darf ich?“

Und ich sagte: „Hau rein!“

Der Duke erschrak auch, als er seine Ex sah, vielleicht sogar noch ein bisschen mehr als die Biene wegen ihm. Schließlich hatte er mal was mit ihr gehabt, und jetzt lag sie so verbogen vor ihm auf Nirosta-Stahl, wie im kuscheligen Bett mit ihm vermutlich nie.

Ich fragte, nur für das Protokoll: „Ist sie das?“

Und er: „Ja. Aber warum ist sie nicht auf Kreta?“

Ich sagte: „Sieh's doch mal positiv – weil sie tot ist.“

Guttmann wollte auch Pizza, aber er wollte auch mehr als nur eine identifizierte Leiche. Er nahm mich zur Seite und sagte: „Der ist doch verdächtig! Siehst du nicht, dass der überall Haare hat?“

Und ich: „Aber nicht am Arsch!“

Bevor man mich wieder fragen konnte, warum ich das wusste, legte ich der Biene das Haar vom Duke, das ich jetzt aus meiner Brusttasche herausnahm, auf den Tisch und sagte: „Hier. Für deine Sammlung! Gib es zu den Schuhsohlen. Aber erst wasch dir die Hände!“

Die waren richtig fettig von der Pizza. Und nachdem ich ihr erklärt hatte, was sie mit dem Haar machen sollte („Es müsste eigentlich identisch sein mit den Haaren auf den Unterhosen, die man bei der Lebensberaterin gefunden hat, was zwar beweist, dass der Besitzer der Unterhosen ein Schwein ist, aber eben nicht der Mörder der Yoga-Lady“), schickte ich den Duke in die Grummelecke, wo er mal über sein idiotisches Leben nachdenken sollte, bis ich ihn wieder abholen würde. Und mit Guttmann und den drei verbliebenen Pizzakartons ging ich hinauf ins Verhörzimmer.

Dort standen ein Tisch und zwei Stühle, und auf den Tisch stellte ich die Kartons mit den Jahreszeiten und den Grappa, zu Gutti sagte ich: „Greif zu!“

Dann setzten wir uns, und ich erklärte Guttmann, was ich für einen Verdacht hegte: Wenn die Lebensberaterin den Duke wegen der Alimente quälte, quälte sie womöglich auch den Pummel wegen der Alimente, denn sie konnte ja nicht im Ernst annehmen, dass der Duke der Vater war, musste aber eine Ahnung haben, wer der richtige Vater ist.

„Sie spielte also ein doppeltes Spiel, wie es die Art der Frauchens ist, wenn sie erst mal anfangen zu spielen. Und vielleicht – vielleicht! – kostete sie dieses Spiel ja ihr Leben!“

Guttmann hörte sich das alles an, während er den zweiten Karton verputzte. Er war dabei aber unleidlich und schlechter Laune, denn der Knödel in seinem Nacken war noch dicker und roter geworden, seit er ihn mit Wunderwasser behandelte. Wenn sich die Biene mal nicht irrte mit ihrer Prognose, dass er noch vier Wochen zu leben hatte! Er schaffte es kaum noch, sich vorschriftsmäßig zu bewegen, wenn er das Pizzateil in den Mund steckte, davon abbiss, und dann den Kopf in den Nacken warf, während er die Hand möglichst weit vom Mund entfernte und den Pizzafaden richtig lang werden ließ. Nur schwach sagte er dabei: „Mmmmhm, Don Claudio!“ – Und dann, als er sich wieder vorbeugte: „Wer genau ist dieser scheiß Pummel?“

Ich wählte die Nummer vom Pizza-Flizzer und bestellte eine kleine Margherita, geliefert vom Chef persönlich. Bei diesen Pizza-Services muss man immer davon ausgehen, dass sie in einer Krise stecken, so wie der Buchhandel oder das Pornokino. Also stellte ich dem Pummel eine engere Zusammenarbeit mit dem gesamten Polizeiapparat in Aussicht, falls Preis und Leistung bei ihm in einem vernünftigen Verhältnis stünden. Er war gleich begeistert und wollte in zwanzig Minuten hier sein.

Aber nach einer Stunde saßen wir immer noch da und drehten Däumchen. Da riss Guttmann den letzten Karton von Don Claudio auf, schnappte sich eine der Vier Jahreszeiten, legte den Kopf zurück und ließ sie in seinem Mund verschwinden. Dann sagte er, während er kaute: „Man muss sie essen, solange sie heiß sind."

„Jedenfalls, solange man noch lebt", sagte ich desillusioniert.

Denn anders als die zwanzigmal davor beugte er sich nun nicht mehr nach vorne, sondern blieb mit dem Kopf im Nacken bewegungslos sitzen, ganz so, als wäre er tot. Nach einiger Zeit fragte ich: „Verdammt, was ist denn mit dir los?!"

Und er: „Ich glaube, sie ist geplatzt!"

Ich stand langsam auf, schob ihm den Kopf nach vorne und schaute mir die Sauerei in seinem Nacken an. Dabei dachte ich: Nur schauen, nicht anfassen!

„Wenn das nicht Pizzakäse ist, der dir da hinten rauskommt, dann ist es Eiter. Du müsstest ihn eigentlich schon bei deinem Arsch in der Unterhose spüren."

Das tat er auch.

Ich kippte Guttmann das Fläschchen Grappa in den Nacken, sodass er sich zunächst vor Schmerz aufbäumte, dann aber vor Erleichterung zusammensackte. Wenn schon Wunderwasser, dann italienisch. Er wirkte, als hätte er einen Orgasmus, und zwar den ersten seit vielen Jahren.

Gott sei Dank legte Don Claudio auch immer genug Servietten bei, ein paar davon pappte ich ihm hinten drauf, und dann sagte ich: „So, das wäre erledigt!"

Wenigstens hatte er sich die Schulmedizin erspart.

Mit einer Zigarette im Mund und auf zwei herrlich weißen Waden in den Socken, die wie Pizzateig aussahen und übersät waren mit kleinen roten Punkten, kam endlich der Pummel hereingestapft. Seine Trainingshose, die er bis zu den Knien hinaufgekrempelt hatte, konnte den fetten Arsch nur ungenügend verdecken. Natürlich sollte sich jemand, der 120 Kilo wiegt und so einen Arsch hat, nicht „Pizza-Flizzer" nennen, und das sagte ich ihm auch. Er dämpfte die Zigarette hastig auf einem der Pizzakartons aus, sodass sie ein paar schöne Brandlöcher hinterließ, und stellte seine eigene Margherita daneben.

„Don Claudio also", sagte er verächtlich, und ich: „Ja, genau. Don Claudio! Wenn man Hunger hat, sollte man besser nicht bei dir bestellen, was?"

Er entschuldigte die Verspätung damit, dass er auf dem Mofa unterwegs war. Und ich dachte sofort, was dieses Mofa gerade durchgemacht hatte, was die Mutter seines Kindes vor ein paar Tagen durchmachen musste. Kaum dass er auf dem Kunstledersessel, den wir ihm hereinholten, Platz genommen hatte, saß er in einem See aus Schweiß, zündete sich eine neue an, und Guttmann sagte: „Darf ich vorstellen? Das ist Superschnüffler Rock Rockenschaub, und ich bin Guttmann von der Mordkommission. Kanntest du eine gewisse Sissi Horny?"

Diese Frage schmeckte ihm weniger gut als Maispizza. Er wollte aufspringen, aber sein Fett ließ ihn nicht. Als ich ihn wieder ins Kunstleder hineindrückte, kam zum normalen Schweiß auch noch der Angstschweiß hinzu.

Ich sagte: „Eine Zeitlang dachten wir ja, sie wäre Töpfern auf Kreta. Aber sie liegt ermordet unten im Keller, willst du sie sehen?"

Der Pummel war der Typ, der immer mit den Fettfingern auf die Tischkante klopfte, Vierviertelakt, nichts Aufregendes. Er war kein John Bonham und kein Keith Moon, immer nur tak-tak-tak, aber man erkannte noch den ehemaligen Drummer in ihm. Je nervöser er wurde, desto schneller klopfte er, und er kam dabei mit den Händen immer näher zu seinem eigenen Pizzakarton, denn er war wirklich der Pizzatyp. Wenn er nervös war, dann fraß er, und so wie er aussah, war er oft nervös. Guttmann drosch ihm feste auf die Finger, als er zugreifen wollte, und machte sich einen Spaß daraus, das Pizzastück in den Mistkübel zu werfen, denn er war nun wieder guter Laune. Der Pummel drehte fast durch, als er den Mais im Mistkübel liegen sah, also versprach ich ihm, dass er den Dreck wieder herausholen durfte, wenn er redete. Er zierte sich noch ein wenig, sagte dann aber: „Ich wollte doch nur reden mit ihr."

„Aber?"

„Da bin ich ausgerutscht und auf sie draufgefallen. Und als ich wieder hochkomme, liegt sie unter mir und ist tot, es war … ein Unglück."

Guttmann kamen diese Worte nur allzu vertraut vor. Er sah mich skeptisch an und drückte die Pizza mit dem Fuß tief in den Mistkübel hinein. Der Pummel war völlig fertig, also sagte ich: „Komm schon, Dicker. Wir haben ein paar Liter Schweiß in ihrem Gesicht gefunden, der nur von deinem Arsch stammen kann. Wir können von mir aus auch das Mofa von unten heraufholen und den Schweiß von deinem Sattel kratzen, oder wir kratzen ihn direkt von deinem Fettarsch herunter und aus deinem Fettarsch heraus, und dann vergleichen wir das alles miteinander, such es dir aus."

Ich ließ ihn zum Mistkübel kriechen, wo er ein paar Maiskörner vom Boden klaubte, dabei erzählte er: „Ich war pleite. Der Mehlpreis war gestiegen, und ich konnte die Alimente nicht mehr zahlen. Aber sie wollte immer mehr Geld für irgendeine Ausbildung, für Yoga, für Tees, für Smoothies … Sie kriegte einfach nie genug, also ging ich zu ihr … "

„Und dann?"

„Es gefiel ihr, wenn ich bettelte, sie mochte es, wenn sie mich demütigen konnte."

Er kniete neben dem Mistkübel und schaute mich flehend an. Ich nickte unmerklich, und Guttmann zog seinen Fuß aus dem Mistkübel zurück, sodass der Pummel hastig nach einem Stück Pizza greifen und es verschlingen konnte. Dann stellte Guttmann seinen Fuß wieder drauf, ich nickte streng, und er erzählte weiter: „Sie legte immer die Yoga-Matte aus, wenn ich bei ihr war, und fing an zu yogern. Ich redete und bettelte, aber sie sagte: ‚Siehst du nicht, wie du mich langweilst, ich schlafe gleich ein.' Da schob sie die Füße unter den Kopf und die Hände unter den Arsch, ich weiß echt nicht, wie sie das machte, aber … es war, als würde sie sich zum Entspannen hinlegen, während ich mit ihr reden wollte."

Ich sagte: „Nicht zum Entspannen, Dicker, zum Schlafen! Das ist die Schlafstellung des Yogi, in der wir sie gefunden haben. Und es heißt auch nicht yogern, es heißt yogieren. Weiter!"

Er sank mit dem Arsch neben den Mistkübel und sagte: „Da hab ich mich auf sie draufgesetzt."

Man will sich nicht vorstellen, wie er auf ihr gesessen ist, tut es dann aber doch. Und insgeheim muss man herzhaft dabei lachen – bei allem, was daran für die Hinterbliebenen mit Sicherheit auch tragisch war.

„Hattest du die Hose unten?“

„Oben!“

„Dicker!“

„Okay, unten.“

„Wie am Klo?“

„Ja genau.“

Das hatte irgendwie Symbolkraft. Wenn man sich vorstellte, wie lange so einer am Klo sitzen konnte, dann wusste man ungefähr, wie lange er auf ihr sitzen blieb. Ich fragte: „Kann es sein, dass du dabei ein klein wenig, wirklich nur ein ganz klein wenig gehofft hast, dass sie nicht mehr aufsteht, weil du dann deine Alimente nicht mehr zahlen musst?“

„Na ja“, stammelte er. „Man hofft halt immer.“

„Dafür gehst du auf jeden Fall fünfzehn Jahre in den Bau, du Vollidiot, natürlich in der Einzelzelle, damit der andere in der Zweierzelle ein bisschen Platz hat“, sagte Guttmann.

„Und was wird jetzt aus deinem Sohn?“, fragte ich. „Mit dem anderen Vollidioten, der glaubte, dass er sein Sohn ist, kann er auch nichts anfangen!“

Der Pummel fing an zu weinen und wollte sich am liebsten selbst in den Mistkübel hineinstopfen, so sinnlos erschien ihm sein zukünftiges Leben. Ich hockte mich neben ihn, klopfte ihm auf die Schulter und sagte: „Na na, ist schon gut. Ich kenne da zufällig eine richtig heiße Achtzehnjährige, die als Table-Tänzerin arbeitet und wirklich jeden haben könnte, auch mich. Aber sie sucht einen in ihrem Alter, einen fürs Leben, wie sie sagt. Ich könnte die beiden mal zusammenbringen. Vielleicht kann der Ferry dann das Leben führen, das ihr Idioten von den Hugh Hefners nie hattet, aber da bräuchte ich einen Zwanziger für den Eintritt, hast du was dabei?"

Er hatte natürlich keinen Zwanziger dabei, aber immerhin etwas Wechselgeld, und das gab er mir.

„Und jobmäßig?", fragte er noch, ganz verzweifelter Vater. „Wie soll er jemals einen Job finden? Er ist doch so schreibschwach wie ich!"

„Tja. Jobmäßig sieht es für die Pfeife ganz schlecht aus. Plus neun Prozent Arbeitslose allein im zurückliegenden März. Aber wie sage ich immer? Es gibt Möglichkeiten."

„Klingt irgendwie alles recht glaubwürdig", lobte auch Gutti das Geständnis des Penners als insgesamt runde Sache. „Aber warum zum Teufel hast du Idiot die Leiche zur Endstelle des 48A geschleppt?"

„Ich hab sie ganz sicher nirgendwohin gebracht", sagte der Pummel, was man sich bei seinem körperlichen Zustand auch schwer vorstellen konnte. „Ich habe die Tür zuschnappen lassen und bin gegangen."

„Wenn das so ist, sagte ich zu Gutti, „dann ist die Pizza noch nicht ganz gegessen."

Und reichte dem Pummel die Servietten mit Guttis Pizzakäse drinnen, den er da heraussaugen konnte, denn in meinen Augen sah er noch immer nicht richtig satt aus.

***

Wir saßen dann wieder zu dritt in meinem Wagen, Guttmann, der Duke und ich, und fuhren in Richtung Bunnys. Auf dem Weg dorthin, während ich etwas von

Queen hineinschob, und zwar Best-of, machte ich mir ein paar Gedanken über das Heranwachsen der jungen Menschen in diesen Tagen. Die einen hatten zwei oder drei Mütter, die anderen keinen Vater.

Ich zündete mir einen schönen an, und während wir uns *We Will Rock You* anhörten, dachte ich an Dagmar und daran, wie einfach es mit ihr war, wenn wir zusammen waren, aber wie schwierig, sie ans Festnetztelefon zu kriegen, wenn ich sie abends noch abholen wollte. Denn man konnte so ein Festnetztelefon nicht überallhin mitnehmen, was vielleicht das Beste am Festnetztelefon war.

Heute war das anders, und das brachte mich auf einen weiteren Gedanken: Jemand musste das kleine Telefon der Lebensberaterin mitgenommen haben, denn sonst hätte der Duke ja keine kurze Nachricht von ihr erhalten können. Der Pummel war es jedoch mit Sicherheit nicht, denn der Idiot hatte nicht die leiseste Ahnung davon, was Töpfern ist und wo Kreta liegt.

In meinem Kopf begann sich also das Bild eines Tastentelefons mit schmierigen Pizzaresten drauf zu bilden. Es gehört Ferrys Mutter, und ein paar dicke, fettige Finger hämmerten „Pin Töpfarn auf Greta" hinein. Diese Finger gehörten, nach allem, was ich mir während unserer Fahrt so dachte, ihrem eigenen Sohn, dem Ferry.

Wir betraten das Bunnys und machten es uns im Verkaufsraum gemütlich, wobei Guttmann sich auffällig oft auffällig nahe am Wühltisch aufhielt. Wenn der Duke nicht aufpasste, dann musste er vielleicht seinen ersten Ladendieb seit geschätzten fünfzehn Jahren enttarnen. Ich aber würde ihm nicht dabei helfen, denn ich war zwar Privatdetektiv, gab mich aber mit so einem Scheiß wie

Ladendiebstählen nicht ab, denn ich war insgeheim ein Freund aller Ladendiebe.

Der Ferry brauchte erfahrungsgemäß etwas länger von der Schule nach Hause, darum stellte auch ich mich immer wieder mal zum Wühltisch, weil es hier keine andere Ablenkung gab. Dass er hinten keine Bar für Mitglieder hatte, war das große Problem seines Ladens.

Im Wühltisch lagen *Sluts* und *Girls* und *MILFs* und *Cougars*, und dabei fiel mir wieder mal auf, was für eine verlässliche Fröhlichkeit diese Ladys immer ausstrahlen, und was für einen insgesamt positiven Zugang sie zu sich selbst und zum Leben haben. Kann sich ernsthaft jemand ein Heftchen vorstellen, das *Green Smoothie Bootie* heißt?

Die anheimelnde Ruhe, in die ich meine Träume bettete, wurde durch das Klingelingeling an der Tür des Bunnys gestört. Wenn fette Frauen fanatisch werden, sieht man das in ihrem Gesicht, wie bei allen anderen auch. Aber bei den Fetten sieht es noch widerlicher aus, weil sie so schwitzen und im Gesicht schnell rot werden. Außerdem können fanatische Frauen nicht loslassen, und so war es kein Wunder, dass die Buchhändlerin immer noch die *Gosse* in der Hand hielt.

„Sie!", sagte sie nun zu mir, und „Sie!" geiferte sie auch den Duke an. „Ich werde Sie anzeigen und rufe sofort die Polizei."

Gutti zog unmerklich seine Marke, ohne dass er dabei von den *Bookworm-Sluts* aufschaute – Klassikern des Studentinnenpornos! –, und sagte zu ihr: „Bin schon da."

Womit die Sache mit uns beiden schneller erledigt war, als sie in ihrer Buchhandlung vor ein paar Tagen begann. Die Mäuse trugen die Tonne hinüber, und sie verschwand, wie ich mal vermute, für immer aus meinem Leben.

Dafür kam endlich der Ferry. Er hatte seine Tuba umgeschnallt, und kaum hatte er sie abgestellt, schimpfte er schon über die verdammte Sinnlosigkeit des Lebens. Denn er hatte die Tuba umsonst in die Schule geschleppt, weil die Neigungsgruppe heute ausgefallen war, und zwar weil der Lehrer nicht gekommen war.

Der Duke schob mich zur Seite und sagte: „Lass mich das machen, okay? Ich bring es ihm schonend bei."

Als wäre er sein Vater!

Er stellte sich vor ihn, legte ihm seine Hände auf die Schultern und sagte: „Ich will dich ja nicht beunruhigen, Ferry, aber es kann sein, dass deiner Mutti beim Yoga-Machen etwas zugestoßen ist."

Der blieb cool: „Ich glaube echt nicht, dass es ‚beim Yoga-Machen' heißt, es heißt einfach ‚beim Yoga'. Kann ich jetzt zehn Euro haben?"

„Von mir leider in Zukunft nicht mehr", sagte der Duke ein wenig dramatisch.

„Warum nicht?"

„Wegen dem Onkel Pummel."

„Was ist mit dem?"

„Er ist dein Vater."

„Erzähl mir mal was Neues, Alter!"

Damit konnte er nicht bei ihm punkten.

„Aber warum hast du mir nie etwas davon gesagt?", fragte der Duke.

Da zuckte der Ferry die Schultern und sagte etwas, das sich in meinen Ohren sehr vernünftig anhörte: „Wenn ich zu jedem von euch Papa sage, krieg ich von jedem von euch Geld für Pizza. Und außerdem: Die da drüben hat zwei Mütter! Also ist doch scheißegal, wer mein Alter ist, ihr seid doch sowieso alles Loser."

Der abwesende Vater ist in diesen Tagen nur ein Problem, zwei Mütter sind ein anderes.

Ich wollte die Sache endlich zu Ende bringen und sagte zum Duke: „Jetzt ruf mal deine Ex an."

Von wegen Beweissicherung.

Aber der Idiot fragte: „Ist sie nicht tot?"

Er war so bescheuert, dass ich mir schon wieder gar nicht sicher sein konnte, dass er nicht Ferrys Vater war.

Endlich wählte er doch ihre Nummer, und aus der Hosentasche von Ferry hörte man nun *Hallelujah* von Leonhard Cohen, den Song aller Mittvierzigerinnen, die noch einmal Mitte dreißig sein wollen. Der Ferry fasste hinein in seine Tasche, drückte auf Grün und sagte: „Was läuft?"

Und dann passierte, was ich echt nicht für möglich gehalten hatte. Der Duke sagte: „Alles klar, und bei dir?"

Dann sah mich der Duke fragend an, und ich flüsterte ihm zu: „Dein Sohn hat das Telefon von deiner Ex."

Und er: „Verdammt, wie kommt er dazu?"

„Das werden wir ihn gleich fragen."

Ich nahm Ferry vorsichtig das kleine Telefon seiner Mutter aus der Hand und sah auf dem Display, dass sie den Duke unter D wie Dumpfbacke eingespeichert hatte. Ich gab es an Guttmann weiter, der steckte es ein und kümmerte sich nicht weiter darum, denn er schaute sich gerade *Houswives in Prison* an.

Ich fragte den Ferry: „Hast du die Dreckwäsche von dem da zu deiner Oma gebracht, als er von dir wollte, dass du das tust?"

Er sagte: „Ngrmpf."

Wollte irgendwie nicht mehr reden, wenn er keine Pizza kriegte. Das gab er uns damit zu verstehen. Der Pizza-Flizzer konnte aber nicht liefern, denn der saß ja im Gefängnis. Es war abzusehen, dass das eine schwierige Einvernahme werden würde, denn, wie mir Kubelka gesagt hatte, das Hirn des Pubertierenden baute sich gerade noch einmal ganz neu zusammen. Wir würden also den Fachmann brauchen, darum rief ich Ku an, bestellte ihn hierher und bat ihn, dass er auch eine Pizza mitnehmen sollte.

„Welche?"

„Scheißegal! Hauptsache groß und mit Zwiebel."

Er kam, und ich stellte Ferry in Aussicht, dass er die Pizza kriegen würde, wenn er mir ein paar Fragen beantwortete: „Du warst natürlich glücklich, dass deine Mutter nicht nach Hause gekommen ist, weil sie ja immer herumgemotzt hat, dass du stinkst und dass deine Haare beschissen aussehen und so weiter, nicht wahr?"

„Mpf."

„Du lebtest also in eurer Wohnung, gingst zum Kühlschrank, und solange der voll war, hast du in dich hineingefressen, was ging, am Schluss sogar das Joghurt. Ein paar Kröten hatte sie ja zu Hause im Gurkenglas, und damit kauftest du Pizza!"

„Mpf."

„Und dann?"

Ich gab ihm ein Stück Pizza. Er schluckte es und sagte: „War der Kühli leer."

Da mischte sich Guttmann ein und sagte: „Also bist du zu deiner Mutter in die Ordi gefahren?"

Er fragte: „Wohin?"

„Sagt man nicht Ordi?"

„Wozu?“

„Zur Ordination?

„Warum?“

„Weil du auch Kühli zum Kühlschrank sagst.“

„Ja, schon, aber sie hatte keine Ordi, sie hatte eine Praxi.“

Man hat einfach keine Erinnerung mehr daran, wie bescheuert man selbst früher als Heranwachsender war. Schon auch bescheuert, aber nicht so bescheuert! – Der Junge hatte das Talent, Guttmann richtig wahnsinnig zu machen. Er wusste nicht mehr, dass sich in der Pubertät das Hirn umstellte. Ich aber hatte genug Zeit mit Kubelka verbracht, um Folgendes zu wissen: „Er fuhr zu einem Mann, der im falschen Glauben lebte, dass er sein Vater wäre, und weil er ein schlechter Vater war, hatte er ein schlechtes Gewissen, also half er ihm mit Zehnern aus. Weil aber eine Hand die andere wäscht, wollte er, dass sein vermeintlicher Sohn auch was für ihn tut. Also vertraute er ihm seine Unterhosen an, die er zu seiner Großmutter bringen sollte. Richtig?“

Ich wandte mich an den Duke, und der nickte freudlos.

„Hier muss man Folgendes wissen“, mischte sich nun Kubelka ein. „Großmütter machen ihre Finger nass und wischen einem damit die Mundwinkel sauber, das ist überall auf der Welt so, und sie sagen: ‚Wie siehst du denn aus? Groß bist du geworden! Hast du schon eine Freundin?‘ Solche Sachen. Nichts, was ein junger, unsicherer Mann gerne hören will, wenn er keine Freundin hat.“

Ich sagte: „Genau. Also bog der hier auf dem Weg zur Großmutter mit dem Sack Dreckwäsche von dem da lieber ab zu seiner Mutter in die Praxis, denn er hatte mittlerweile wieder Hunger gekriegt, stimmt’s?“

„Mpf."

„Er hatte einen Schlüssel zur Praxis, also ging er hinein. Kubelka, kannst du uns sagen, wie die Reaktion des Pubertierenden ist, wenn er seine tote Mutter sieht?"

„Nun", sagte der. „Beim Pubertierenden ist die Reaktion, wenn er seine tote Mutter sieht, nicht zwingend: ‚Och, Mutti! Atmest du denn nicht mehr, das ist ja schrecklich!', sondern eher: ‚Wow, geil! Die Alte atmet nicht mehr!'"

Jetzt lachte der Ferry dreckig, ballte die Faust und sagte: „Hab ich gesehen, dass sie daliegt und nicht atmet. Hab ich gedacht: Geil, die ist tot. Wenn ich Fotos mache, krieg ich Likes auf Facebook."

Wir alle fragten: „Was?"

„Likes!"

„Wo?"

„Auf Facebook."

„Was ist das?

„Hab ich dir doch erklärt, Alter!"

„Hab's vergessen."

Jetzt war er wieder beleidigt und hörte auf zu reden, aber Ku redete für ihn: „Er sah in der Toten nicht seine Mutter, die ihn gestillt hat und ihm somit all die Probleme in die Wiege gelegt hat, die auf ihn zukamen, sondern eine Chance. Denn eines darfst du bei einem Pubertierenden nicht vergessen: Der Hunger nach Pizza ist groß, aber der Hunger nach Aufmerksamkeit ist größer."

Der Ferry sah die Chance auf Aufmerksamkeit, also erzählte er uns, wie ihm dann noch etwas Besseres eingefallen ist, als Fotos von ihr zu machen. Er wollte die Leiche überhaupt in die Schule mitnehmen, was ihm dann noch mehr Anerkennung eingebracht hätte. Er hat also die Unterhose aus der Tasche geleert und die Leiche in den Sack gelegt, dann Tasche zu und Abmarsch.

Was Guttmann allerdings auch nicht wusste: Der pubertierende Körper wird sehr schnell müde. Also: „Bin ich echt eingepennt im Bus in der Früh. Wie ich aufwache, hab ich vergessen, dass ich die Leiche mithab. Steig ich aus, aber ohne Leiche. Hab ich voll vergessen."

Und der Bus drehte mit der Leiche seine Runden, bis sie jemand an der Endstelle hinauswarf.

„Da sind die zwei großen Leiden der Pubertät zusammengekommen", erklärte uns Ku. „Müdigkeit und Vergessen. Für ihn war das eine Katastrophe, denn in seiner Vorstellung wäre die Leiche vermutlich der Durchbruch gewesen in der Schule. Seht her, was ich mithabe: keine Sammelbilder, keine neuen Turnschuhe, sondern eine Leiche! Sehr viel cooler kannst du in einer von Wettbewerb geprägten Schulgemeinschaft nicht dastehen. Das eine Mal drängen sich alle um dich, richten ihre Blicke hinunter zu einem Sack, in dem die Leiche deiner Mutter liegt, und dann schauen *dich* alle an, denn wer kommt schon mit einer zusammengefalteten Toten in die Schule? Das ist cool. Das ist der Top-Act!"

„Und dann?", fragte Guttmann.

„Dann bist du jemand", sagte Kubelka. „Oder wie Marlon Brando in *On the Waterfront* sagte: ‚I could have had class, I could have been somebody.'"

Wir waren dem Ferry nicht böse für das, was er getan hatte. Meine Güte, hat er halt eine Leiche vergessen! Wichtig war doch, dass man dazu steht. Auch wenn es so aussah, als wäre er deswegen ein Idiot, war ich selbst doch ganz anderer Meinung. Es muss verdammt noch mal einfach erlaubt sein, eine Leiche in die Schule mitzunehmen, wo doch ohnehin nichts mehr erlaubt ist!

Ich sagte: „Ferry, du hast im Prinzip alles richtig gemacht. Einzige kleine Einschränkung vielleicht: Du hättest Mutti nicht im Bus vergessen dürfen, daran musst du noch arbeiten."

Er sagte: „Ja, scheiße, ich vergess' immer alles."

Ich sagte: „Darum vergisst du am besten in Zukunft einfach auch die Schule von innen, das funktioniert nicht bei dir. Es genügt, wenn du dich davor hinstellst und das Gras hier verkaufst."

Mutter tot, Vater im Gefängnis, Hirn nicht wirklich gut entwickelt – was soll man mit so einem auch sonst machen? Ich wackelte mit einem Säckchen vor seinen Augen.

„Bis hinunter zu den Zwölfjährigen darfst du direkt verkaufen, alle, die jünger sind, dürfen nur für ihre älteren Geschwister etwas besorgen, okay?"

Er fragte: „Was ist Gras?"

„Zeug! Herrgott, ich hab's dir doch erklärt."

„Ich hab's vergessen."

Ich überlegte, wie ich ihm die Gesetze der Marktwirtschaft beibringen konnte, dann fiel es mir ein: „Du kannst dir selbst Pizza kaufen, wenn du vorher Zeug verkaufst!"

Er sagte: „Aaaaaah, cool!" Und schlug ein. Ich drückte seine schwitzende Hand, und dann fragte ich: „Warst du schon mal in einer Nacktbar?"

„Nein, noch nie."

„Würde es dir gefallen, wenn wir mal in eine gehen?"

„Voll!“

„Ich kenne dort eine, die ist in deinem Alter. Und wenn du vor der Schule erzählen kannst, dass du bei Foxy Neswatschill übernachtet hast, Hölle, dann ...“

Ich wollte ihm Freude bereiten, und es funktionierte. Er ließ die Zunge weit heraushängen, zitterte am ganzen Körper und hüpfte herum. Er hatte nämlich sofort eine Vorstellung davon, dass diese Foxy mal etwas anderes wäre als immer nur Pizza mit Zwiebel.

Wir fuhren zu mir, und dort gab ich ihm eines von meinen Hawaiihemden im dominierenden Farbton Orange. Das Gute an diesen Hawaiihemden ist ja, dass sie einfach passen, egal wie fett man ist. Ich erklärte ihm, wie es funktioniert, ein Hawaiihemd zu tragen: dass er die obersten drei Knöpfe unbedingt immer offen lassen musste; dass er alles, aber auch wirklich alles in die beiden Brusttaschen packen musste; und dass er es bei dreißig Grad im Schongang waschen musste.

Nachdem er sich schick gemacht hatte, steckte ich ihm noch den Gutschein von Foxy für 1 x Blowjob in die Brusttasche, als erstes Teil überhaupt. Gutscheine waren übertragbar, das war nun mal so. Und diesen Gutschein würde er nicht vergessen.

Die Gefühle, die ich hatte, während ich diesem armen Idioten all das beibrachte, was wichtig war für ein gelungens Leben, waren: Trost und Nächstenliebe.

Gefühle, die einem kein Lebensberater der Welt jemals beibringen konnte.

Mit einem Arschtritt schickte ich ihn nach Hause, hinaus in ein neues, besseres Leben.

Wir hüpften hinunter zu Lemmy ins Quattro Stazzione, er saß unverändert da und bewegte sich nicht. Ich beugte mich über ihn und schaute, ob etwas im Spucknapf war, aber da war nichts.

Plötzlich rümpfte er die Nase und sagte: „Mmmmhm, Zwiebelpizza. Habt ihr noch was? Ich hab echt Hunger!"

Ich warf den Spucknapf in die Ecke und schrie: „Verdammt, warum hast du dich zwei Wochen lang nicht bewegt?"

Er stand auf, kratzte sich am Sack und ging pissen. Von hinter der Klotür hörten wir ihn sagen: „Warum leckt sich der Hund die Eier? – Ha?"

Ich hatte genug von dem Scheiß und ging.

Guttmann folgte mir, und als wir draußen waren, fragte er mich: „Weißt du, warum der Hund sich die Eier leckt?"

Ich war müde und hatte kaum mehr Kraft, zu antworten. Ich schaute ihn an und sagte: „Weil er es kann."

Dann legte ich mich wie ein Hund auf die Straße und schlief ein.

# Bisher im Czernin Verlag erschienen

**Manfred Rebhandl**

## In der Hölle ist für alle Platz

**Ein Rockenschaub-Krimi**

Hardcover mit
Schutzumschlag
240 Seiten
€ 19,90
978-3-7076-0549-7

**Superschnüffler Rock Rockenschaubs dritter Fall, diesmal inmitten richtiger Männer in verschwitzten Fußballertrikots und Mönchskutten. Was hat ein ermordeter Bischof mit dem Versagen eines Fußballvereins zu tun? Und hängt sogar ein privatisierungswütiger Finanzminister mit drin?**

Rocks Lieblingsfußballverein verliert in letzter Zeit alle Heimspiele. Zufall? Manipulation? Vielleicht sogar Voodoo? Hinter dem Stadion steht ein Kloster, in dem alte knorrige Mönche Armensuppe verteilen und im Winter auch mal Flüchtlinge aufnehmen. Ihr Boss, der karrieregeile Bischof, hat keine Freude mit den Gutmönchen, die seine Diözese ins Gerede bringen. Er will das Kloster lieber auflösen und die Kuttenträger ins betreute Wohnen schicken, damit sein Freund, der Finanzminister, dort gegen eine kleine Spende für den Vatikan Luxuswohnungen „entwickeln" kann, mit dem Segen Gottes. Freilich endet der Bischof entmannt im Weinberg des Messweinlieferanten der Diözese, und die Spur führt ins Kloster, wo die Mönche einem doppelköpfigen Monster Zuflucht gewähren, das ihnen nicht nur schmackhafte Klostersuppe kocht, sondern auch mit dem Hackebeil gut umzugehen versteht ...

## Auch als E-Book erhältlich